纳兰性德集

名家精注精评本

施议对 编选

凤凰出版社

图书在版编目（CIP）数据

纳兰性德集 / 施议对编选. -- 南京 : 凤凰出版社, 2014.10（2024.10重印）
（名家精注精评本）
ISBN 978-7-5506-1984-5

Ⅰ. ①纳… Ⅱ. ①施… Ⅲ. ①纳兰性德（1654～1685）一词（文学）一诗歌欣赏 Ⅳ. ①I207.23

中国版本图书馆CIP数据核字(2014)第160666号

书　　名	纳兰性德集
编　　选	施议对
责任编辑	樊　昕
封面设计	徐　慧
责任监制	程明娇
出版发行	凤凰出版社(原江苏古籍出版社) 发行部电话025-83223462
出版社地址	江苏省南京市中央路165号,邮编:210009
照　　排	南京凯建文化发展有限公司
印　　刷	唐山楠萍印务有限公司 河北省唐山市芦台经济开发区场部
开　　本	787毫米×1092毫米　1/32
印　　张	7.75
字　　数	161千字
版　　次	2014年10月第1版
印　　次	2024年10月第4次印刷
标准书号	ISBN 978-7-5506-1984-5
定　　价	89.00元

（本书凡印装错误可向承印厂调换,电话:022-69381996）

目　录

前　言

20世纪词界，所谓清词中兴，或者清代词学中兴，大家都这么说，究竟是怎么一回事？有无出处及依据？却似乎谁都不会介意，更不予追究。而被用作立论依据的，相关学者每将其归结于梁启超和龙榆生的论断。梁启超于《清代学术概论》有云：清代诗文皆趋衰落，独词“驾元明而上”。即谓清词成就超越明代和元。龙榆生编撰《近三百年名家词选》，于“陈子龙”条下称：“词学衰于明代，至子龙出，宗风大振。遂开三百年来词学中兴之盛，故特取冠斯编。”（这段话出自谭献《复堂词话》，后六字“故特取冠斯编”为龙氏所加。龙氏征引时未加说明，论者皆以为龙氏之首倡）似乎同一看法，但龙则明白标示“中兴”二字。在梁、龙二氏之前，朱祖谋的一句话，也曾被引用。朱氏云：“（清词）独到之处，虽宋人也未必能企及。”（《全清词钞序》引）总而言之，持中兴论者，一般以为：词从南宋之后开始步入衰微期，直到明末，以陈子龙为核心的云间词派崛起，清词与清代词学，方才接续两宋，并形成中兴局面。或者说：清词的中兴，是对词的初、盛期——唐、五代、两宋，以及词的相对衰落期——元、明两代，相比较而说的。中兴，意味着不可超越。

持中兴论者，除了以权威人士言论为标榜，所谓事实依据，则有清词、清代词学的三大特点。其曰：清词作者多。仅据《全清词》普查估计，清词作者，一万以上，作品将超出二十万首，相当于宋词作者和作品的十倍。又曰：清代词学立论高。常州一派，词的创作和批评理论，皆较诸前代有所提高。其他词人的论词或词话，亦不乏独到之言。又曰：清词功夫细。清代词人，博参约取，用功细密；不以模拟为满足，力求出新变化。其所列举三事，皆为说明：有清一代，词与词学，均有接续兴隆之景象。这是最近一二十年，当词界注意力逐渐由唐宋向下转移，亦即研究领域逐渐由唐宋阶段向后撤退，一直到达清代所出现的情形。所谓在"清"言"清"，对于自己的研究对象，自然是越超越越好。于是，"中兴"二字，也就在所有关于清词和清代词学的著述中，不问出处，不断出现。

那么，对于清代的词与词学究竟应当如何看待呢？就我所知，20 世纪的两位大学问家——王国维、胡适，对其都未曾看好。王国维称："唐之诗，宋之词，皆所谓一代之文学，而后世莫能继焉者也。"（《宋元戏曲史·自序》）并未将清之词看作一个时代的代表文学。胡适将千年词史划分为三个大时期，三段历史。第一时期，自晚唐到元初，也就是赵宋王朝这一段历史，为词的自然演变时期，是词的"本身"的历史。第二时期，自元到明清之际，也就是金元和朱明，为曲子时期，是词的"替身"的历史。第三时期，自清初至 1900 年，为模仿填词的时期，是词的"鬼"的历史。胡适对于清词，同样未曾给予崇高的地位。其于《词选》序文，即曾指出：

> 清朝的文学，除了小说之外，都是朝着"复古"的方面走的。他们一面作骈文，一面做"词的中兴"的运动。陈其年、

朱彝尊以后，二百多年之中很出了不少的词人。他们有学花间的，有学北宋的，有学南宋的，有学苏、辛的，有学白石、玉田的，有学清真的，有学梦窗的。他们很有用全力做词的人，他们也有许多很好的词，这是不可完全抹杀的。然而词的时代早过去了四百年了。天才与学力终归不能挽回过去的潮流。三百年的清词，终逃不出模仿宋词的境地。所以这个时代可说是词的鬼影的时代；潮流已去，不可复返，这不过是一点点回波，一点点浪花飞沫而已。

以上所列述，对于清词以及清代词学之究竟中兴与否，两种意见，截然不同。相关人士，处于清朝、民国易代之际，除龙榆生外，朱祖谋、梁启超、王国维、胡适诸辈，清灭亡时，均已年满二十。依据唐圭璋编纂《全宋词》所立凡例，宜将其看作清人，仅胡适例外，因其进入民国，曾仕为高官，则与龙榆生氏，一并列归民国。至于参加讨论的其他人士，包括众多持中兴论者，大多生当民国、共和时期，宜作时人看待。相关论述，或以当事人的身份立论，或站在第三者的立场上立论。见智见仁，似未可强求一律。

为进一步说明真相，今谨借用笺析纳兰歌词的机会，返回纳兰时代，看看纳兰和他的朋友，究竟怎么对待清词与词学？各有怎样的成就？但是，正如上文之所列述，持中兴论者，对于清词以及清代词学，仍然缺少具有说服力的论断。例如，时人所列举清词、清词学的三大特点，实际并未能与中兴相印证。三特点中，作者、作品之多，显然并非最佳事证。所谓立论与功夫，其高低及粗细，亦没有个可供检验的标准。三大特点，三大事例，均不足为中兴提供凭据。因此，以下拟以胡适论断，对于这段历史，试加探测。

胡适论清词，谓其“不能挽回过去的潮流”，追究原因，应在于模仿一事。即其与宋代的歌词相比较，一个是词的“本身”，一个是词的“鬼”。词的“本身”，具自然形态；词的“鬼”，非自然形态。胡适的这一论断，可以纳兰当时，顾贞观的“金缕之制”为例，得以验证。顾贞观于康熙十五年（1676）曾有《金缕曲》二首，以词代柬，寄与谪戍宁古塔的友人吴兆骞。时，贞观寓于京师千佛寺。词云：

季子平安否。便归来、平生万事，那堪回首。行路悠悠谁慰藉，母老家贫子幼。记不起，从前杯酒。魑魅捉人应见惯，总输他、覆雨翻云手。冰与雪，周旋久。　　泪痕莫滴牛衣透。数天涯、依然骨肉，几家能彀。比似红颜多薄命，更不如今还有。只绝塞，苦寒难受。廿载包胥承一诺，盼乌头、马角终相救。置此札，君怀袖。

我亦飘零久。十年来、深恩负尽，死生师友。宿昔齐名非忝窃，只看杜陵穷瘦。曾不减，夜郎僝僽。薄命长辞知己别，问人生、到此凄凉否。千万恨，为兄剖。　　兄生辛未吾丁丑。共些时、冰霜摧折，早衰蒲柳。词赋从今须少作，留取心魂相守。但愿得，河清人寿。归日急翻行戍稿，把空名、料理传身后。言不尽，观顿首。

顾贞观金缕二曲，一说对方困境，一说双方友情。谓承一诺，终为相救。并谓，即使衰如蒲柳，亦盼河清人寿。纳兰见之有云："河梁生别之诗，山阳死友之传，得此而三。"可见钦佩之至。词章一经流播，"都下竞相传写，于是教坊歌曲间，无不知有《侧帽词》者"。这是大家所熟知的故实，无需多费笔墨，另加评说。但有一事，易于被忽略，却须加以揭示。即据张廷济《秋笳馀韵》(卷上)所载，顾贞观此作，曾委托道士苗焦冥代寄，并于词后附一短柬。曰：

> 塞外恐未必有词谱，望我汉槎之暇，按调为之，便中寄我。万里唱酬，真词场佳话也。

短柬附言说明，纳兰当时，即使才名如吴汉槎(兆骞)——吴伟业称之为"江左三凤凰"之一，必欲填词，亦须依赖词谱。但汉槎并无填词回应，乃以一五言古诗酬答。题称：寄顾梁汾舍人三十韵。诗篇有云："如蒙子公力，终到汉西京。"表示希望得到救援。其时，汉槎未曾"按调为之"，当不能推断其必不能为。不过，就梁汾对其熟悉程度看，所谓万里唱酬，应当也只能是按照原作的格式，在平仄和韵脚上予以应和。按谱填词，"圆者平声，方者侧声"，明代的学词者既以之为筌蹄，入清之后，亦无例外。短柬所云，塞外恐未必有词谱；而塞内词谱之所流传者，当不甚少。正如田同之《西圃词说》所云："自国初至康熙十年前，填词家多沿明人，遵守《啸馀谱》一书。"可知，顾贞观、吴汉槎的这一情形，在清代词坛，相信并非个别现象。

有关事例说明：与宋人相比，清词制作，已并非原生状态。众多制作，充其量也只能当复制品看待。即就顾贞观而言，其"金缕之制"，根本无法与苏轼当时之"随声随写，歌竟篇就"（李之仪《姑苏居士文集》卷三十八《跋戚氏》），以及辛弃疾、陈亮鹅湖之会的连篇酬唱，同日而语。谓为"千秋绝调"（陈廷焯《白雨斋词话》卷三），未免溢美太过。辛弃疾、陈亮《贺新郎》诸阕，与顾贞观《金缕》二曲，同样说交谊。或曰"铸就而今相思错，料当初、费尽人间铁。长夜笛，莫吹裂"（辛弃疾）；或曰"归日急翻行成稿，把空名、料理传身后。言不尽，观顿首"（顾贞观）。二者相比，其深浅、厚薄程度，各有不同，而皆安排得十分停当。但在技法上，比如上下片之第四韵，其承上开下的连接关系，顾氏二词则未及辛氏之严谨而纯熟。顾氏二词，就模仿与创新的过程看，应仍未能达至胜蓝阶段。因此，可以说，胡适有关词鬼的判断，其大胆的假设，并非子虚乌有。

纳兰性德（1655—1685），原名成德，字容若，号楞伽山人，满洲正黄旗人。大学士明珠长子。少聪颖，读书过目即能成诵。经史百家无所不窥。尤好填词。康熙十五年（1676）进士。授乾清门三等侍卫，寻晋一等，武官正三品。曾随扈出巡南北，并曾出使梭龙（黑龙江流域）。康熙二十四年（1685）卒。年三十一。与朱彝尊、陈维崧、顾贞观、姜宸英、严绳孙诸名士交游。词名"侧帽"，后顾贞观为之更名"饮水"，现统称"纳兰词"。存词三百四十馀首。

顾贞观《纳兰词序》称：

非文人不能多情，非才子不能善怨。骚雅之作，怨而能善，惟其情之所钟为独多也。容若天资超逸，翛然尘外。所为乐府小令，婉丽凄清，使读者哀乐不知所主。如听中宵梵呗，先凄惋而后喜悦。定其前身，此岂寻常文人所得到者。昔汾水秋雁之篇，三郎击节，谓巨山为才子。红豆相思，岂必生南国哉。荪友谓余，盍取其词尽付剞劂。因与吴君薗次共为订定，俾流传于世云。同学顾贞观识。时康熙戊午又三月上巳，书于吴趋客舍。

施蛰存"用《花间集》曲子词的规格体制"（《花间新集》序），编选《清花间集》，于纳兰词后附按语曰：

容若情真性厚，小词声色窈丽，哀乐无端，非晏欧所能限，况方回乎。篇什既富，珠玉焜耀，亦不当屈居李重光下。谓为唐五代来一大家，可以无忝。云间词派，方当消歇之时，忽有满清华胄，远绍弓裘，陈卧子地下有知，亦当蹙额。

以上两段话，序文与按语，对于纳兰其人的评价，集中在一个"情"字上。或指其多且善，或指其真且厚。皆以为并非寻常文人所得到者。至其词，则一致赞赏其小令。谓其婉丽清凄，使读者哀乐不知所主；或者声色窈丽，哀乐无端。所指皆着重其表情功能。

其馀论者，自纳兰当日，以至于今时，应以王国维的论断最具创新意义，也最切合纳兰其人其词的实际情形。其曰："纳兰容若以自然之眼观物，以自然之舌言情。此由初入中原，未染汉人风气，故能真切如此。北宋以来，一人而已。”谓未染风气，指的应当是意识形态的一种污染。其间，汉人，当相对于满。但汉与满二者，其风气究竟有何不同？实际亦难判断。从阶级立场上看，同样属于统治阶级，汉与满之间，应无太大区别。这里，我以为，王国维之所指，应可理解为一种社会环境及社会风气。不染，则少受其影响。谓初入中原，当指涉世未深，未失赤子之心，不懂得计较那么多利害得失。谓“一人而已”，将其直接北宋，较偏向于词的创作。如此数事，就纳兰而言，似应集中体现在一个“义”字上。这是超越阶级界限的一种“任侠之义”（蒲青语。此段论述参见拙著《人间词话译注》卷一）。

纳兰的这种“任侠之义”，集中体现在参与援救吴兆骞一事上。康熙十五年（1676），顾贞观四十岁，容若二十二岁。顾有《金缕》二曲之制，以展开其援救吴兆骞的计划。纳兰见之，颇为所动。表示将“以身任之”，并以《金缕曲》（赠梁汾）一词，自剖心迹。词云：

德也狂生耳。偶然间、淄尘京国，乌衣门第。有酒惟浇赵州土，谁会成生此意。不信道，遂成知己。青眼高歌俱未老，向樽前、拭尽英雄泪。君不见，月如水。　共君此夜须沉醉。且由他、娥眉谣诼，古今同忌。身世悠悠何足问，冷笑置之而已。寻思起，从头翻悔。一日心期千劫在，后身缘、恐结他生里。然诺重，君须记。

纳兰与顾贞观，地位悬殊，境况迥异。一为当朝宰相之长公子，一为坐馆塾师。但其完全忘却彼此间的等级差距，一见恨晚，即缔结生死之交。世人对此，也许颇多疑猜。如谓其“驰笺紫阁，曳裾朱第”，意即攀附权贵；或谓其另有图报，比如淮阴侯韩信的一饭千金。而纳兰、贞观，“任相猜”，皆不以为然。并表示“来生休悔”（参见顾贞观《金缕曲》〔酬容若见赠次原韵〕）。纳兰称：自己不过一名狂生，只是偶然之间，出生于乌衣门第。平生敬仰信陵君，竟无人会得此意。但愿对方谨记，重诺守信，莫相负。这就是未受污染（相猜）的一种“任侠之义”。

我十分赞赏王国维的论断。谓自然之眼，自然之舌，在这一意义上讲，我相信，纳兰作词，应当不是依靠思想，尤其是成人的思想。顾随以为，“耐咀嚼非有成人思想不可”（参见《菩萨蛮》“为春憔悴留春住”品评）。而纳兰则未必。用现在的话讲，就是跟着感觉走。因此，读纳兰词，不妨也暂时不依靠思想。

例如，《菩萨蛮》：

惜春春去惊新燠。粉融轻汗红绵扑。妆罢只思眠。江南四月天。　　绿阴帘半揭。此景清幽绝。行度竹林风。单衫杏子红。

谓天气困人，妆罢思眠。帘幕半揭，忽见幽绝清景，着上杏子红的单衫，准备再走一趟当初两人相会的地方。人物活动过程之所以“惜”者，先是由于“惊”，惊觉天气之突然变暖，害怕春之归去；再是由于“揭”，一种行为或动作，让看到绿阴中的景色，顿觉春光摇荡，萌生怜惜之情。所说纯粹是一种感觉，接近自然形态的一种感觉。应无关思想。

又如，《临江仙》：

丝雨如尘云着水，嫣香碎拾吴宫。百花冷暖避东风。酷怜娇易散，燕子学偎红。　　人说病宜随月减，恹恹却与春同。可能留蝶抱花丛。不成双梦影，翻笑杏梁空。

谓丝雨如尘，云烟中夹带着水气。百花经不起风和雨，飞散遍地。燕子和蝴蝶，舍不得春之归去。杏梁空荡荡的。所说乃一种惜春心情。也就是一种感觉。论者称：词中深含兴亡之悲，似有深藏的隐忧。指其深含及深藏者，仍缺乏事实依据，难免牵强附会。

又如，《琵琶仙》（中秋）：

碧海年年，试问取、冰轮为谁圆缺。吹到一片秋香，清辉了如雪。愁中看、好天良夜，争知道、尽成悲咽。只影而今，那堪重对，旧时明月。　　花径里、戏捉迷藏，曾惹下萧萧井梧叶。记否轻纨小扇，又几番凉热。只落得、填膺百感，总茫茫、不关离别。一任紫玉无情，夜寒吹裂。

谓碧海年年，月轮圆了又缺，缺了又圆。一片秋香吹到，清辉了如冰雪。梧桐飘落，小扇轻摇。又是几番凉热。紫玉无情，必欲将夜寒吹裂。亦只是一种感觉。谓其“别有隐忧”，同样求之太过。

当然，解读纳兰，对于其人其词，仍然离不开知人论世，以意逆志这一方法。说得具体一点就是，解读纳兰，既须知其人，以论其世，得其人之心，亦可以己度人，带着自己的经验，进入其世界。但是，并非随心所欲，任意猜度，而须要一定的凭据。王国维称赞纳兰，谓其初入中原，未染汉人风气。解读纳兰，不能凭借现代人的意志，强行给沾染上现代人的风气。

例如，《浣溪沙》：

泪浥红笺第几行。唤人娇鸟怕开窗。那能闲过好时光。
屏障厌看金碧画，罗衣不奈水沉香。遍翻眉谱只寻常。

歌词从对面设想。不说我方思念对方，而说对方思念我方。如此而已。而论者乃强作解人，提出：纳兰身为殿前侍卫，结婚不久，入值宫禁，或随皇上南巡北狩。两地分隔，离多聚少。对于妻子而言，虽嫁夫君，然多数时候仍不能与其共享青春，以致有此虚度年华之感。如此说纳兰，不仅将“汉人风气”重新给这位少年公子染上，而且添加了今人的意识形态，恐为纳兰所不许。

又如，《踏莎行》（寄见阳）：

倚柳题笺，当花侧帽。赏心应比驱驰好。错教双鬓受东风，看吹绿影成丝早。　　金殿寒鸦，玉阶春草。就中冷暖和谁道。小楼明月镇长闲，人生何事缁尘老。

上下片两个居中句，单句用韵，明白道出歌词的大意。先是以赏心之事和驱驰效命作比较，明确表示，“赏心应比驱驰好”；再是以“就中冷暖和谁道”，提出问题，表示个中冷暖，只有自己最清楚。所说仍然是一种感觉，冷和暖。于此推广至社会人生，所谓冷和暖，就是凉和炎以及落和起。其所作比较，是一种感觉，也是对于人生的思考。论者想当然，以为身为殿前侍卫，似乎苦不堪言。因借以表达“对侍卫护从生涯的厌倦，对‘倚柳题笺，当花侧帽’安闲自适生活的渴望”。纳兰的这一感觉及思考，遂变成打哪份工，或者不打哪份工的计量。纳兰对此，应只能徒唤奈何。

又如，《百字令》：

绿杨飞絮，叹沈沈院落，春归何许。尽日缁尘吹绮陌，迷却梦游归路。世事悠悠，生涯未是，醉眼斜阳暮。伤心怕问，断魂何处金鼓。　　夜来月色如银，和衣独拥，花影疏窗度。脉脉此情谁得识，又道故人别去。细数落花，更阑未睡，别是闲情绪。闻余长叹，西廊惟有鹦鹉。

谓沈沈院落，绿杨飞絮。尽日缁尘，迷却归路。世事悠悠，醉眼斜阳。伤心怕问，断魂金鼓。其所布置，为春归景象。谓花影疏窗，月色如银。故人别去，此情谁识。细数落花，更阑未睡。闻余长叹，惟有鹦鹉。其所叙说，为怀人情绪。合而观之，伤春怀人而已。是否别有怀抱，颇难探知。论者或指其唱叹与故人别后的孤苦寂寞，表明痛苦的心境。谓现实是残酷的，想醉眼相看是不成的，但清醒直面去对待却又令人伤心魂断。故人此际别我而去，这孤苦无告，幽独寂寞又谁能知晓。因而，慨然长叹之声，也只有鹦鹉听到。因指此篇，绝非一般怀人念友之作。这般解读，完全以现代人的意识为意识，用现代人的表述方法进行表述。纳兰有知，不知将作何感想？

纳兰同时之论者有云："成子姿本神仙，虽无妨于富贵；而身游廊庙，恒自托于江湖。"（吴绮《纳兰词·原序》）"虽无妨"、"恒自托"，所说与王国维的论断，颇相近似。大致皆谓其未受所处社会环境及风气的污染。而正因为如此，纳兰其人其词，才得以保存一种自然的形态。如用胡适的话语加以表述，那就是一种最接近自然演变时期，词的"本身"的形态。这应当就是纳兰其人其词之最宝贵之处。

本书凡例如下：

一、编排次序

入选作品，依词调长短为序进行编排。短篇在前，长篇在后。依词调，而不依创作年代，亦不依题材类别。目的在于品赏歌词，兼顾对于词调的了解。

二、注释部分

歌词归属韵文，不宜当语文看待。注释着重在语汇，而非词汇。

对于作品中所用典故的诠释，既不能不与别人同，又不能不与别人异。这就是说，作品所用典，其出处以及内容，不可能与别人异，但经过查证，经过自己的裁断，而后所作诠释，又不能与别人同。尤其是珠玉在前，未敢掠美，更须持以诚实态度。每一注释条文，其来龙去脉，都要有清楚的交代。

除用典外，对于歌词在声情配搭以及篇章组合上所出现特征，亦尽量通过注释加以说明。

三、品评部分

前代论者，品评作品，所用概念都较模糊。今代学者，从本本到本本，大多不理会所用概念的实际意涵。所谓诗无达诂，似乎亦不伤大雅。

必欲清楚表述，其先决条件，应当是自己必须读得懂。

凡所品评，不能脱离文本。就题面生发，又并非只是局限于题面。不说一句不着边际的空话，也不说套话。诸如意象凄怅、意境凄婉，柔肠寸断、摇情动感，以及震撼人心、光辉灿烂，等等。此类重量级的名词、形容词，于相关阐释文本中，随处可见。理应尽量避免。

品评文字，力求贴切、到位，能够说出个所以然来。比如，何谓当行出色？这是解读歌词作品的常用语。大家都这么说，但不一定都能说明白，或者根本就不说。当行出色，就当行出色，有什么好说的呢？本书将其当作一种表现方法看待，指出："无需凭借他物，只是状写过程，其姿态及神采自然涌现。一种白描手段，所谓当行出色，即此之谓也。"（参见《望江南》"初八月"品评）相信比"特美"、"特特美"的赞叹，来得实在。此外，凡遇到歌词中的关键部位，音律吃紧之处，比如起调、毕曲，乃至过遍（过片），其所具特殊地位及作用，亦曾尽量加以揭示，希望有益于读者。

施议对　辛卯重阳后一日（2011年10月6日）于濠上之赤豹书屋

又，纳兰词百首笺析初成，集句以题：

貂裘换酒三首

心字成灰已。《忆江南》却斜阳、春光瘦尽，雨馀花外。《浪淘沙》蝴蝶絮粘飞还住，《菩萨蛮》轻绿一痕帘际。《锦堂春》醒独拥，梦来双倚。《鹊桥仙》只当离愁海涯滞，《沁园春》漾寒沙、无数鸳鸯紫。《菩萨蛮》吹欲碎，柳绵似。《山花子》　乌丝画作回文纸。《菩萨蛮》踏黄尘、登登匹马，邮签第几。《采桑子》娇鸟唤人开窗怕，《浣溪沙》端的误因疏起。《翦梧桐》随逝水，浮萍半世。《山花子》珍重教他风流护，《浪淘沙》借清辉、相偎玉壶泪。《转应曲》垂脉脉，燕归自。《菩萨蛮》

小立红桥柳。《山花子》九秋黄、萧萧欲下，南枝在否。《临江仙》重叠乱山难分杳，《洛阳春》风剪瘦影罗袖。《菩萨蛮》似当日，重来对酒。《霜天晓角》年华忽忽空冷暖，《青玉案》扫眉才、囊镜从前负。《鹊桥仙》崖石转，踟蹰久。《沁园春》
茶烟一缕碧纱透。《采桑子》记无聊、离魂入夜，三声莲漏。《浣溪沙》梦里寒花玉箫隔，《采桑子》只恐醒时依旧。《虞美人》看独卧，藜床北斗。《金缕曲》野火原头烧残碣，《月上海棠》短长亭、啼遍鹧鸪又。《摊破浣溪沙》今古事，剩回首。《满庭芳》

一夜西风翦。《忆王孙》界疏林、茅庵绝顶，尘侵岁晚。《水调歌头》独客单衾谁念我，《临江仙》宝钗望中楼远。《台城路》看月晕，玉阑倚倦。《清平乐》星影微茫寒沙漾，《菩萨蛮》托双鱼、千里征途断。《清平乐》空骏骨，北河转。《沁园春》

照来积雪平于栈。《点绛唇》起频惊、疏钟何处，朦胧斜汉。《采桑子》记得当年惆怅事，《南楼令》画图玉鸦亲展。《浣溪沙》了莫把，韶华轻换。《南乡子》高宴黄羊金盘簇，《于中好》寂边声、焰剔残花短。《生查子》时慰藉，任苍犬。《金缕曲》

望江南

咏弦月

初八月，半镜上青霄。[1]斜倚画阑娇不语，暗移梅影过红桥。[2]裙带北风飘。

【注释】

①“初八”二句：初八月，上弦月。夏历初七、初八月相。地球上所见月球被太阳照明部分的形相。依据其变化，分别为四种形相：朔月，亦称新月，夏历每月初一所见；上弦月，夏历每月初七、初八所见；望月，亦称满月，夏历每月十五日所见；下弦月，夏历每月二十二、二十三日所见。李白《郢门秋怀》：“郢门一为客，巴月三成弦。”谓已变换三种形相。青霄，九霄之第三霄。谓上弦月有如半面明镜悬挂云霄。　②“斜倚”二句：娇不语，谓娇羞不语。和凝《江城子》：“娅姹含情娇不语，纤玉手，抚郎衣。”二句对仗，列述月影自画阑移动至红桥的情状。

【品评】

初八的月亮，有如半面明镜，悬挂云霄。月影变幻，一会儿像美人斜倚着画阑，娅姹含情，娇羞不语；一会儿暗中移动梅枝，越过红桥，悄然而去。北风吹拂，依稀可见，那飘飞的裙带。将月亮拟人化。无需凭借他物，只是状写过程，其姿态及神采自然涌现。一种白描手段，所谓当行出色，即此之谓也。

忆江南

昏鸦尽，小立恨因谁。急雪乍翻香阁絮，轻风吹到胆瓶梅。[①]心字已成灰。[②]

【注释】

①"急雪"二句：急雪乍翻，白雪纷纷。刘义庆《世说新语·言语》："谢太傅寒雪日内集，与儿女讲论文义。俄而雪骤，公欣然曰：'白雪纷纷何所似。'兄子胡儿曰：'撒盐空中差可拟。'兄女曰：'未若柳絮因风起。'公大笑乐。"香阁絮，香阁飞絮。晏几道《六幺令》："绿阴春尽，飞絮绕香阁。"胆瓶，为花器。因器型如悬胆而得名。朱敦儒《绛都春》(梅花)："便须折取归来，胆瓶顿了。"二句对仗，以梅花与雪花对举，状写当前景象。 ②心字：即心字香。以香末索篆成心字，故名。杨慎《词品》(心字香)："范石湖《骖鸾录》云：'番禺人作心字香，用素馨茉莉半开者着净器中，以沉香薄劈，层层相间，密封之，日一易，不待花蔫，花过香成。'所谓心字香者，以香末萦篆成心字也。"蒋捷《一剪梅》(春思)："何日归家洗客袍。银字笙调。心字香烧。"此处意谓，香与心都已成为灰烬。

【品评】

这首词抒写相思离别情绪。谓昏鸦掠过天空，远飞而去，自己却满怀着怨恨，临风独立。眼下是急雪翻飞，有如柳絮散落香阁。晚风轻轻地，吹拂着胆瓶中的寒梅。此时此刻，心字香烧成灰烬，自己的心也已冰冷。以“尽”与“立”，描摹一种状态。而“恨因谁”，则郑重地提出问题。但是，并不马上回答。而以“急雪”与“轻风”，一组并列对句，展开画面。既将内在情思物景化，令其与外部景物，融合为一，又将外部景物情思化，谓其“乍翻”与“吹到”。究竟有情、无情，难以分辨。然后，直至结尾，才推出答案。谓心字香与香字心，都已死去。用的是双关语，颇饶意趣。而言情如此，亦够决绝。或以为说闺中情，代女子立言，谓于冬日黄昏，思念着远游客。但将其当成作者自述，谓于羁旅途中，记挂着闺中人，亦未尝不可。蒋捷《一剪梅》(舟过吴江)有句：“何日归家洗客袍。银字笙调。心字香烧。”所述即非代言。

梦江南(十首录三)

江南好，建业旧长安。[①]紫盖忽临双鹢渡，翠华争拥六龙看。[②]雄丽却高寒。

江南好，城阙尚嵯峨。故物陵前惟石马，遗踪陌上有铜驼。[③]玉树夜深歌。[④]

江南好，怀古意谁传。燕子矶头红蓼月，乌衣巷口绿杨烟。⑤风景忆当年。

【注释】

①建业：今南京。汉为秣陵县，三国吴改为建业。东吴、东晋及南朝宋、齐、梁、陈，皆建都于此。李白《金陵三首》(其一)："晋家南渡日，此地旧长安。" ②"紫盖"二句：紫盖，紫色车盖，借指帝王车驾。一说云气，如谓王者之气。双鹢，船头绘有飞鸟图像的船只，用指皇帝游船。翠华，以翠鸟羽毛作装饰的旗，指帝王仪仗。司马相如《上林赋》："建翠华之旗，树灵鼍之鼓。"六龙，皇帝车驾为六匹马，马八尺称龙，故名。杜牧《长安晴望》"回识六龙巡幸处，飞烟闲绕望春台"即是。二句对仗。并列铺排，以双鹢及六龙，显示出巡时的皇家气象。 ③"故物"二句：石马，前代帝王陵墓前的石雕。杜甫《玉华宫》："当时侍金舆，故物独石马。"铜驼，铜铸的骆驼。《晋书·索靖传》："靖有先识远量，知天下将乱，指洛阳宫门铜驼，叹曰：'会见汝在荆棘中耳。'"《太平寰宇记》引陆机《洛阳记》："洛阳有铜驼街，汉铸铜驼二枚，在宫南，四会道相对。俗语云：'金马门外集众贤，铜驼陌上集少年。'言人物之盛也。"二句对仗，石马、铜驼并列，展现城阙风物。 ④"玉树"句：玉树，指《玉树后庭花》。此曲为南朝陈后主所制。《陈书·张贵妃》："后主每引宾客对贵妃等游宴，则使诸贵人及女学士与狎客共赋新诗，互相赠答。采其尤艳丽者，以为曲词，被以新声。选宫女有容色者以千百数，令习而哥之。分部迭进，持以相乐。其曲有《玉树后庭花》、《临春乐》等，大抵所归，皆美张贵妃、孔贵嫔之

容色也。”此谓旧时城阙，不仅故物、遗踪仍在，夜深之时，仍可闻宫廷艳曲。 ⑤“燕子”二句：燕子矶，地名，在江苏南京东北郊外，长江边上。三面悬绝，状如飞燕。故名。蓼，又名水蓼。秋天开花，淡红，或淡绿，花序如穗。乌衣巷，地名，在今南京秦淮河利涉桥南。为晋宋时王、谢诸名门望族所居之所。萨都剌《西河》（金陵怀古）：“王谢堂前双燕子，乌衣巷口曾相识。”二句对仗，燕子矶与乌衣巷对举。意谓尽管旧日踪迹仍在，但今时已不同于往时。

【品评】

这是《梦江南》组词十首中之前三首。作于康熙二十三年（1684）。时纳兰性德三十岁。

康熙二十三年九月至十一月，作者扈从圣驾，第一次巡幸江南。先后到达南京、苏州、无锡、扬州、镇江等地。据载：圣驾至南京（建业），“父老从观者数万人”，可谓“古今未有之盛举”（《熙朝新语》卷八）。

组词以“江南好”起调。状写到达南京（建业）的观感。其一，总叙建业之雄丽。谓此地乃八代都会，旧时长安。东吴、东晋，南朝宋、齐、梁、陈，南唐、朱明，皆建都于此。这是“好”的依据。一唱一和，即时完满地回答问题。中间一组并列对句，紫盖、翠华，忽临、争拥，亦古亦今，由古时风光到今时风光，将注意力集中在“双鹢”和“六龙”之上，令得巡游，更加充满帝王气象。而结句，于“雄丽”中展示“高寒”，即真实地说出当时的感受。其二、其三，分列建业之风景。一说城阙，一说名胜。谓眼前宫阙，仍巍然而立，不减当年。以一“尚”字，回应起调之所谓“好”。而故物、遗踪，石马、铜驼，即为具体事证。说明昔日繁华仍然见证得到。最后，以一曲艳歌《玉树后庭花》作结，其“哀”以思的感觉，亦油然而生。这是眼前所见城阙。至名胜，则着重说燕子矶和乌衣巷。谓矶头红蓼，在月色当中，显得格外明丽，巷口绿杨，在烟雾笼罩下，越发婀娜多姿。这一切，皆令人回忆起当年风景。统而观之，词章之总叙及分列，都为着呈现一个“好”字。但对于这一个“好”字，并非只是抽象的说教，而且亦非只是局限于某一个方面的观感，而是于对比、对照当中，从不同角度，细加体验及印证，令得江山形胜、人物英雄，染上个人的情感色彩。因而，其吊古之情及伤今之意，也就深深地寄寓其中。这是读纳兰词须特别留意之处。

如梦令

万帐穹庐人醉。星影摇摇欲坠。[①]归梦隔狼河，[②]又被河声搅碎。还睡。还睡。解道醒来无味。

【注释】

①“万帐”二句：穹庐，圆形的毡帐。《汉书·匈奴传下》载：“匈奴父子同穹庐卧。”颜师古注：“穹庐，旃帐也。其形穹隆，故曰穹庐。”又，西清《黑龙江外纪》载：“呼伦贝尔、布特哈居就水草，转徙不时，故以穹庐为室。穹庐，国语曰蒙古博，俗读博为包。冬用毡毳，夏用桦皮及苇。”马致远《汉宫秋》(楔子)：“毡帐秋风迷宿

草，穹庐夜月听悲笳。”将地上穹庐与天上星星对举，以醉，以坠，呈现其状态。　②“归梦”句：狼河，白狼河，即今大凌河，在辽宁省西部。《大清一统志·锦州府一》：“大凌河，在锦县东。”此处由醉入梦，呈现本地风光。可知东巡营寨，正驻扎在白狼河畔。

【品评】

康熙二十一年(1682)春，作于扈从圣驾东巡期间。时作者二十八岁。

穹庐万帐，征人沉醉；满天星影，摇摇欲坠。谓入夜时分，东巡行营驻扎在白狼河畔。“星垂平野阔，月涌大江流”(杜甫《旅夜书怀》)。此时此刻，归梦为白狼河所阻隔，并被拍岸的浪涛声搅得粉碎。这是梦中惊醒的情形。谓归梦未成。那么，醒过以后又当如何呢？谓“还睡。还睡。解道醒来无味”，觉得还是继续睡觉为好。醒时候眼睁睁的思乡滋味，反倒让人难以忍受。

歌词以穹庐、星影两个不同物象，于宇宙间两个不同方位，为展现背景，并以睡(梦)和醒两种不同状态，通过人物的切身体验，揭示情思。布景与说情，阔大而深长。小词中难得有此佳构。王国维论诗词之辨，即曾提出：“诗之境阔，词之言长。”亦曾提出：“‘明月照积雪’，‘大江流日夜’，‘中天悬明月’，‘黄河落日圆’，此种境界，可谓千古壮观。求之于词，惟纳兰容若塞上之作，如《长相思》之‘夜深千帐灯’，《如梦令》之‘万帐穹庐人醉，星影摇摇欲坠’差近之。”(《人间词话》)说明小歌词同样能够创造出千古壮观的大境界。

天仙子

渌水亭秋夜

水浴凉蟾风入袂。[1]鱼鳞蹙损金波碎。[2]好天良夜酒盈樽，心自醉。[3]愁难睡。西风月落城乌起。[4]

【注释】

①“水浴”句：蟾，蟾蜍。月亮的代称。晏几道《鹧鸪天》(七夕)：“情知此会无长计，咫尺凉蟾亦未圆。”水浴，喻沉浸水中。周邦彦《过秦楼》：“水浴清蟾，叶喧凉吹，巷陌马声初断。”此处意谓月亮映照在水中，晚风吹入衣袖。　②“鱼鳞”句：鱼鳞，水纹。白居易《早春西湖闲游，怅然兴怀，忆与微之同赏。因思在越官重事殷，镜湖之游，或恐未暇。偶成十八韵寄微之》：“小桥装雁齿，轻浪甃鱼鳞。”此谓月影闪现金光，像鱼鳞一般细碎。　③“好天”二句：好天良夜，美好的时光，或者好日子。柳永《女冠子》：“好天良夜，无端惹起，千愁万绪。”辛弃疾《临江仙》：“一自酒情诗兴懒，舞裙歌扇阑珊。好天良夜月团团。”二句意谓，美好夜色，美酒盈樽。酒未醉，心自醉。　④“西风”句：城乌，城楼上的乌鸦。温庭筠《更漏子》：“惊塞雁，起城乌。画屏金鹧鸪。”此句意谓月亮下山，天已破晓。

【品评】

天仙子，六句、五仄韵。篇幅短窄，并多齐整的律式句。整体看，可供迂回的空间，极其有限。由于韵脚较密，如依次进行布局，仍有一定层面，便于转折。

大致说来，首二句皆七言，押韵，为一个层面；中间三句，七言一句不押韵，两个三言短句押韵，为一个层面；最后一句单独押韵，为一个层面。三个层面，层折变换，倚声家于此，仍有往返的馀地。

纳兰此词题称：渌水亭秋夜。渌水亭，纳兰家中池畔的园亭。纳兰有诗记之，曰："野色湖光两不分，碧云万顷变黄云。分明一幅江村画，着个闲亭挂夕曛。"(《渌水亭》)谓湖光野色，万顷千顷，仿佛一幅江村画图。所述为夕阳斜挂时的景象。而歌词所述，则为夜间之情事。即其秋夜于亭上独自饮酒的情事。

首二句描绘水面上的物景。谓晚风吹拂，衣袂轻扬。月亮映照在水中。鱼儿游走，水波浮动。月影闪现金光，像鱼鳞一般细碎。这是第一层意思。渌水亭秋夜景象呈现目前。

中间三句，承接当前景，叙当前事。谓好天良夜，美酒盈樽，只可惜，心已醉，愁未消，长夜难眠。这是第二层意思。记述独饮情事。

最后，以景语结。谓漏声断，月西斜，城上乌鸦飞起。这是全篇总归纳。可见盈樽美酒并不能消除其清夜浓愁。

天仙子

梦里蘼芜青一翦。① 玉郎经岁音书断。② 暗钟明月不归来，梁上燕。轻罗扇。[3]好风又落桃花片。

【注释】

①“梦里”句：蘼芜，香草名。又称江蓠。意谓梦中的蘼芜青青如许，像是刚刚修剪过一般。《玉台新咏·古诗之一》：“上山采蘼芜，下山逢故夫。”谢朓《和王主簿季哲怨情诗》：“相逢咏蘼芜，辞宠悲团扇。”孟郊《古薄命妾》：“青山有蘼芜，泪叶长不干。”以上所歌咏，皆与离愁别恨相关。此处可能亦有此意。　②“玉郎”句：玉郎，男子的美称，或女子对丈夫、情人的爱称。牛峤《菩萨蛮》：“门外柳花飞，玉郎犹未归。”鹿虔扆《临江仙》：“一自玉郎游冶去，莲凋月惨仪形。”此处谓音书断，紧接梦中所见，揭示愁与恨的原因。　③“梁上”二句：梁上燕，用以比喻成双成对。冯延巳《长命女》：“三愿如同梁上燕。岁岁长相见。”罗扇，古纨扇之一种。杜牧《秋夕》：“银烛秋光冷画屏，轻罗小扇扑流萤。”白朴《天净沙》(夏)：“云收雨过波添。楼高水冷瓜甜。绿树阴垂画檐。纱橱藤簟，玉人罗扇轻缣。”此处用梁上燕和轻罗扇对举，以显现其不同的命运。

【品评】

歌词说闺怨。依三个层次，作如下安排：

首二句相继推出：谓梦里见到青青的蘼芜，齐整得就像刚刚修剪过一般；自从心上人走后，音书全无，不觉已有一年时间。前一句说梦，为后一句说郎作铺垫。后一句，乃歌词所叙说的中心事件，也是怨恨的根源。二句分别以“翦”、“断”取叶(协)，一说蘼芜，一说音书，都与离愁别恨相关。这是第一层意思。

中间三句，说怨恨的具体情状。谓夜晚的钟声清远悠扬，明月当空，澄澈而圆满，心上人还不归返。梁檐燕子，呢喃私语。纱橱藤簟，罗扇轻摇。这是第二个层次。七言一句，不押韵。承接以上二句的意思，谓暗钟明月，夜晚多美好，心上人偏偏不归来。接着，两个三言短句，"燕"和"扇"押韵。一个成双成对，一个独自与玉人相随相伴。构成强烈对比。

最后，以一景语出之。谓和风吹过，又将桃花打落一大片。什么都不说，似乎无怨也无恨，却为留下无穷馀味。

论者说此词，称其"不减五代人手笔"（陈廷焯《词则》卷五），又称"措词遣句，直逼五代人"（陈廷焯《云韶集》卷十五），不知从何说起，有待仔细加以品赏。

天仙子

好在软绡红泪积。① 漏痕斜罥菱丝碧。② 古钗封寄玉关秋，③ 天咫尺。人南北。不信鸳鸯头不白。④

【注释】

①"好在"句：好在，依旧。说明感情不变。张相《诗词曲语辞汇释》卷六："好在，存问辞。玩其口气，仿佛'好么'，用之既熟，则转而义如'无恙'，又转而不为存问口气，义如'依旧'矣。……宋陈亮《好事近》词咏梅：'好在屋檐斜入，傍玉奴横笛。'此言梅之疏

影横斜依旧也。”软绡，柔软轻薄的丝织物。此指轻柔精致的衣物。红泪，暗用薛灵芸事。王嘉《拾遗记》卷七：“文帝所爱美人，姓薛名灵芸，常山人也。……灵芸闻别父母，歔欷累日，泪下沾衣。至升车就路之时，以玉唾壶承泪，壶则红色。既发常山，及至京师，壶中泪凝如血。”后因以红泪称女子眼泪。白居易《离别难》：“不觉别时红泪尽，归来无泪可沾巾。”晏几道《点绛唇》：“妆席相逢，旋匀红泪歌金缕。”杨慎《丽情集》：“灼灼，锦城官妓也。善舞柘枝，能歌水调，御史裴质与之善。后裴召还，灼灼以软绡聚红泪为寄。”毛滂《调笑词》：“憔悴。何郎地。密寄软绡三尺泪。”此句谓，软绡上泪痕凝聚。　②“漏痕”句：漏痕，屋漏痕。书法术语。谓写字行笔顿挫，如屋漏之蜿蜒下注。陆羽《怀素别传》：“邬兵曹弟子问之曰：‘夫草书于师授之外，须自得之……未知邬兵曹有之乎？’怀素对曰：‘似古钗脚，为草书竖牵之极。’……颜公曰：‘师竖牵学古钗脚，何如屋漏痕。’”此处用指泪痕。菱丝，菱蔓。此句谓凝聚泪痕的软绡，就像浅碧色的绸缎一般。　③“古钗”句：本指钗头。用作书法术语，称古钗脚。吕总《续书评》：“李阳冰书若古钗倚物，力有万夫。李斯之后一人而已。”此处借指泪痕。玉关，玉门关。在今甘肃敦煌西北。庾信《竹杖赋》：“亲友离绝，妻孥流转，玉关寄书，章台留钏。”又，吴伟业《戏题仕女图》：“玉关秋尽雁连天，碛里明驼路几千。”此谓寄书玉关。　④“不信”句：以鸳鸯头白比喻白头偕老。李商隐《代赠》：“鸳鸯可羡头俱白，飞去飞来烟雨秋。”又，欧阳修《荷花赋》：“已见双鱼能比目，应笑鸳鸯会白头。”亦谓坚定信心，相守终老。

【品评】

歌词叙说相思别离情绪，同样依三个层次进行表述：

首二句说菱丝碧。谓漏痕斜罥，指上面草字行行，犹如菱蔓斜挂。又谓软绡红泪，指上面凝聚泪痕，仍依稀可见。这是对于来书的描述。好在，说明感情不变，温爱依旧。因为有实物见证，软绡上留下红泪。这是第一层意思。

中间三句说玉关秋。谓于秋尽之时，玉关接到来书。用古钗脚写成的书信。

古钗与上面的漏痕，指草书，亦指泪痕。如果说漏痕斜罥的菱丝碧为专指，那么，古钗封寄当是泛指。表示出征关塞，接获兰闺锦字。这是由个别到一般的推广。以下两个三言短句，就一个"秋"字，加以引申，将天下这征人、思妇所造成的两地相望，重会无期的局面，展示出来。这是第二层意思。

最后的"不信鸳鸯头不白"，以"不信，不；信，一定"的模式，表示虽遥隔千里，但始终坚信，将相守终老。其所信守，与"梧桐相待老，鸳鸯会双死"(孟郊《列女操》)一样决绝。这是全篇的总结。

三个层次的铺排，其中心意思，即所谓作书寄远者也。征人思妇，相思念远，这是中国古典诗歌的传统题材。《昭代词选》辑录纳兰此词，副题为"古意"，表明是一种仿古之作。乃复制品，并非原创。当不一定来真的，未必有真感情在，比如王国维所说，"真所谓以血书者也"。不一定用心，用生命书写，或者歌咏。也许只是一种游戏文字。并且因为用典，以故事说故事，亦很难相信就是自身的体验。但其将个别推向一般，却更加带有普遍意义。未可等闲视之。

相见欢

落花如梦凄迷。麝烟微。① 又是夕阳潜下小楼西。②

愁无限，消瘦尽，有谁知。③ 闲教玉笼鹦鹉念郎诗。④

【注释】

①“落花”二句：落花如梦，落花的季节，有如梦幻一般。李存勖《如梦令》：“如梦，如梦，残月落花烟重。”秦观《浣溪沙》：“自在飞花轻似梦，无边丝雨细如愁。”皆同此状态。麝烟，焚烧麝香所散发的香烟。杜牧《代人作》：“楼高春日早，屏束麝烟堆。”温庭筠《菩萨蛮》：“深处麝烟长，卧时留薄妆。”二句谓落花季节，凄凉而迷茫；熏炉香烟，袅袅欲残。 ②“又是”句：潜下，潜行而下。杜甫《春夜喜雨》：“随风潜入夜，润物细无声。”杜牧《题扬州禅智寺》：“暮霭生深树，斜阳下小楼。”此处意谓又是一天过去。③“愁无”三句：愁无限，谓时间有限愁无限。冯延巳《鹊踏枝》：“昨夜笙歌容易散。酒醒添得愁无限。”欧阳修《渔家傲》：“寒艳冷香秋不管。情眷眷。凭栏尽日愁无限。”皆此意。消瘦尽，因愁而消瘦。张祜《病宫人》：“惆怅近来消瘦尽，泪珠时傍枕函流。”三句谓没有人可与诉衷情。 ④“闲教”句：谓调教玉笼鹦鹉，为念郎粉诗句。韦庄《归国谣》：“惆怅玉笼鹦鹉，单栖无伴侣。”柳永《甘草子》：“奈此个、单栖情绪。却傍金笼教鹦鹉。念粉郎言语。”

【品评】

歌词叙说伤春念远情绪。可作闺怨看，亦可作宫怨。属于一种代言体。

上片布景。谓春花飘落，如烟似梦。熏炉里的香烟，袅袅欲残。一日复一日，西下的太阳又悄悄地躲到小楼西头那边去。

下片说情。谓情眷眷，愁无限。消瘦尽，泪珠流。无人怜惜。得闲之时，只能调教鹦鹉，让念心上人的诗。

款款情意，娓娓道来。心中无限，一点不动声色。无怨无恨，有的却是无可奈何的思念。代言者，代替他人立言，能代出如此水平，亦甚难得。

生查子

短焰剔残花，夜久边声寂。① 倦舞却闻鸡，暗觉青绫湿。② 天水接冥蒙，一角西南白。③ 欲渡浣花溪，远梦轻无力。④

【注释】

①"短焰"二句：残花，将谢的花。李商隐《残花》："残花啼露莫留春，尖发谁非怨别人。"此指烛花。边声，边地羌管、胡笳、画角等声音。李陵《答苏武书》："夜不能寐，侧耳远听。胡笳互动，牧马悲鸣。吟啸成群，边声四起。晨坐听之，不觉泪下。"骆宾王《望月有所思》："晓色依关近，边声杂吹哀。"范仲淹《渔家傲》："四

面边声连角起。千嶂里。长烟落日孤城闭。”此谓夜深人静，连边地的画角声也静了下来。　②“倦舞”二句：倦舞，倦于起舞。《晋书·祖逖传》：“（祖逖）与司空刘琨俱为司州主簿，情好绸缪，共被同寝。中夜闻荒鸡鸣，蹴琨觉曰：‘此非恶声也。’因起舞。”此处反用其典。青绫，带有青色花纹的丝织物。庾信《谢赵王赉白罗袍袴启》：“永无黄葛之嗟，方见青绫之重。”苏轼《观杭州钤辖欧育刀剑战袍》：“青绫衲衫暖衬甲，红线勒帛光绕肋。”此谓清晨雾气，将衣裳打湿。　③“天水”二句：冥蒙，幽暗不明。左思《吴都赋》：“岛屿绵邈，洲渚冯隆。旷瞻迢递，迥眺冥蒙。”黄滔《水殿赋》：“三十六宫之云雨，澒洞随来，一千馀里之烟尘，冥蒙扑去。”皆此意。接冥蒙，谓天水相连一直到苍茫以外。刘仙伦《贺新郎》：“天水相连苍茫外，更碧云、去尽山无数。”亦此意。二句为天亮（西南白）时的景象。　④“欲渡”二句：浣花溪，锦江支流。一名濯锦江，又名百花潭。在四川成都西郊，溪畔有杜甫故居浣花草堂。传说溪上有浣衣女。张泌《江城子》：“浣花溪上见卿卿，脸波秋水明。”远梦，思念远方的梦。李白《忆襄阳旧游赠济阳马少府巨》：“归心结远梦，落日悬春愁。”此处谓欲渡浣花，仍然是一种梦想。

【品评】

谓短焰残花，剪了又剪。萧索边声，令长夜显得更加沉寂。倦于起舞，却听到荒鸡鸣叫。大清早的雾气，将衣裳打湿。一时间，顿生寒凉。这是上片。说长夜情事。下片天已亮，说天亮一刻情事。谓“一角西南白”，换上另一意思。之前，乃冥蒙的太空，幽暗不明，遥不可及；此刻，西南一角露出白光，视野渐次往远处推移。即从眼前，连接一起的天与水，直到幽暗不明的苍茫以外。但此刻，欲渡浣花，仍然无法得遂所愿。这是下片。就一个“白”字加以生发，并且浮想联翩，令其思绪不至缠绕在“倦”的困挠之中。外部物景的变换，可见其内在心理活动。不过并非正在做梦。因此处所说“远梦”，和李白忆襄阳旧游一样，所谓“归心结远梦，落日悬春愁”，都只是一种联想，不一定就在梦中。或谓：“上片倦舞，深藏隐怨。下片写梦里情景，表达怨情与离忧。”（张秉戍《纳兰词笺注》）如此解说，恐未尽妥当。

生查子

散帙坐凝尘，吹气幽兰并。①茶名龙凤团，香字鸳鸯饼。②　　玉局类弹棋，颠倒双栖影。③花月不曾闲，莫放相思醒。④

【注释】

①“散帙”二句：散帙，指打开的书卷，亦借指读书。谢灵运《酬从弟惠连》：“凌涧寻我室，散帙问所知。”刘良注：“散帙，谓开书帙也。”王维《丁寓田家有赠》：“开轩御衣服，散帙理章句。”凝尘，尘土聚积。《晋书·简文帝纪》：“帝少有风仪，善容止，留心典籍，不以居处为意，凝尘满席，湛如也。”吹气幽兰，或谓吹气胜兰，指美女气息之香胜于兰花。郭宪《洞冥记》：“汉武帝所幸宫人，名曰丽娟，年始十四，玉肤柔软，吹气如兰。”二句意谓书卷聚积尘

土，身旁有丽娟一般的丫鬟并立。 ②“茶名”二句：龙凤团，龙团凤饼。宋代贡茶。苏辙《凤咮石砚铭》序：“北苑茶冠天下，岁贡龙凤团，不得凤凰山咮潭水则不成。”北苑，在今福建建瓯东峰镇。龙凤团是皇家专用茶，因茶饼上印有龙凤形纹饰，故名。鸳鸯饼，形似鸳鸯的焚香饼。以茶与香之名贵，见其身份及地位。而就名称看，则与相思有关。带有睹物思人之意。 ③“玉局”二句：玉局，即棋盘。李商隐《灯》：“锦囊名画掩，玉局败棋收。”贺铸《南乡子》：“玉局弹棋无限意，缠绵。肠断吴蚕两处眠。”弹棋，古代一种棋戏。李贤注《后汉书·梁冀传》引《艺经》曰：“弹棋，两人对局，白黑棋各六枚，先列棋相当，更先弹也。其局以石为之。”王涯《宫词》：“向晚移灯上银擎，丛丛绿鬓坐弹棋。”双栖影，双宿身影。二句指玉局弹棋，玩乐戏耍情景。 ④“花月”二句：花月，花前月下。白居易《老病》：“尽听笙歌夜醉眠，若非月下即花前。”相思醒，犹言相思之“醉”而复“醒”，即谓花前月下，笙歌醉眠，不要触动我的相思之情。

【品评】

书卷散乱，无心阅读，上面已有轻轻的尘土聚积。镇日里，温香如兰，身旁是丫鬟并立。茶称极品龙凤，香为鸳鸯饼。玉局弹棋，玩乐戏耍。颠倒映现，双宿身影。这个时候，龙凤、鸳鸯，还有双栖鸟，都成双作对，只有自己孤单寂寞，百无聊奈。花前月下，笙歌醉眠，千万不要触动我的相思之情。歌词大意如是。

就谋篇布局看，上片所说乃读书、品茶，下片是玉局弹棋，而落脚点则在于一个“醒”字。“莫放相思醒”，以为相思亦有醒与醉的时候。这是歌词主人公的痴想。似乎相思和人一样，都不能放任自流。古诗词中，有所谓无理之妙者，应当就是这么一回事。

生查子

东风不解愁，偷展湘裙衩。[①] 独夜背纱笼，影着纤腰画。[②] 爇尽水沉烟，露滴鸳鸯瓦。[③] 花骨冷宜香，小立樱桃下。[④]

【注释】

①“东风”二句：湘裙衩，指用湘地丝绸制作的裙衩。李群玉《同郑相并歌姬小饮戏赠》：“裙拖六幅湘江水，鬓耸巫山一段云。”晏几道《鹧鸪天》：“歌渐咽，酒初醺。尽将红泪湿湘裙。”衩为衣裙下边的开口。李商隐《无题》：“十岁去踏青，芙蓉作裙衩。”此谓东风不解愁，仍然将六幅湘裙展开。 ②“独夜”二句：背，背部对着或后部靠着。柳宗元《童区寄传》：“童微伺其睡，以缚背刃，力上下，得绝。”纱笼，纱制灯笼。白居易《宿东亭晓兴》：“温温土炉火，耿耿纱笼烛。”高观国《御街行》（赋轿）：“归来时晚，纱笼引道，扶下人微醉。”二句意谓背立纱笼，映照出纤细身影。 ③“爇尽”二句：爇，燃烧。谓沉香已经燃尽。水沉，即水沉香、沉香。纳兰性德《百字令》：“灯灺挑残，炉烟爇尽，无语空凝咽。”鸳鸯瓦，成对的瓦。一俯一仰，形同鸳鸯依偎交合。白居易《长恨歌》：“鸳鸯瓦冷霜华重，翡翠衾寒谁与共。”二句谓灯残、香尽，一直到大天亮。早

晨的露水，滴落在鸳鸯瓦上。④“花骨”二句：花骨，花骨朵，即花蕾。苏轼《雨中看牡丹》：“清寒入花骨，肃肃初自持。”此处谓其品格高洁，独立花下。

【品评】

东风不解，偷展裙衩。背立纱笼，映照出纤细身影。灯灺挑残，沉香燃尽。早晨的露水，滴落在鸳鸯瓦上。清寒入骨，花蕾发出宜人芬香。樱桃时节，可人儿花下独立。

歌词描绘人物。上片于灯影下，着重在形貌，谓其身段窈窕。下片于花影下，着重在风神，谓其品格高洁。

这是一位闺阁中女子。通过自身的行为活动，其形貌风神，已清晰可见。但是，在这一孤独的夜晚，这位女子究竟正想些什么？则颇难探知。从字面自身的意义看，东风不解我能解，说明是一个“愁”字，只是愁的内容仍未能知。而从字面以外的意义看，“小立樱桃下”，这时候，其内心活动，可就不能随意推测。比如，论者指怀春（张秉戍《纳兰词笺注》），似缺少凭证。就词论词，仍须落到实处。

昭君怨

暮雨丝丝吹湿。倦柳愁荷风急。[①] 瘦骨不禁秋。总成愁。　别有心情怎说。未是诉愁时节。谯鼓已三更。梦须成。[②]

【注释】

①倦柳愁荷:此谓秋色已浓。史达祖《秋霁》:“江水苍苍,望倦柳愁荷,共感秋色。”同此意。 ②“谯鼓”二句:谯鼓,谯楼上的更鼓。古代于城门望楼之上置鼓,为鼓楼。可瞭望,并以报时。二句总说,愁成梦未成。

【品评】

这是一首咏怀词。上片布景,下片说情。相关物景,暮雨和急风;相关情思,愁成梦未成。大致意思是:暮雨丝丝,将衣裳吹湿。阵阵急风,杨柳和荷叶被刮得七零八落。枯瘦身躯,怎么禁受得起。秋雨秋风,真个愁煞人也。只是自己的一番心思,别人不能理解。现在也还不是说愁的时候。谯楼上鼓打三更,长夜将尽。我的梦想,照理也应当实现。

景和情,都交代得十分清楚。但不知这位贵公子,究竟愁些什么,有何梦想?

这一切,所谓“别有心情”,且留待读者诸君细加品赏。

昭君怨

深禁好春谁惜。薄暮瑶阶伫立。[①]别院管弦声。不分明。　　又是梨花欲谢。绣被春寒今夜。[②]寂寞锁朱门。梦承恩。[③]

【注释】

①“深禁”二句：深禁，深宫。禁，帝王宫殿。蔡邕《独断》引史官记事：“天子所居曰禁中，言门户有禁，非侍御之臣不得入也。”瑶阶，玉砌的台阶。宫殿中台阶的美称。王嘉《拾遗记·炎帝神农》：“筑圆丘以祀朝日，饰瑶阶以揖夜光。”杜牧《秋夕》：“瑶阶夜色凉如水，坐看牵牛织女星。”此处谓其伫立瑶阶，埋怨宫禁。②“又是”二句：梨花欲谢，谓春将归去。李清照《浣溪沙》：“远岫出云催薄暮，细风吹雨弄轻阴。梨花欲谢恐难禁。”绣被春寒，谓孤独。晏几道《生查子》：“牵系玉楼人，绣被春寒夜。”二句说当前处境，谓又是一个春寒之夜。③“寂寞”二句：朱门，指皇宫。孙光宪《生查子》：“寂寞掩朱门，正是天将暮。”蔡伸《玉楼春》：“碧桃溪上蓝桥路。寂寞朱门闲院宇。”承恩，蒙受恩泽。岑参《送张献心充副使归河西杂句》：“前日承恩白虎殿，归来见者谁不羡。”韦庄《小重山》：“夜寒宫漏永，梦君恩。”此处谓，只能于梦中蒙受恩泽。

【品评】

歌词说宫怨。谓宫禁深深，美好青春，无人怜惜。傍晚时分，伫立瑶台石阶。

后宫管弦音乐，一阵一阵，不是很分明。又是梨花将谢季节，绣被春寒，怎么度过这一夜。寂寞朱门，紧紧关闭。夜寒漏永，引领望幸，希望能够做一个承恩的梦。

明明是充满着怨恨，却表现得无忧无怨。论者以为，这可能与顺康朝的宫廷改革有关。谓“清代宫廷中宫女已是无多”，“宫怨体诗歌产生之社会背景已经消失”（赵秀亭、冯统一《饮水词笺校》)。这一说法,可提供参考。

点绛唇

咏风兰①

别样幽芬,更无浓艳催开处。② 凌波欲去。且为东风住。③　忒煞萧疏,争奈秋如许。还留取。冷香半缕。第一湘江雨。

【注释】

①风兰:兰科植物。徐珂《清稗类钞·植物类·风兰》云:风兰,寄生于深山树干上。叶似兰而短,有厚剑脊。夏开小白花。有一二瓣曲而下垂,微香,无土亦可生。　②"别样"二句:幽芬,清香。爱新觉罗·玄烨《秋兰》:"幽芬散缃帙,静影依疏棂。"浓艳,代指花朵。张元幹《兰陵王》:"看最乐王孙,浓艳争劝。"二句赞其异香。　③"凌波"二句:凌波,形容在水上行走的轻盈姿态。曹植《洛神赋》:"凌波微步,罗袜生尘。"二句赞其姿态。

【品评】

歌词咏风兰,说明是一首咏物词,而另有副题——《题见阳画兰》,则以题画为标榜。画者张纯修,字子敏,号见阳,辽阳人,隶汉军正白旗,累官安徽庐州府知府,有《语石轩词》一卷。与容若为异姓昆弟。康熙十八年(1679),张见阳出任湖南江华县令。其间,容若为题画。谓“别样”,除了说“幽芬”,以为香味不寻常,此外,主要在描摹其姿态。谓其不求浓艳,于风中摇曳,有如仙子,凌波微步,但她却并不随仙子远去,而陪伴春风暂住。这是上片,说花中风兰。下片转入画中。谓萧疏如许,一派高秋景象,令人叫绝。且其一二花瓣,仿佛散发出缕缕清香。似此画作,堪称湘江第一。

浣溪沙

身向云山那畔行。北风吹断马嘶声。① 深秋远塞若为情。②　一抹晚烟荒戍垒,半竿斜日旧关城。③ 古今幽恨几时平。

【注释】

①“身向”二句:云山,天边的山峦。杨万里《晓行望云山》:“霁天欲晓未明间,满目奇峰总可观。却有一峰忽然长,方知不动是真山。”那畔,那边。齐己《道林寓居》:“青嶂这边来已熟,红尘那畔去应疏。”辛弃疾《丑奴儿近》(博山道中效李易安体):“青旗卖酒,山那畔别有人家。”马嘶声,马的鸣叫声。王维《从军行》:“笳悲马嘶乱,争渡金河水。”和凝《江城子》:“轻拨朱弦,恐乱马嘶声。”二句以云山行及北风吹,指出征远塞。　②“深秋”句:若为情,何以为情,或难以为情。朱熹《水调歌头》(联句问讯罗汉同、

张敬夫)："不知岩上枯木，今夜若为情。"此为首二韵的小结，谓远塞深秋，萧瑟摇落，难以抵御。　③"一抹"二句：荒戍垒，荒凉萧瑟的营垒。戍，保卫。陆游《诉衷情》："当年万里觅封侯。匹马戍梁州。"半竿斜日，谓夕阳将下。赵善庆［中吕］《普天乐》(江头秋行)："半竿落日，一声过雁，几处危楼。"二句对仗，以晚烟、斜日并列，状写戍垒、关城的目前景象。

【品评】

这首词作于康熙二十一年(1682)八月至十二月，出使梭龙期间。时作者二十八岁。

上片说深秋时节，出征远塞的情形。一方面是身向云山行，一方面则吹断马嘶声。白云、北风，令人心绪摇落。不知如何表达自己的感情。下片说战地(戍垒)风光及古今幽恨。谓晚烟一抹，冉冉升起，天际间营垒，荒凉而萧瑟；斜日半竿，于旗杆上消失，往昔关城，依然在眼前屹立。古往今来，几多幽恨，不知何时才能平息。前后两个疑问句，表示一种关怀，一种思考。论者谓其"白日相思"，恐未必。

浣溪沙

记绾长条欲别难。盈盈自此隔银湾。[1] 便无风雪也摧残。　　青雀几时裁锦字，玉虫连夜剪春幡。[2] 不禁辛苦况相关。

【注释】

①“记绾”二句：绾，系念，挂念。刘禹锡《杨柳枝词九首》（之八）：“长安陌上无穷树，惟有垂杨绾别离。”长条，此指柳条。张乔《寄维扬故人》：“离别河边绾柳条，千山万水玉人遥。”又，李商隐《离亭赋得折杨柳》：“人世死前惟有别，春风争拟惜长条。”皆言折柳赠别事。盈盈，水清澈貌。《古诗十九首》（其十）：“盈盈一水间，脉脉不得语。”银湾，银河。李贺《溪晚凉》：“玉烟青湿白如幢，银湾晓转流天东。”此谓有如牛郎织女一般，为盈盈一水所间隔。②“青雀”二句：青雀，青鸟。传说中西王母信使，常以此指代传信的使者。班固《汉武故事》：“七月七日，上于承华殿斋。日正中，忽见有青鸟从西方来，集殿前。上问东方朔。朔对曰：‘西王母暮必降尊象，上宜洒扫以待之。’……有顷，王母至。乘紫车，玉女夹驭。载七胜，青气如云。有二青鸟如鸾，夹侍王母旁。”李乔《拟古东飞伯劳西飞燕》：“传书青鸟迎萧凤，巫岭荆台数通梦。”锦字，织锦上的字。指书信。前秦秦州刺史窦滔，被徙流沙。其妻苏蕙，织锦为回文旋图诗以寄。后以此指妻子寄丈夫书。顾敻《浣溪纱》：“惆怅经年别谢娘。月窗花院好风光。此时相望最情伤。

青鸟不来传锦字，瑶姬何处锁兰房。忍教魂梦两茫茫。”玉虫，灯花。范成大《客中呈幼度》：“今朝合有家书到，昨夜灯花缀玉虫。”张可久《小桃红》（春思）：“灯花玉虫，罗屏金凤，残月小帘栊。”春幡，春日所做小旗。旧俗，立春日，将其悬挂枝头或戴在头上，故称春幡。《岁时风土记》：“立春之日，士大夫之家，剪彩为小幡，谓之春幡。或悬于家人之头，或缀于花枝之下。”辛弃疾《汉宫春》（立春日）：“春已归来，看美人头上，袅袅春幡。”二句对仗，一谓青鸟未到，锦字不回；另一谓不知是否为春的来临，正连夜于灯下为剪裁春幡。两相并列，以见其相聚之难。

【品评】

歌词说别离情绪。上下两片所说略有不同：一说相别之难，一说相聚之难。

记得当时，折柳送别。万水千山，离情殷殷。离别之后，有如牛女星桥，青天碧海，生死相望。上片首二韵，自河边柳条，而银湾玉烟，由人间到天上，并列展现出别离所造成的隔阂，为实写。结拍说，即使无风无雪，也还是惆怅难耐。"便无"、"也"，假设、转折，为虚写，是为首二韵的小归纳。这是上片。侧重于以往情事。下片转向目前。谓青鸟未到，锦字不回，亦不知是否连夜于灯下为剪裁春幡。首二句对起，皆想象中情事。其中，青雀、玉虫，虽虚犹实，全都是摸得着、看得到的具体物事。但歇拍仍为虚写，既以"不禁"管领首二韵，说明目前盼望之苦、之难忍，又着一"况"字，将上下所说种种相关情状，包括以往的分离之苦难联系在一起，成为全篇的总归纳。上下两结句，皆善以虚字呼唤（张炎《词源》卷下），这是慢词作法在小词创作中的运用，尤能见其匠心，须细加寻绎。

浣溪沙

十八年来堕世间。吹花嚼蕊弄冰弦。[1] 多情情寄阿谁边。[2]　　紫玉钗斜灯影背，红绵粉冷枕函偏。[3]相看好处却无言。[4]

【注释】

①“十八”二句：十八年来，李商隐《曼倩辞》：“十八年来堕世间，瑶池归梦碧桃闲。”此处化用其意。又，《仙吏传·东方朔传》：“朔未死时，问同舍郎曰：‘天下人无能知朔，知朔者惟太王公耳。’朔卒后，武帝得此语，即召太王公问之曰：‘尔知东方朔乎？’公对曰：‘不知。’‘公何所能？’曰：‘颇善星历。’帝问：‘诸星皆具在否？’曰：‘诸星具在，独不见岁星十八年，今复见耳。’帝仰天叹曰：‘东方朔生在朕旁十八年，而不知是岁星哉！’惨然不乐。”吹花，指吹叶，用树叶吹出音调。嚼蕊，咀嚼花蕊，品赏芬芳。比喻歌乐、吟咏之事。李商隐《柳枝诗序》：“柳枝，洛中里娘也。……生十七年，涂妆绾髻未尝竟。已复起去，吹叶嚼蕊，调丝擫管，作天海风涛之曲，幽忆怨断之音。……余从昆让山，比柳枝居为近。他日春曾阴，让山下马柳枝南柳下，咏余《燕台诗》。柳枝惊问：‘谁人有此，谁人为是？’让山谓曰：‘此吾里中少年叔耳。’柳枝手断长带，结让山为赠叔乞诗。明日，余比马出其巷，柳枝丫鬟毕妆，抱立扇下，风障一袖，指曰：‘若叔是？后三日，邻当去溅裙水上，以博山香待，与郎俱过。’余诺之。会所友有偕当诣京师者，戏盗余卧装以先，不果留。”此以柳枝为揭示歌词主人公身份。又，胡翼龙《满庭芳》：“吹花题叶事，如今梦里，记得依然。”冰弦，冰蚕丝做的琴弦。《太真外传》记载，中官白季贞从四川带回一把琵琶献给杨贵妃，其弦乃拘弥国所贡绿冰蚕丝。又说，冰弦，乃冰弦玉柱，

即筝。苏轼《江神子》:“忽闻江上弄哀筝。苦含情。遣谁听。”此处歌咏其不平凡的来历,并以吹花嚼蕊,拨弄冰弦,赞颂其才艺。②“多情”句:阿谁,旧时一种口头语,也常用作禅林语。意即“谁”。《十五从军行》:“道逢乡里人,家中有阿谁。”边,相当于处,表示方位。元好问《鹧鸪天》:“罗裙细看轻盈态,元在腰肢婀娜边。”此谓不知其究竟属意于谁。　③“紫玉”二句:紫玉钗,古时妇女头饰。蒋防《霍小玉传》:“曾令侍婢浣沙将紫玉钗一只诣景先家货之。路逢内作老玉工,见浣沙所执,前来认之曰:‘此钗,吾所作也。昔岁霍王小女将欲上鬟,令我作此,酬我万钱。我尝不忘。汝是何人,从何而得?’”红绵,装枕之物。此谓泪湿红绵。崔国辅《白纻辞》(二首其一):“坐惜玉楼春欲尽,红绵粉絮裛妆啼。”周邦彦《蝶恋花》(月皎惊乌栖不定):“唤起两眸清炯炯。泪花落枕红绵冷。”枕函偏,移动,或斜靠着枕函。韦庄《思帝乡》:“髻坠钗垂无力,枕函欹。”二句对仗,以紫玉钗和红绵粉,描绘其当前情态。　④“相看”句:相看,彼此对看。梁简文帝萧纲《对烛赋》:“回照金屏里,脉脉两相看。”汤显祖《牡丹亭·惊梦》:“是那处曾相见,相看俨然,早难道这好处相逢无一言。”此谓相对无言。

【品评】

这首词歌咏人物。上片说其来历及才华,下片说两个人在一起时的情事及感受。“十八年来堕世间,瑶池归梦碧桃闲”,化用成句,谓其并非泛泛之辈,可能乃岁星临凡,但究竟是妻还是妾,或者一般女朋友,各有各的说法,则颇难断定。不过,对其才华,比如吹花嚼蕊,拨弄冰弦,则无可争议。那么,这位多情多艺的女子，究竟倾心于哪一位少年公子呢？和柳枝的故事一样，机会千万不能错过。这是上片。着重于对方落笔，并借助旧典加以攀比。下片说情事和感受，直接用白描手段进行铺叙。谓背着灯影，紫玉钗斜向一边；红粉湿透，枕函觉得冰凉。紫玉钗斜和红绵粉冷，二事对举，构成并列对句。这时候，你看着我，我看着你，相对无言。这是下片。词作所歌咏人物，其多情之所寄，至此已经有了着落。只是因为妾身未明，对于这首词究竟写的是什么，似仍有不同的意见。有论者据叶舒崇《皇清纳腊室卢氏墓志铭》所载“年十八，归余同年生成德，姓纳腊氏，字容若”进行推算，指此词作于康熙十三年作者与卢氏新婚之时（张草纫《纳兰词集》导读）。因认定歌词所写乃新婚夜情事。又有论者据柳枝故事和小玉故事，指其为歌女而作，对象乃沈宛。谓康熙二十三年岁杪，顾贞观作伐，沈宛至京，归性德为妾，词即作于此时。沈本江南一名女校书（参见赵秀亭、冯统一《饮水词笺校》）。以上猜测，各有各的依据，但是否有此必要，好像也很难说，读者宜斟酌之。

浣溪沙

泪浥红笺第几行。唤人娇鸟怕开窗。①那能闲过好时光。②　　屏障厌看金碧画，罗衣不奈水沉香。③遍翻眉谱只寻常。④

【注释】

①“泪浥”二句：泪浥红笺，眼泪沾湿信笺。欧阳修《洞仙歌令》：“拟写相思寄归信，未写了，泪成行，早满香笺。”晏几道《两同心》：“相思处，一纸红笺，无限啼痕。”娇鸟，娇媚的鸟。卢照邻《长安古意》：“百丈游丝争绕树，一群娇鸟共啼花。”二句谓书信写未了，泪已成行；害怕听到窗外的鸟叫声。　②“那能”句：好时光，美好时光。李隆基《好时光》：“彼此当年少，莫负好时光。”此处套用其语，谓不能让美好时光等闲过去。　③“屏障”二句：屏障，屏风。张耒《东堂初寒创意作竹屏障》（其二）：“竹屏风下凭乌几，画作柯山居士图。”金碧画，金碧山水画，即水墨山水。乃“以青绿为质，金碧为纹”，故称。水沉香，即沉香。又称沉水香。常绿本，瑞香科。周邦彦《浣溪沙》：“金屋无人风竹乱，衣篝尽日水沉微。”无名氏《喜迁莺》：“异香似薰沉水，素色端如玉莹。”二句对仗，意谓既不喜欢屏障上的金碧画，又受不了罗衣所散发的水沉香。④“遍翻”句：眉谱，女子画眉图谱。杨慎《丹铅续录·十眉图》：“唐明皇令画工画十眉图。一曰鸳鸯眉，又名八字眉；二曰小山眉，又名远山眉；三曰五岳眉；四曰三峰眉；五曰垂珠眉；六曰月棱眉，又名却月眉；七曰分梢眉；八曰还烟眉，又名涵烟眉；九曰横云眉，又名横烟眉；十曰倒晕眉。”高适《塞下曲》：“荡子从军事征战，蛾眉蝉娟守空闺。”晏几道《六么令》：“晚来翠眉宫样，巧把远山学。”苏轼《眉子石砚歌赠胡訚》：“君不见，成都画手开十眉，横云却月争新奇。”此为全篇总结，谓即使争奇弄巧的画眉图谱，看来也很平常。

【品评】

这首词从对面设想。谓对方此时正在拟写相思，只是没写上几行，忍不住伤心泪落，将香笺沾湿；当听到外面的鸟叫声，声声娇媚，赶忙将窗门关上。怎么能够让美好时光就这么匆匆流逝。这是上片。以并列方式，分述二事。一为泪湿香笺，一为倦听啼鸟。而后揭示原因：说明害怕青春被耽误，才显得如此难堪。其所描述，乃侧重于人物外在行为活动。下片转向内在心理活动。谓其既厌倦屏风上的金碧山水，又受不了暖薰沉水，身上的罗衣散发异香。这时候，即使是翻遍画眉图谱，画工十眉（图），十个花样，也找不到心中所喜欢的那一样。这是下片，以对偶方式，列述二物，金碧画与水沉香，说明对方并不满意当下所处环境。而歇拍称，不愿独自画眉，既为增添不乐意的事物，于金碧画、水沉香外，平添一物——眉谱，又为主人公的外在行为活动及内在心理活动，作一总归纳。这就是对方的状况。

大致说来，这首词并不难解。所谓从对面设想，或者说“诗从对面飞来”（浦起龙语），乃古典诗词中常见的一种艺术表现手法。论者对之皆颇为推崇，如曰：“明明是我在思念妻子，却偏从设想中妻子念我写来，如此则更为深挚屈曲。”（张秉戌《纳兰词笺注》）算是读懂了这首词。但是，另有论者以为：纳兰性德身为殿前侍卫，和妻子结婚以后，入值宫禁或随皇上南巡北狩，分隔两地，离多聚少，对妻子而言，虽嫁夫君，然多数时候仍不能与其共享青春，以致她有此虚度年华之感。如此说纳兰，不仅将“汉人风气”强行给这位少年公子染上，而且添加了今人的意识形态，实在有点遗憾。

浣溪沙

五字诗中目乍成。尽教残福折书生。[1]手挼裙带那时情。[2]　　别后心期和梦杳，年来憔悴与愁并。[3]夕阳依旧小窗明。[4]

【注释】

①"五字"二句：五字诗，即五言诗。许浑《赠闲师》："东林共许三乘学，南国争传五字诗。"元好问《济南杂诗》（其五）："只应画戟清香地，多欠韦郎五字诗。"目成，指男女相爱，目光传情，两心相许。屈原《楚辞·九歌·少司命》："满堂兮美人，忽独与余兮目成。"朱熹注："言美人并会，盈满于堂，而司命独与我睨而相视，以成亲好。"王彦泓《有赠》："矜严时已逗风情，五字诗中目乍成。"李治《摸鱼儿》："六郎夫妇三生梦，肠断目成眉语。"残福，短暂的幸福。王彦泓《梦游》（十二首之四）："相对只消香共茗，半宵残福折书生。"此谓五字歌诗，为传幽情。尽管只是短暂的遇合，却也曾令得我黯然魂销。　②"手挼"句：挼，揉搓。曹唐《小游仙》："玉女暗来花下立，手挼裙带问昭王。"薛昭蕴《小重山》："手挼裙带绕阶行。思君切，罗幌暗尘生。"赵汝茪《摘红英》："银屏悄。罗裙小。一点相思，满塘春草。"此指相见当时情态。　③"别后"二句：心期，心中相许。陶潜《酬丁柴桑》："实欣心期，方从我游。"《南史·向柳传》："我与士逊心期久矣，岂可一旦以势利处之。"王

勃《山亭兴序》："百年奇表，开壮志于高明；千里心期，得神交于下走。"憔悴，枯槁貌。贺铸《小重山》："画桥临水凤城东。楼前柳，憔悴几秋风。"二句对仗，谓别后心期，如梦幻一般渺茫遥远，而今愁绪已令得自己与秋风共憔悴。 ④"夕阳"句：意谓夕阳依旧，小窗依旧，只是人不依旧。陆游《浣溪沙》(和无咎韵)："懒向沙头醉玉瓶。唤君同赏小窗明。夕阳吹角最关情。"同是夕阳、小窗景象。

【品评】

此词叙说别后相思。起拍二句皆为成句，自王彦泓集中搬将过来。谓五字歌诗，为传幽情，二目相视，以成亲好；尽管只是短暂的遇合，却也曾令得我黯然魂销。

二句所述，一层深似一层。所谓"残福"，有如半宵相对，甚是值得珍重。而结拍的"那时情"，既是对方"手挼裙带"、银屏悄立的情景，也是我方尽教折杀，不能自持的情景。这是上片，谓两心相许、私订终身。下片说今日情景。换拍二句对仗，并列展现衣带渐宽、为伊憔悴所出现的情状。谓离别之后，千里心期，伴随着缥缈魂梦，越来越显得遥远而渺茫；近一段时间，腰肢瘦损，形容枯槁，愁绪已令得自己与秋风共憔悴。"心期"、"憔悴"，原来都不容易说清楚，将其和梦、与愁，联系在一起，也就可见其踪迹。这是今日情景。煞拍总结全篇。谓西下太阳，将小窗照得明亮。既是当前独自守着、物是人非的境况，又是当时夕阳有意、长傍小窗的境况。说明：夕阳依旧，小窗依旧，只是人不依旧。

就整体上看，那时、今时，相遇、相别，其外在行为及内心活动，种种情事，尽是直说。即以赋笔为之，而非假借他物，依靠比兴。但于呈现过程，那时、今时，往日、今日，构成鲜明对比，表现得十分出色当行。吴世昌谓周邦彦“以小词写故事”，乃有大宗。纳兰此作，似亦得其真传，颇堪玩味。

浣溪沙

十里湖光载酒游。青帘低映白苹洲。① 西风听彻采菱讴。　沙岸有时双袖拥，画船何处一竿收。② 归来无语晚妆楼。

【注释】

①“十里”二句：载酒，以车拉酒，此以船。《汉书·扬雄传下》：“家素贫，嗜酒，人希至其门。时有好事者载酒肴从游学。”陆游《舟中对月》：“百壶载酒游凌云，醉中挥袖别故人。”白苹洲，江苏吴兴雪溪有白苹洲。或泛指，谓长满白色苹花的沙洲。温庭筠《梦江南》：“斜晖脉脉水悠悠。断肠白苹洲。”二句布景，游湖所见白苹洲景象。　②“沙岸”二句：一竿，宋代京城买一妾需五千钱。每五千钱称为“一竿”。此处“一竿”与上句“双袖”对举，借指美女。又，李煜《渔父》：“浪花有意千重雪，桃李无言一队春。一壶酒，一竿身。世上如侬有几人。”其“一竿”亦可为渔人之代指。二句对仗，分别叙说岸上及船上的人物活动。

【品评】

十里湖光，载酒而游。潋滟空濛，亦好亦奇。青帘低映，长满白色苹花的沙洲，隐约可见。西风里不断传送采菱人唱的歌曲。江南风物，旖旎动人。画船游于水中，从船上向两岸望去，岸上美女挥舞双袖，好像正向游人招手；五千、一竿，可能就这么交换得到。夜晚归来，独自于妆楼寻思。

浣溪沙

寄严荪友①

藕荡桥边理钓筩。苎萝西去五湖东。②笔床茶灶太从容。③　　况有短墙银杏雨，更兼高阁玉兰风。④画眉闲了画芙蓉。⑤

【注释】

①严荪友：严绳孙，字荪友，号藕渔，又号藕荡渔人，江苏无锡人。康熙十八年(1679)以布衣举博学鸿儒，授翰林院检讨，与修《明史》。二十二年迁右中允，寻告归。著有《秋水集》。　②"藕荡"二句：藕荡桥：在无锡西北洋溪之上。顾贞观《离亭燕》(藕荡莲)自注云："地近杨湖，暑月香甚。其旁为扫荡营，盖元明间水战处也。荪友往来湖上，因号藕荡渔人。"钓筩，插在水里贮鱼的竹器。苎萝：苎萝山，在浙江省诸暨市南。五湖，即太湖。春秋时，

范蠡佐越王勾践成就霸业之后，谢绝封赏，乘扁舟泛五湖而去。二句列述人物告归环境，谓往西而去，就是范蠡当年所隐居的五湖。　③“笔床”句：笔床，卧置毛笔的器具。徐陵《玉台新咏序》：“翡翠笔床，无时离手。”茶灶，烹茶的小炉灶。《新唐书·陆龟蒙传》：“不乘马，升舟设蓬席。赍束书、茶灶、笔床、钓具往来。时谓江湖散人，或号天随子、甫里先生，自比涪翁、渔父、江上丈人。”苏庠《赋王文儒臞庵》：“石渠东观了无梦，笔床茶灶行相期。”此谓告归而后，笔床、茶灶，当令其隐居生涯过得更加从容。　④“况有”二句：化用严绳孙词意。严氏《望江南》：“春欲尽，昨夜画楼东。暗绿扑帘银杏雨，昏黄扶袖玉兰风。人在小窗中。”银杏，即白果树，又名公孙树、鸭掌树。杨万里《银杏》：“未必鸡头如鸭脚，不妨银杏伴金桃。”二句对仗，以短墙、高阁，以及银杏、玉兰，并列呈现，装点其居所。　⑤“画眉”句：画眉，指张敞为妻子画眉之故实，喻夫妻和美。《汉书·张敞传》：“又为妇画眉，长安中传张京兆画眉妩。有司以奏敞，上问之，对曰：‘臣闻闺房之内，夫妇之私，有过于画眉者。’上爱其能，弗备责也。然终不得大位。”芙蓉，荷花的别称，亦用以比喻美人容貌。白居易《上阳白发人》：“皆云入内便承恩，脸似芙蓉胸似玉。”画芙蓉，为美人画像。又，无锡西北部的芙蓉圩，旧时是芙蓉湖。画芙蓉，亦可解作游览芙蓉湖，寄情山水。纳兰《金人捧露盘》：“旧游踪，招提路，重到处，满离忧。想芙蓉、湖上悠悠。”此处用张敞故实，颂扬其闺中乐事。

【品评】

此词寄严荪友。上片从人物往来之特定环境入手，包括自然环境及社会环境，并联系历史上的相关故实，描绘严氏南归故里的情景。起拍二句，谓其理钓簖于藕荡桥边，由苎萝山西去，就是当年范蠡所隐居的五湖（太湖）。这是地与人的陈列。结拍说事迹。以笔床、茶灶，钓具往来，加以归纳。说明是一种从容的生活。

“从容”二字，既是对于历史人物的赞扬，也是对于友人的赞扬。这是人物活动的大背景，故里的本地风光。下片说人物居住的小环境。换拍二句，银杏和玉兰，组成一并列对句。谓其居所既有暗绿扑帘的银杏雨，又有昏黄扶袖的玉兰风。雨和风，况有及更兼，令其居所，尤其显得风光绮丽。煞拍用两个“画”字结束全篇。画眉用张敞故实，乃闺阁中情事；画芙蓉由芙蓉到芙蓉湖，由闺阁中转向闺阁外，转向自然山水。于是，又回到“五湖东”这一大背景当中来。两个“画”字，前者为绘画的画，后者则超出于画。比如，纳兰《金人捧露盘》（净业寺观莲，有怀荪友），就曾记述与严荪友同游芙蓉湖的情景。

全篇所描述，无论是桥边垂钓、五湖泛舟，或者是画眉、画芙蓉，都从对面设想，但其切身处地，体贴入微，亦显得真实可感。

浣溪沙

红桥怀古，和王阮亭韵[①]

无恙年年汴水流。一声水调短亭秋。[②]旧时明月照扬州。　曾是长堤牵锦缆，绿杨清瘦至今愁。③玉钩斜路近迷楼。④

【注释】

①红桥：桥名。在江苏扬州。吴绮《扬州鼓吹词序》："(红桥)在城西北二里。崇祯间形家设以锁水口者。朱栏数丈，远通两岸。虽彩虹卧波，丹蛟截水，不足以喻。而荷香柳色，雕楹曲槛，鳞次环绕，绵亘十馀里。春夏之交，繁弦急管，金勒画船，掩映出没于其间，诚一郡之丽观也。"　②"无恙"二句：汴水，古河名。自黄河至淮河一段称汴水。原河在今河南荥阳附近。受黄河之水，流经开封，东至江苏徐州转入泗水。隋炀帝巡幸江都即由此道。今水已湮废，仅泗县尚有汴水断渠。水调，古曲调名。传为隋炀帝时，开汴渠成，遂作此。杜牧《扬州》："谁家唱水调，明月满扬州。"二句谓汴水景物依旧。　③"曾是"二句：长堤，指隋堤。隋炀帝大业元年，开通济渠，自西苑引谷水、洛水入黄河；自板渚引黄河入汴水，经泗水达邗沟，自山阳至扬子入长江。渠广四十步，旁筑御道，并植杨柳，后人谓之隋堤。白居易《隋堤柳》："隋堤柳，岁久年深尽衰朽。风飘飘兮雨萧萧，三株两株汴河口。……大业年中炀天子，种柳成行夹流水。西自黄河东至淮，绿影一千三百里。"锦缆，锦制的缆绳。颜师古《大业拾遗记》谓隋炀帝"至汴，帝御龙舟，萧妃乘凤舸，锦帆彩缆，穷极侈靡。……每舟择妙丽长白女子千人执雕板镂金楫，号为殿脚女。"杜甫《城西陂泛舟》："春风自信牙樯动，迟日徐看锦缆牵。"二句对仗，谓曾是、至今，将旧时与今时联系在一起，以见怀古之幽思。　④"玉钩"句：玉钩斜，隋

代埋葬宫女的墓地。迷楼，楼名。故址在今扬州西北。隋炀帝时，浙人项升进新宫图。帝令依图起造于扬州，经年始成。回环四合，上下金碧。工巧弘丽，自古无有。费用金玉，帑库为之一空。《古今诗话》云："帝幸之，曰：'使真仙游此，亦当自迷。'乃名迷楼。"贺铸《思越人》："红尘十里扬州过，更上迷楼一借山。"此谓宫女的玉钩和皇帝的迷楼，已一起被埋葬。

【品评】

这首词作于康熙二十三年(1684)，纳兰性德扈从圣驾巡幸江南，到达扬州。时，三十岁。

题称：红桥怀古，和王阮亭韵。王士禛(1634—1711)，字子真，一字阮亭，号渔洋山人，山东新城人。少时多倚声，有《衍波词》。其于顺治十七年(1660)，与箨庵(袁于令)、茶村(杜濬)、伯玑(陈允衡)、其年(陈维崧)、秋崖(朱克生)诸氏，同游红桥，赋《浣溪沙》二首。时于扬州州府推官任上。其词云：

北郭清溪一带流。红桥风物眼中秋。绿杨城郭是扬州。西望雷塘何处是？香魂零落使人愁。淡烟芳草旧迷楼。

白鸟朱荷引画桡。垂杨影里见红桥。欲寻往事已魂销。遥指平山山外路，断鸿无数水迢迢。新愁分付广陵潮。

其后，箨庵继成一章，王亦属和，即成其三。云：

绿树横塘第几家。曲阑干外卓金车。渠侬独浣越溪纱。浦口雨来虹断续，桥边人醉月横斜。棹歌声里采菱花。

时隔二十馀年，容若和韵，乃步其一(北郭清溪一带流)原玉。其一为王士禛首倡，描摹红桥风物。谓其坐落于绿杨城郭，登桥四望，徘徊感叹，亦当自迷。容若和之，曰为怀古。除了“旧时明月”，其所怀者，应当还包括长堤锦缆。前者乃自然物象，指明月照耀下的扬州；后者社会事相，指隋炀帝至汴场景。“天下三分明月夜，二分无赖是扬州”（徐凝《忆扬州》）。汴水年年，水调声声。眼前物景似乎并无变化。上片布景，以“无恙”二字，说明一切。那么，当年经过汴水，巡幸江都的帝御龙舟及萧妃凤舸，至今又如何呢？

长堤上，清瘦绿杨，不是曾为牵系过锦帆的彩缆吗？眼下所能见到的，尽为愁思笼罩。隋帝造建迷楼，已与宫女的玉钩，一起埋葬。下片说情，以长堤锦缆与清瘦绿杨对举，说明江上景物依旧，眼下人事全非，并以玉钩、迷楼，对于当年的人和事，表示悼念，为寄吊古之情。词章因红桥之名，哀乐交乘，与原作之徘徊感叹，同一怀抱，可谓合作。

采桑子

塞上咏雪花

非关癖爱轻模样，冷处偏佳。①别有根芽。不是人间富贵花。②　　谢娘别后谁能惜，飘泊天涯。③寒月悲笳。万里西风瀚海沙。④

【注释】

①“非关”二句：轻模样，大雪纷飞状。孙道绚《清平乐》（雪）：“悠悠扬扬。做尽轻模样。”此谓对于雪花的偏爱。 ②“别有”二句：富贵花，牡丹或者海棠。周敦颐《爱莲说》：“牡丹，花之富贵者也。”陆游《留樊亭三日，王觉民检详日携酒来饮海棠下，比去，花亦衰矣》：“何妨海内功名士，共赏人间富贵花。”二句说偏爱的原因。 ③“谢娘”二句：谢娘，谢道韫。所传咏絮故事，详见《忆江南》（昏鸦尽）注①。此谓后世已无谢娘一般的才女。 ④“寒月”二句：悲笳，悲凉的笳声。曹丕《与朝歌令吴质书》：“清风夜起，悲笳微吟。”苏轼《至下马碛憩于怀贤阁》：“客来空吊古，清泪落悲笳。”瀚海，蒙古大沙漠的古称。此指塞外。陶翰《出萧关怀古》：“孤城当瀚海，落日照祁连。”以寒月下的万里风沙与别有根芽的塞上雪花相映照，寄寓其天涯飘泊的心境。

【品评】

这首词作于康熙十七年（1678）十月，扈驾北巡期间。时作者二十四岁。或以为，作于康熙二十一年（1682）春二月。时作者二十八岁。二说均可参考。

歌咏塞上雪花。上片说，自己并非对于悠悠扬扬，做尽轻模样的雪花偏爱成癖，而是因为雪花与俗世繁花不同，不是人间富贵花。雪花虽然也是花，但它自有风骨，另有一种根与芽，特别经得起严寒酷冷。这是上片，将雪花与富贵花相比较，以显现雪花的品格。下片说与雪花相关的人和事。谓谢道韫的咏絮之才，后世已得不到怜惜。有才华的人，亦落得天涯飘泊。眼下，瀚海孤城，西风万里，只有寒月悲笳，为诉说衷情。人和事，虽古今有别，但又因雪花，将界限打通。故此，歌词所说别有根芽，冷处偏佳，也就成为作者自身的写照。

减字木兰花

从教铁石。每见花开成惜惜。[1] 泪点难消。滴损苍烟玉一条。　　怜伊太冷。添个纸窗疏竹影。记取相思。环佩归来月下时。[2]

【注释】

①“惜惜”二句：铁石，铁石心肠。皮日休《宋璟集序》：“宋广平刚态毅状，疑其铁石心肠。”苏轼《与李公择书》：“虽兄之爱我厚，然仆本以铁石心肠待公。”惜惜，可惜、怜惜。唐庄宗（李存勖）《歌头》：“惜惜此光如流水，东篱菊残时，叹萧索。”此谓梅花教人怜惜。　②“记取”二句：环佩，指代所思恋之人。姜夔《疏影》：“昭君不惯胡沙远，但暗忆江南江北。想佩环月下归来，化作此花幽独。”此谓惹人相思。

【品评】

这首词咏梅。上片写形貌，下片说神理。谓即使是铁肠石心，见到梅花开放，清便富艳，也难以不动情。更何况在月下，“一树寒梅白玉条，迥临村路傍溪桥”（张谓《早梅》）。点点梅花，就像泪珠一般。这是梅花的外部特征。谓添个纸窗,加以竹影,既以呵护,也作陪衬,令其更加显得楚楚动人。而环佩,则喻其魂魄,乘着夜月,来与相会,似已将其当恋人看待。这是梅花的内在品格。以为堪惜、堪怜,一切皆出自于伤心人的眼中及心中。

减字木兰花

新　月

晚妆欲罢。更把纤眉临镜画。准待分明。和雨和烟两不胜。[①]　　莫教星替。守取团圆终必遂。[②]此夜红楼。天上人间一样愁。

【注释】

①“准待”二句:和雨和烟,连带着雨,连带着烟。杜安世《行香子》:“寒食下,半和雨,半和烟。”善住《忆王孙》:“游子寻春骏马骄。欲魂销。和雨和烟折柳条。”此谓新月在云层里的状态。

②“莫教”二句:星替,意谓月亮没有了,让星星替代。李商隐《李夫人》(三首其一):“惭愧白茅人,月没教星替。”李诗为拒媒。谓一根带子不能打同心结,两股金钗才能固定发髻。夫人已逝,像是月亮没了,但不能用星星替代。纳兰此处,仅用其字面意思,未必有拒绝再娶之意。其所谓“守取”者,说明仍然有所期待。

【品评】

晚妆即将完毕，面对着镜台，又将纤眉仔细描画一番。望向窗外，一弯新月，就像是刚刚画好的眉痕一般。纤纤新月，弯弯柳眉，令人艳羡。只可惜，半和着雨，半和着烟，云层里，不时被遮掩。不知道什么时间，能让她分明出现。这是上片，说新月被遮掩。下片说等待月圆。先说我方，再说对方。谓今夜的太空，星光灿烂，迷蒙新月，千万莫教沉没，不能让星星替代，有情人，团圆的心愿终究能实现。又谓今夜的红楼，金碧辉煌，她必定和我一样，对着新月发愁，天上人间，都等待着团圆的一天。

歌词题称新月，表示是一篇咏物之作，这是毫无疑义的。上片以人喻月，说物形，这也无须论辩。但下片用典，却易于出现不同的理解。就李商隐的原典看，谓妻王氏卒，柳仲郢为作伐，欲以乐籍歌女张懿仙嫁之，商隐力辞，以为不能以星星代替月亮。纳兰用之，则引起误解。如曰“月没”，喻王氏之卒，“教星替”，则指仲郢拟以张氏归之。性德此句，亦喻不肯再娶之意（赵秀亭、冯统一《饮水词笺校》）。此说与原典合，与歌词意思似未合。因“莫教”一句外，尚有“守取”一句，说明仍然有以待之。即从上片的望月，到下片的待月，乃一以贯之，无须节外生枝。

减字木兰花

相逢不语。一朵芙蓉着秋雨。[①]小晕红潮。斜溜鬟心只凤翘。[②]　　待将低唤。直为凝情恐人见。欲诉幽怀。

转过回阑叩玉钗。

【注释】

①“相逢”二句：芙蓉，荷花的别名。李珣《临江仙》：“强整娇姿临宝镜，小池一朵芙蓉。”吴绡《一斛珠》：“鸾袖动香飞雪绕。烟中一朵芙蓉袅。莫惜明珠，买取倾城笑。”此处以芙蓉喻人，说相逢（幽会）时的状态。 ②“小晕”二句：小晕红潮，即微晕红潮。斜溜，溜向一边。李煜《浣溪沙》：“佳人舞点金钗溜，酒恶时拈花蕊嗅。”李清照《点绛唇》：“见客入来，袜刬金钗溜。”鬟心，环形的发髻。凤翘，一种凤形、斜插在鬓发上的头饰。周邦彦《南乡子》：“不道有人潜看着，从教。掉下鬟心与凤翘。”二句所描绘，乃幽会过程见有人来所出现一种惊恐的状态。

【品评】

相见无期，相逢不语，是不是仍在梦中。分明一朵，着上秋雨的芙蓉。飞雪缭绕，鸾袖香动。脸颊泛起无法遮掩的红晕。猛然间，见有人来，鬟心与凤翘，跟着斜溜到一边。正待低声召唤，直害怕，真情被人发现。当此际，为倾诉别离幽恨，最难将息。却悄悄取下玉钗，转身于回阑，轻轻叩响。

词章所歌咏，只是一种状态。相逢不语及轻叩玉钗两种状态。若有本事，又无本事，亦明亦暗，转眼无迹。但我心你心，心心相印，却在具体状态的敷衍、陈列过程，得以清晰呈现。这就是白描手段，亦即本色词特有的言情手段，宜细加品赏。

减字木兰花

断魂无据。万水千山何处去。① 没个音书。尽日东风上绿除。②　　故园春好。寄语落花须自扫。莫更伤春。同是恹恹多病人。③

【注释】

①"断魂"二句：断魂，销魂。宋之问《江亭晚望》："望水知柔性，看山欲断魂。"韦庄《春愁》："自有春愁正断魂，不堪芳草思王孙。"无据，无所依凭，无可奈何。赵佶《燕山亭》（北行见杏花）："无据。和梦也，新来不做。"何处去，何处觅。韦庄《木兰花》："千山万水不曾行，魂梦欲教何处觅。"二句谓其失魂落魄，没个安顿之处。　②"没个"二句：个，个数，枚也。杨无咎《玉抱肚》："见也浑闲，堪嗟处、山遥水远，音书也无个。"谓山长水远，音书断绝。绿除，长满绿草的台阶。除，指夏历四月。《诗经·小雅·小明》："昔我往矣，日月方除。"郑玄笺："四月为除。"颜延之《秋胡行》："良时为此别，日月方向除。"二句叙说断魂的因缘。　③"莫更"二句：恹恹，精神萎靡的样子。韩偓《春尽日》："把酒送春惆怅在，年年三月病厌厌。"又，王实甫《西厢记》："恹恹瘦损，早是伤神，那值残春。"二句劝慰对方，既已为相思而恹恹瘦损，不要再为春之归去而神伤。

【品评】

歌词叙说别离情绪。谓梦魂无所依凭，万水千山，不知道将归向何方。又谓尽日东风，阳光照眼，台阶上芳草凄凄，却没个音书来到。故园春色好，庭院深，啼鸟处处，花落多少。寄语翠屏人，年年三月，病恹恹，正是伤春时节；两相别，莫更伤离怀，愁千结。把酒送春，不辞肠断，同是人间惆怅客。

上片模拟翠屏人的口吻，埋怨音书没个；下片劝慰对方，谓未可伤心过甚。

所用多为成句，只是将词语的次序作了些调整，如将千山万水，改作万水千山，将惊梦断、行云无据，改作断魂无据，即为我所有。但皆生动、贴切，语语如自己出，正所谓化腐朽为神奇者也。

减字木兰花

花丛冷眼。自惜寻春来较晚。[①] 知道今生。知道今生那见卿。　　天然绝代。不信相思浑不解。若解相思。定与韩凭共一枝。[②]

【注释】

①"花丛"二句：花丛，指代青楼妓馆。谓寻花觅柳。韦庄《菩萨蛮》："如今却忆江南乐。当时年少春衫薄。骑马倚斜桥。满楼红袖招。　　翠屏金屈曲。醉入花丛宿。此度见花枝。白头誓不归。"元稹《离思五首》(其四)："曾经沧海难为水，除却巫山不是

云。取次花丛懒回顾，半缘修道半缘君。”顾贞观《烛影摇红》：“负却韶光，十年眼冷花丛里。”自惜寻春，化用杜牧故事。于邺《扬州梦记》：“太和末，牧自御史出佐江西宣州幕。虽所至辄游，而终无属意。因游湖州，得鸦头女，十馀岁，惊为国色。因语其母，将接至舟中。姥女皆惧。牧曰：‘且不即纳，当为后期。吾不十年，必守此郡。不来，乃从尔所适。’母许诺，为盟而别。故牧归，颇以湖州为念。寻拜黄州、池州、睦州，皆非意也。牧与周墀善，会墀为相，乃并以三笺，乞守湖州。大中三年，始授湖州刺史，则已十四年矣。所约者已从人三载，而生二子。牧乃诗曰：‘自是寻春去校迟，不须惆怅怨芳时。狂风落尽深红色，绿叶成阴子满枝。’”二句说寻春来晚，不知是否也是个鸦头女。一段姻缘，也许与杜牧一样结局，未可知也。　②“若解”二句：韩凭，又作韩朋、韩冯。干宝《搜神记》卷十一：“宋时大夫韩凭，娶妻而美。康王夺之。凭怨，王囚之，论为城旦。妻密遗凭书，缪其辞曰：‘其雨淫淫，河大水深，日出当心。’……俄而凭乃自杀。其妻乃阴腐其衣。王与之登台，妻遂自投台下。左右揽之，衣不中手而死。遗书于带曰：‘王利其生，妾利其死，愿以尸骨，赐凭合葬。’王怒，弗听，使里人埋之，冢相望也。王曰：‘尔夫妇相爱不已，若能使冢合，则吾弗阻也。’宿昔之间，便有文梓木生于二冢之端，旬日而大盈抱。屈体认相就，根交于下，枝错于上。又有鸳鸯，雌雄各一。恒栖树上，晨夕不去。交颈悲鸣，音声感人。宋人哀之，遂号其木曰相思树。相思之名，起于此也。”二句自剖心迹。谓如果能够得到对方的理解，一定效法韩凭，永与结为连理。有爱到死之意。

【品评】

坚贞的爱情，至死不渝。战国时韩凭夫妇，相爱不已，死后化作相思树的事迹，成为历代青年男女的榜样。

歌词开篇所云“花丛冷眼”，表示不屑于寻花觅柳。用元稹的话讲，是“懒回顾”，懒于回头观看，因为已经有过一段刻骨铭心的爱情。用顾贞观的话讲，是因为自梦中惊回，不想“负却韶光”，故冷眼向之。但就纳兰而言，其中似另有苦衷。

他的这位恋人，今生今世惟一的“卿”（你），既因为自己寻春来晚，错过时机，无缘结为夫妇，又因为终世不得见面，不能互通信息，不知道对方的情形。这是上片，说对于“卿”（你）的挂念。与元稹相比，他的懒顾花丛，只是一半为君，而纳兰则全部。下片说假想，希望彼此的相思之情，能得到理解。谓两个人乃天生一对，绝代佳偶。不能够互相了解，实在令人难以置信。要是能够密遗情书，倾诉心声，必定和韩凭夫妇一样，于两人的墓冢之上结为连理。这是对于“卿”（你）的表白，亦以死为证坚贞。

论者以为，歌词以韩凭夫妇典故，暗示所爱被夺，结合无望，乃为宫中恋人而作。就纳兰身世的某一具体情节看，似可作如此推测，不过，凡说及离合者，千篇一律，皆作如是解，就有点牵强，切须留意。

菩萨蛮

宿滦河①

玉绳斜转疑清晓。凄凄月白渔阳道。② 星影漾寒沙。微茫织浪花。③　　金笳鸣故垒。唤起人难睡。④ 无数紫鸳鸯。共嫌今夜凉。⑤

【注释】

①滦河：在今河北省东北部。发源于内蒙古，流入渤海。　②“玉绳”二句：玉绳，北斗七星之斗杓，在北斗第五星玉衡之北，即天乙、太乙二星。《太平御览》卷五引《春秋纬·元命苞》：“玉衡北两星为玉绳。”王夫之《姜斋诗话》附录《夕堂永日绪论外编》：“有代字法，诗赋用之，如月曰‘望舒’，星曰‘玉绳’之类。”顾况《悲歌》(五)：“愁人夜永不得眠，瑶井玉绳相对晓。”苏轼《洞仙歌》：“试问夜如何，夜已三更，金波淡，玉绳低转。”渔阳，古征戍之地。在今北京密云县西南，因在渔水之阳而得名。孟郊《征妇怨》：“渔阳千里道，近如中门限。”二句布景，列叙斜转玉绳及凄清月色中的渔阳道。　③“星影”二句：星影、寒沙，互相映照。韦庄《江城子》：“角声呜咽，星斗渐微茫。”朱彝尊《满江红》(塞上咏苇)：“斜阳外，寒沙摇漾，乱山无主。”二句亦布景，列叙滦河两岸物景。包括星影寒沙及微茫浪花。　④“金笳”二句：金笳，古代

铜制的管乐器。类似于笛子。故垒，古时军营四周所筑的墙壁。二句换头，由自然物象，转向社会事相。说营地的情事。谓号角声，扰乱得离人，难以入眠。　⑤“无数”二句：无数紫鸳鸯，化用成句。徐延寿《南州行》：“河头浣衣处，无数紫鸳鸯。”崔豹《古今注》：“鸳鸯，水鸟，凫类，雌雄未尝相离，人得其一，则一者相思死，故谓之匹鸟。”李白《古风》（第十八首）：“香风引赵舞，清管随齐讴。七十紫鸳鸯，双双戏庭幽。”嫌，赢得，获得。二句谓离人与鸳鸯共度凉夜。

【品评】

滦河、渔阳，自北京前往山海关所经之地。歌词题称：宿滦河，明白表示作意。

上片布景。谓玉绳低转，夜已三更，好像很快就将天亮。渔阳道上，月色映照，四处是白茫茫的一片。滦河两岸，寒沙摇漾，连接着星光。微茫星斗，编织着浪花。这是上片，于布景过程，交代人物活动的时间和地点，说明正夜宿滦河。

下片说情。谓呜咽的号角声，唤醒离人，在乱山中回响。营地四周，垒起坚固的围墙。河头浣衣处，成双成对的紫鸳鸯，今夜里，想来也难于入眠。说自己的情，将鸳鸯带上，并非反衬，即以双反衬单，而乃“共嫌”，以为彼此都感觉到今夜的“凉”。

上下片合而观之，滦河之景，苍茫而凄清；滦河之情，孤寂而悲凉。景与情，相映成趣，相得益彰，可谓合作。

菩萨蛮

催花未歇花奴鼓。酒醒已见残红舞。[1]不忍覆馀觞。临风泪数行。[2]　　粉香看又别。空剩当时月。月也异当时。凄清照鬓丝。

【注释】

①"催花"二句：指唐玄宗羯鼓催花事。南卓《羯鼓录》："尝遇二月初，诘旦。（明皇）巾栉方毕，时当宿雨初晴，景色明丽。小殿内庭柳杏将吐，睹而叹曰：'对此景物，岂得不为他判断之乎？'左右相目，将命备酒。独高力士遣取羯鼓，上旋命之，临轩纵击一曲，曲名《春光好》。神思自得，及顾柳杏，皆已发坼。上指而笑谓嫔御曰：'此一事不唤我作天公可乎？'"唐寅《花月吟》："月中漫击催花鼓，花下轻传弄月箫。"花奴，汝阳王李琎小字，善击羯鼓，玄宗特喜之。《羯鼓录》："上性俊迈，酷不好琴。曾听弹琴，正弄未及毕，叱琴者出。曰：'待诏出去。'谓内官曰：'速召花奴将羯鼓来，为我解秽。'"后因称羯鼓为花奴鼓。残红，凋残的花。王建《宫词》（之九十）："树头树底觅残红，一片西飞一片东。"李清照《怨王孙》："门外谁扫残红。夜来风。"此谓鼓声未歇，筵席快将散去。　②"不忍"二句：覆，翻倒酒杯，指饮酒。馀觞，杯中剩下的酒。鲍照《秋夜》（二首其一）："愿君剪众念，且共覆前觞。"临风，迎风，当风。《楚辞·九歌·少司命》："望美人兮未来，临风怳兮

浩歌。”谢庄《月赋》:“临风叹兮将焉歇,川路长兮不可越。”此谓当风落泪,不忍别去。

【品评】

歌词赋别离。谓:夜色明丽,击鼓催花。鼓声未歇,筵席快将散去。酒醒之时,已见乱红飞舞,不忍将杯中剩馀喝干。相看无语,只见风中,闪烁着晶莹的泪光。这是上片,说筵席上的情事。击鼓、饮酒、落泪。下片说分别时的情景。谓:溶溶月色,粉香欲滴。看看就将离去。好景不常,空留下当时明月。但月已不似当时,冷艳凄清,映照着如丝霜鬓。以月色烘托人物心境。

词作具体、鲜明、生动,语语如在目前,令人读之,有如身临其境,可谓当行出色。这就是纳兰的高明之处。

菩萨蛮

萧萧几叶风兼雨。离人偏识长更苦。[①] 欹枕数秋天。蟾蜍早下弦。[②] 　夜寒惊被薄。泪与灯花落。[③] 无处不伤心。轻尘在玉琴。[④]

【注释】

①“萧萧”二句:萧萧,风雨声。秦观《满江红》:“风雨萧萧,长途上、春泥没足。”长更,指长夜。李煜《三台令》:“不寐倦长更,披衣出户行。”二句布景,展示秋夜的风和雨。　②“欹枕”二句:欹

枕,斜靠着枕头。晏几道《愁倚阑令》:“春罗薄,酒醒寒。梦初残。攲枕片时云雨事,已关山。”蟾蜍,代指月亮。《淮南子·精神训》:“日中有踆乌,而月中有蟾蜍。”李白《古朗月行》:“蟾蜍蚀圆影,大明夜已残。”二句亦布景,展示秋夜的上弦月。 ③“夜寒”二句:灯花,油灯结成花形的馀烬。戎昱《桂州腊夜》:“晓角分残漏,孤灯落碎花。”仲胤妻《伊川令》(寄外):“教奴独自守空房,泪珠与灯花共落。”二句意谓夜寒被薄,泪花伴随着灯花,被烧成灰烬。④“无处”二句:玉琴,琴之美称。温庭筠《题李处士幽居》:“水玉簪头白角巾,瑶琴寂历拂轻尘。”又,周邦彦《玉楼春》(惆怅):“玉琴虚下伤心泪,只有文君知曲意。”二句意谓没有一个地方不让人伤心,连瑶琴也已蒙上一层薄薄的灰尘。

【品评】

风雨萧萧,落叶片片。秋夜里,数着长更,更长愁更长。这时候,斜靠在枕头上,仰望星空。月亮已经过了上弦,慢慢地趋于圆满。这是上片。展现自然物象,秋天的风雨和秋天的月。下片是社会事相,泪花和灯花。谓秋风秋雨,寒凉惊心。罗衾不耐,孤枕难忍。号角催晓,漏滴花阴。泪花伴随着灯花,被烧成灰烬。没有一个地方不让人伤心。瑶琴知我意,也早已蒙上一层薄薄的灰尘。

大致说来,就是状写一种境况。青灯照壁、对月难眠的境况。谓之思念情人,或者悼念亡妻,都无不可。不一定都要落到实处。

菩萨蛮

为春憔悴留春住。那禁半霎催归雨。[1]深巷卖樱桃。雨馀红更娇。[2]　　黄昏清泪阁。忍便花飘泊。[3]消得一声莺。东风三月情。[4]

【注释】

①“为春”二句：留春住，伤春惜春之意。欧阳修《蝶恋花》：“雨横风狂三月暮。门掩黄昏，无计留春住。”侯寘《四犯令》：“不似荼蘼开独步，能着意留春住。”此谓风雨送春，春留不住。②“深巷”二句：樱桃，落叶乔木果树。成熟时颜色鲜红，玲珑剔透。冯延巳《罗敷艳歌》：“惆怅墙东，一树樱桃带雨红。”陆游《临安春雨初霁》：“小楼一夜听春雨，深巷明朝卖杏花。”此谓雨后樱桃，格外妖艳。　③“黄昏”二句：清泪阁，阁，含着。范成大《八场坪闻猿》：“天寒林深山石恶，行人举头双泪阁。”周紫芝《踏莎行》：“情似游丝，人如飞絮。泪珠阁定空相觑。”此谓不忍看着落花飘零。　④“消得”二句：消得，禁得，或承受得。刘克庄《清平乐》：“消得几多风露，变教人世清凉。”周密《长亭怨慢》：“十年旧事，尽消得、庾郎愁赋。”东风，春风。李白《春日独酌》（其一）：“东风扇淑气，水木荣春晖。”朱淑真《问春》：“东君负我春三月，我负东君三月春。”此处谓暮春三月的伤感之情。

【品评】

伤春、悲秋，是中国古典诗词的传统题材。其中有的有隐情，有的则未必。纳兰此作，可能属于后者。叙说伤春别离情绪。仍然依循宋词基本结构模式。上片布景，下片说情。上片展示春的景象，下片抒发内心忧伤。谓：为春憔悴，留春不住。怎么禁受得了，半霎间，催春归去的雨。春光淡荡，深巷里传来卖樱桃的声声叫唤。雨后樱桃，活色生香，显得格外妖艳。这是上片。着重说一个“留”字。即于残存的春之景象，透露其惜春心情。下片转说一个“忍”字。谓：门掩黄昏，泪含双眼。小楼一夜，落花飘零。经过几多风露，几多啼莺。正当暮春三月，希望东风不要负我，这是最易伤情的时刻，这是春归之后的情事。合而观之，歌词之由“留”到“忍”，已将作者惜春、伤春的整个心理活动过程刻画出来。

所谓“为春憔悴”，其善感伤的诗人气质，已得到充分体现。这首小词，其感人之处，就在于此。

顾随说此词，对其是否耐咀嚼，颇不以为然。其曰：“‘深巷卖樱桃。雨馀红更娇’。最易引起人爱好是鲜，而最不耐久也是鲜。如果藕、鲜菱，实际没有什么可吃，没有回甘。耐咀嚼非有成人思想不可。纳兰除去伤感之外，没有一点什么，除去鲜，没有一点回甘。新鲜是好的，同时还要晓得苍秀。”（据《驼庵诗话》）这段话说及鲜和甘。鲜者为何？较易说得明白，比如樱桃，其红与娇，可以看作春的象征，应当就是鲜的体现。而甘须回味，即于其中，另外添加些什么。顾随指思想，成人的思想。论者指隐情，以为：“此处或谓暮春之伤情，或别有隐情，所指未详。”（张秉戍《纳兰词笺注》）思想和隐情，都须要阅历，须要人生的积累和沉淀。顾随说苍秀,可能就是这一意思。对于纳兰词,是否当作如是解,似仍须进一步加以探寻。

菩萨蛮

惜春春去惊新燠。粉融轻汗红绵扑。[①] 妆罢只思眠。江南四月天。　　绿阴帘半揭。此景清幽绝。行度竹林风。单衫杏子红。[②]

【注释】

①“惜春”二句:惜春春去,谓春留不住。李益《春晚赋得馀花落》(得起字):“留春春竟去,春去花如此。”李清照《点绛唇》:“惜春春去,几点催花雨。”红绵扑,红丝绵的粉扑。白居易《和梦游春诗一百韵》:“朱唇素指匀,粉汗红绵扑。”二句说春之归去。

②“行度”二句:行度,运行的度数。《隋书·天文志上》:“马季长创谓玑衡为浑天仪。郑玄亦云:其转运者为玑,其持正者为衡,皆以玉为之。七政者,日月五星也。以玑衡视其行度,以观天意也。”宋理宗(赵昀)《偈颂》:“梅花行度远,自有一枝春。”祖咏《宴吴王宅》:“砌分池水岸,窗度竹林风。”单衫,谓其装束。南朝乐府《西洲曲》:“单衫杏子红,双鬓鸦雏色。”此处以竹林风,表现其气质或姿态,以杏子红,呈现其装束。

【品评】

这又是一首叙说伤春别离的歌词。与“为春憔悴留春住”相比，二词所写，一个是三月情，一个是四月天，都为春之将逝的日子。其时，歌词的抒情主人公，一个为雨后樱桃的红与娇以及暮春时节的花落莺啼而垂泪；一个因困人天气，妆罢思眠，当半揭帘幕，见到外间景色，即时换上杏子红的单衫，准备再走一趟当初两人幽会的地方。就情与景的关系看，应当说，二者都因触景而生情。但因所接触的景各有不同，其所生发的情，也就不太一样。例如：前者之所以憔悴，是因为春留不住，催归的雨，尽管令樱桃显得格外妖艳，也令得落红，四处飘泊。后者之所以“惜”，先是由于“惊”，惊觉天气突然变暖，害怕春之归去，再是由于“揭”，一种行为或动作，让看到绿阴中的景色，顿使春光摇荡，萌生怜惜之情。二者相比，因环境与心境不同，抒情主人公的脚色，应当亦有所不同。如果说，前者所歌咏，是一位多愁善感的少年公子，那么，后者所歌咏，就是一位天真无邪的青春少女。这是两首歌词的相同与不同之处。

以下看，“惜春春去”，歌词怎么描绘这位青春少女。上文说“惊”和“揭”，这是两个关键字眼。如再加上红绵扑和杏子红的单衫这两样具体物品，对于人物外在行为及内在心理活动的了解，就将更加充分。尤其是那件杏子红的单衫。究竟为什么，这位少女出门之时，这么注重自己的妆束？就歌词所用典故看，“单衫杏子红，双鬓鸦雏色”（《西洲曲》），当中必有一段特别的记忆在。也许，这就是当初幽会时的装束。所以，歌词首句，有刻本作“淡花瘦玉轻妆束”（参见《清平初选后集》、《昭代词选》及汪刻本），当有一定依据，可备一说。

菩萨蛮

窗前桃蕊娇如倦。东风泪洗胭脂面。[1] 人在小红楼。离情唱石州。[2]　　夜来双燕宿。灯背屏腰绿。[3] 香尽雨阑珊。薄衾寒不寒。[4]

【注释】

①“窗前”二句：桃蕊，桃花花苞。温庭筠《春暮宴罢寄宋寿先辈》：“窗间桃蕊宿妆在，雨后牡丹春睡浓。”泪洗胭脂，指以泪洗脸，暗自伤心。白居易《后宫词》：“三千宫女胭脂面，几个春来无泪痕。”二句布景，分别列述桃花和人面的姿态。　②“人在”二句：小红楼，人物所处位置。施枢《摸鱼儿》：“人在小红楼，朱帘半卷，香注玉壶露。”石州，乐曲名。《乐苑》曰：“石州，商调曲也。又有舞石州。”《乐府诗集》卷七十九近代曲辞一载其词曰：“自从君去远巡边，终日罗帏独自眠。看花情转切，揽镜泪如泉。一自离君后，啼多双脸穿。何时狂虏灭，免得更留连。”李商隐《代赠》（二首之二）：“东南日出照高楼，楼上离人唱石州。”二句状写人物动态。　③“夜来”二句：灯背屏腰，谓双燕背灯而宿，身影落在屏风之上。屏风昏暗不明。绿，指乌黑的头发。李商隐《戏题枢言草阁三十二韵》：“年颜各少壮，发绿齿尚齐。”晏几道《生查子》：“君貌不长红，我鬓无重绿。”二句以双燕的双，反衬其人的单，单独的

单。乃以环境呈现其心境。 ④“香尽”二句：雨阑珊，雨将尽。皮日休《重题后池》：“细雨阑珊眠鹭觉，钿波悠漾并鸳娇。”贺铸《小重山》：“歌断酒阑珊。画船箫鼓转，绿杨湾。”薄衾，单薄的锦衾。柳永《忆帝京》：“薄衾小枕凉天气。乍觉别离滋味。”朱淑真《春宵》：“薄衾无奈五更寒，杜鹃叫落西楼月。”二句谓孤衾独眠，难抵风寒。

【品评】

此歌词说闺怨。谓窗前的桃蕊，既娇且倦。和主人公一样，显得有点无精打采。

春风吹拂，泪洗胭脂。主人公脸上挂着泪痕。独自在小红楼，低唱《石州》，叙说别离之情：“一自离君后，啼多双脸穿。”这是上片。着重于刻画人物形象。谓之“娇如倦”，既是主人公眼中的桃蕊，也是主人公自身的写照。下片说感觉。谓双燕背灯而宿，身影双双落在屏风之上。夜雨阑珊，香炉烟尽。单薄的锦衾，不知道能不能抵挡得住风寒。一个单，一个双，构成强烈对比。再加上细雨、薄衾，令人倍觉凄凉。这是下片。捉摸对于外部物景所呈现状态的感觉，以透露其怨恨情绪。其中，“寒不寒”三个字，饱含着许多悲哀和无奈。上下片合而观之，一位“终日罗帏独自眠”的少妇，也就活生生地出现在眼前。

菩萨蛮

晓寒瘦着西南月。丁丁漏箭馀香咽。[1] 春已十分宜。

东风无是非。　　蜀魂羞顾影。玉照斜红冷。[2]谁唱后庭花。新年忆旧家。[3]

【注释】

①“晓寒”二句：西南月，西南天边，清晓时分的月影。此谓之瘦，乃指弯月或月牙。王安石《送和甫至龙安暮归》：“隐隐西南月一钩，春风落日淡如秋。”同此。漏箭，漏壶上指示时刻的部件，形如箭，上有时辰刻度，随水浮沉，用以计时。吴融《个人三十韵》：“花残春寂寂，月落漏丁丁。”咽，重塞、充满。刘向《新序·杂事》：“云霞充咽，则夺日月之明。”二句布景，以影以声，列述清晓时分的月牙和漏箭。　②“蜀魂”二句：蜀魂，杜鹃鸟的别称。传说为古蜀主杜宇（号望帝）之魂所化，春天日夜悲啼，蜀人称之为望帝之魂，亦称蜀魂。李商隐《燕台诗四首》（其二）：“蜀魂寂寞有伴未，几夜瘴花开木棉。”此以蜀魂自指。玉照，谓玉光照耀。武则天《昭和》：“升歌荐序，垂币翘诚。虹开玉照，凤引金声。”张镃《玉照堂品梅记》：“淳熙己巳，得苑圃于南湖之滨。有古梅数十，增取西湖北山红梅合三百馀本，筑堂数间，花时居宿其中。环洁辉映，夜如对月，因名曰玉照。”又，张镃《满江红》（小圃玉照堂赏梅呈洪景卢内翰）：“玉照梅开，三百树、香云同色。”二句换头，由自然物象的描绘，转向社会事相的叙说。　③“谁唱”二句：后庭花，指《玉树后庭花》。又称《后庭花》。南朝齐梁艳曲，陈后主（陈叔宝）作。其谓“妖姬脸似花含露，玉树流光照后庭”，原为赞美张贵妃、孔贵嫔的美色，后被用作为亡国之音的典型。李白《金陵歌送别范宣》：“天子龙沉景阳井，谁歌玉树后庭花。”又，杜牧《泊秦淮》：

“商女不知亡国恨，隔江犹唱后庭花。”二句表示对于故国、旧家的思忆。此中是否羼入遗老意识，尚未能知。

【品评】

歌词忆旧家。上片布景，下片说情。其所布之景，一为西南天边斜挂着的一弯月影，一为叮冬作响、馀香缭绕的漏箭。谓一大清早，寒气瘦着了月亮；让云霞给充满了的滴漏声，响个不停。月而为瘦，成为弯月，或月牙；漏而被塞，其声幽咽。有影有声，如在目前。而“十分宜”与“无是非”，一指春天，一指春风，则似针对着造物主。谓其没有一个是非准则，不能尽如人意。下片说情。一为蜀魂的羞，一为玉照的冷。蜀魂者，或自指，或他指，颇难断定；至于玉照，明显可解为月光之所照耀。这是较大视野的展现。不仅仅是堂，如张镃的玉照堂，而且是庭院，有如陈后主的丽宇与高阁(《玉树后庭花》有“丽宇芳林对高阁，新装艳质本倾城”句)。故此，歌词末了之所以对歌唱后庭花，有如此深情的赞叹，也就容易理解。说明所谓忆旧家，就是对于故家、故人，以至故国的思忆。论者称：“此阕甚为可疑。置胜明遗老集中，恐不能辨识。”(赵秀亭、冯统一《饮水词笺校》)我赞同其所作辨识，但以为无可疑，因为乃词中固有之义。就词论词，宜慎思而明断之。

菩萨蛮

寄顾梁汾苕中[①]

知君此际情萧索。黄芦苦竹孤舟泊。[②]烟白酒旗青。水村鱼市晴。[③]　　柁楼今夕梦。脉脉春寒送。[④]直过画眉桥。钱塘江上潮。[⑤]

【注释】

①顾梁汾苕中：顾贞观(1637—1714)，原名华文，字远平，号梁汾，江苏无锡人。顾宪成四世孙。康熙五年(1666)举人，擢秘书院典籍。曾馆纳兰相国家，与相国子纳兰性德交契。康熙二十三(1684)年致仕。工诗文，词名尤著。有《弹指词》、《积书岩集》。苕中，在浙江北部，属太湖水系，包括东苕溪和西苕溪。二溪在湖州境内汇合后注入太湖。顾梁汾南归后曾寓居苏州此地，故云。纳兰《送进士尔熼归吴兴》："无限江湖景，因君寄虎头。"自注："时梁汾在苕上。"　②"知君"二句：黄芦苦竹，化用成句。白居易《琵琶行》："住近湓江地低湿，黄芦苦竹绕宅生。"又，周邦彦《满庭芳》："凭阑久，黄芦苦竹，疑泛九江船。"二句布景。设想对方南归所处环境。　③"烟白"二句：水村鱼市，化用成句。王禹偁《点绛唇》："水村鱼市。一缕孤烟细。"二句以酒旗、鱼市并列，展现归途风光。　④"柁楼"二句：柁楼，船尾舵工操舵的小楼，借指乘船之

人。二句换头，由布景转向说情。意谓脉脉春寒，为君送行。说的是一种感受。也体现对于友人的关怀和爱护。 ⑤“直过”二句：画眉桥，顾梁汾返归故里，所经行之地。顾氏自度曲《踏莎美人》(其二)：“双鱼好托夜来潮。此信拆看，应傍画眉桥。”自注：“桥在平望，俗传画眉鸟过其下即不能巧啭，舟人至此，必携以登陆云。”平望，在江苏吴江南运河边。画眉，张敞画眉典故。详见《浣溪沙》(寄严荪友)注⑤。此谓顾氏夫妇感情甚笃，乃对其归家后的祝福。

【品评】

这是一首寄赠友人的歌词。上片布景。设想对方，在返归故里途中所见物景。下片叙事。设想对方，于轻寒春夜，独宿舟中的情事。谓此时此刻，我最能了解你的心情。就像当年江州司马白居易一样，你在江边停泊的孤舟，四周是黄芦苦竹围绕。不过，出现在你眼前的，却是烟白旗青的水村鱼市。这是上片。借助船只运行，展现沿途风光。下片谓夜宿柁楼，一夕轻梦。脉脉春寒，为君送行。待得过了画眉桥，返归故里，听到钱塘江上浪涛声，今日苕中，妆台之下，京兆画眉的故事，将再度于远近流播。这是下片。借用张敞典故，祝愿其到家之后，隐居生涯，安闲而又美好。

歌词作于康熙二十二年(1683)春。顾梁汾南归，已一年又半载。“无限江湖兴，因君寄虎头”(《送沈进士尔燝归吴兴》)，康熙二十一年(1682)，纳兰曾托沈尔燝带信梁汾。时梁汾客苕上。出自友朋间的一种深厚情谊。这首歌词，既能从对面设想，对于友人的处境和心境体贴入微，又善于苦中取乐，不断翻起新意，表现对于友人的爱护和祝福。例如：上片首二韵，黄芦、苦竹，将人物的处境和心境，表现得甚是萧索而枯寂，次二韵笔锋一转，眼前的酒旗和水村，其“青”和“晴”，就显得生动鲜活，让人看到希望。下片亦然。即次二韵，同样让对方得到安慰。但是，总的看来，歌词作者的乐观态度及善意宽解，其中可能仍饱含着无可奈何的隐怨。对于纳兰自身，这同样也是无可奈何的一件事。

菩萨蛮

为陈其年题照①

乌丝曲倩红儿谱。萧然半壁惊秋雨。②曲罢髻鬟偏。风姿真可怜。③　　须髯浑似戟。时作簪花剧。④背立讶卿卿。知卿无那情。⑤

【注释】

①陈其年：陈维崧（1625—1682），字其年，号迦陵，江苏宜兴人。康熙十八年（1679）召试鸿词科，列一等。授翰林院检讨，与修《明史》。擅诗词文赋，与朱彝尊齐名。有《湖海楼词》、《迦陵文集》、《湖海楼诗》等传世。康熙十七年（1678），在扬州。诗画僧大汕为画像。是年秋，维崧将画像带上北京。才人名士题其画者三十馀。此为其中之一。谢章铤《赌棋山庄词话》卷一云：“《迦陵填词图》为释大汕作，掀髯露顶，旁坐丽人拈洞箫而吹。是图近日有

刻本，其中洪稗畦、蒋铅山二套南北曲最佳。昨在都门于袁筱坞(保恒)侍郎处见其原卷，抽妍骋秘，词苑大观也。” ②“乌丝”二句：乌丝，乌丝阑。指有墨线格子的笺纸。陆游《雪中怀成都》：“乌丝阑展新诗就，油壁车迎小猎归。”此用指其年词集。顺治十三年(1656)至康熙七年(1668)，其年居北京，所著词集名《乌丝词》。季振宜《乌丝词序》：“使同青鸟，集曰乌丝。”红儿，杜红儿。罗虬《比红儿诗并序》注：“广明中，虬为李孝恭从事。籍中有善歌者杜红儿，虬令之歌，赠以彩。孝恭以红儿为副戎所盼，不令受。虬怒，手刃红儿，既而追其冤，作《比红诗》。”后泛指歌妓。张先《熙州慢》：“持酒更听，红儿肉声长调。”此处借指其年身边的歌女。尤侗《浣溪纱》(题陈其年小影)：“乌丝阑写懊侬歌，红儿解唱定风波。”萧然，犹骚然。扰乱骚动的样子。《史记·酷吏列传》：“及孝文帝欲事匈奴，北边萧然苦兵矣。”元稹《两省供奉官谏驾幸温汤状》：“不废戒严，而犹物议喧嚣，财力耗悴，数年之外，天下萧然。”可引申为震动、轰动。又解，空寂、萧条的样子。陶潜《五柳先生传》：“环堵萧然，不蔽风日。”惊秋雨，比喻乐声高亢。李贺《李凭箜篌引》：“女娲炼石补天处，石破天惊逗秋雨。”二句赞颂其集《乌丝词》，谓可令红儿谱唱，将女娲炼石所补的天幕震颤。

③“曲罢”二句：髻鬟，妇女发髻。岑参《醉戏窦子美人》：“朱唇一点桃花殷，宿妆娇羞偏髻鬟。”风姿，风度仪态。葛洪《抱朴子·审举》：“士有风姿丰伟，雅望有馀，而怀空抱虚，干植不足，以貌取之，必不得贤。”温庭筠《春暮宴罢寄宋寿先辈》：“苏小风姿迷下蔡，马卿才调似临邛。”二句说一曲唱罢，令红儿更加显得风姿妩媚。 ④“须髯”二句：须髯，络腮胡子。须髯似戟，胡须像戟似怒

张着，丈夫气概貌。《清史稿》本传："维崧清臞多髯，海内称陈髯。"余怀《沁园春》："叹年将半百，须髯如戟，运逢百六，心事成灰。"簪花剧，戴花为戏。古代遇典礼宴会佳节，男女皆戴花。剧，玩耍。李白《长干行》："妾发初覆额，折花门前剧。"徐乾学《陈检讨维崧墓志铭》："遇花间席上，尤喜填词。兴酣以往，常自吹箫而和之。人或指以为狂。"二句换头，紧扣题旨，由歌词的谱唱，转说画面上的人物。谓其风流倜傥，富有个性。 ⑤"背立"二句：背立，背人而立。柳永《斗百花》："长是夜深，不肯便入鸳被。与解罗裳，盈盈背立银釭，却道你但先睡。"纳兰《鹧鸪天》："背立盈盈故作羞，手挼梅蕊打肩头。"严绳孙《金缕曲》："便遣玉人嗔性急，背华灯、扣损裙儿砑。"无那。犹无奈。无可奈何。无法控制。王维《酬郭给事》："强欲从君无那老，将因卧病解朝衣。"李煜《一斛珠》："绣床斜凭娇无那。烂嚼红茸，笑向檀郎唾。"二句就画面引发联想，体现其长是夜深的无那情。

【品评】

这首词作于康熙十七年(1678)，时性德二十四岁。题称：为陈其年题照。上片赞颂其歌词。下片赞颂其为人。谓"乌丝"一集，令红儿谱唱，轰动半壁河山；有如李凭演奏箜篌，高亢乐声直冲云霄，将女娲炼石补上去的天幕震颤，漫天秋雨，飞洒人间。这时候，一曲唱罢，红儿发髻斜偏一旁，显得更加风姿妩媚，惹人生怜。这是上片。扣紧词题，就画面上的人物，展开联想。严绳孙《金缕曲》小序称："题陈其年小照填词图，有姬人吹玉箫倚曲。"歌词之所列述，正与相合。而其所谓"萧然"者，非谓家贫之甚，"入门依旧四壁空”(杜甫句),乃骚然也。用今天的话讲,就是一种轰动效应。下片仍着眼于画面上的人物。谓须髯如戟,颇有湖海豪气,时常头上戴花,于花间席上戏耍,这就是风流倜傥的陈髯陈夫子。这时候,吹玉箫的女子,扣损裙儿,盈盈背立,但却悄悄地说:你先睡吧,不要那么心急。模拟卿卿口吻,惟妙惟肖。令所题画像,更加风光旖旎。歌词之所以能够达到这么一种效果,应该说,其中也包含着作者自身的体验。

菩萨蛮

回　文[①]

雾窗寒对遥天暮。暮天遥对寒窗雾。花落正啼鸦。鸦啼正落花。[②]　　袖罗垂影瘦。瘦影垂罗袖。[③]风翦一丝红。红丝一翦风。

【注释】

①回文:汉语特有的一种修辞方法。文体上称之为回文体。按一定法则,将字词排列,令回环往复,皆能成诵,其所构成篇章,在诗中称回文诗,词中称回文词,曲中则称回文曲。刘勰《文心雕龙·明诗》:“回文所兴,则道原为始。联句共韵,则柏梁馀制。”以为回文之体,起自道原(已佚)。另说,起自窦滔妻苏蕙,苏有《璇玑图》诗。回文诗的格式,多种多样。有通体回文、就句回文、双

句回文、本篇回文、环复回文等。本篇属于双句回文，即下一句为上一句的回读。比如，“雾窗寒对遥天暮”，回过头来，就是“暮天遥对寒窗雾”。 ②“花落”二句：啼鸦，倒过来成为鸦啼。二句一个意思。周邦彦《锁窗寒》：“暗柳啼鸦，单衣伫立，小帘朱户。”秦观《如梦令》：“门外鸦啼杨柳。春色着人如酒。”此谓暗柳啼鸦，一片暮春景象。 ③“袖罗”二句：罗袖，锦衣罗袖。华贵的衣物饰品。曹植《叙愁赋》：“扬罗袖而掩涕，起出户而彷徨。”牛峤《杨柳枝五首》（其一）：“解冻风来末上青，解垂罗袖拜卿卿。”此谓影垂罗袖，表现人物的一种姿态。

【品评】

从歌词的作法看，上片布景，下片说情，或者叙事、造理，这是宋词基本结构模式。回文体的歌词，大体上亦依此模式填写。上片的相关物景，包括雾窗、暮天，花落、鸦啼，经过回环往复，变而成为窗雾、天暮，落花、啼鸦，其实际项目并不曾添加。下片通过人物形态的转换，叙说故事。其之由袖罗、瘦影，风翦、红丝，变而为罗袖、影瘦，翦风、丝红，同样也不曾添加。无非是一位女子，于花落、鸦啼的背景下，通过风翦、红丝及翦风、丝红的变换，以展现其婀娜多姿的身段而已。这就是回文的奥秘。

回文歌词的体式及作法，与一般回文诗有所不同。这是双句回文，下一句为上一句的回读。回文体《菩萨蛮》，又名“联环结”。全篇八句，实际上只要做好四句，便可回环而成。此类作品，既可看作是一种文字游戏，也可当游戏文字，进行写作训练，未可轻意抹煞。

卜算子

五　日①

村静午鸡啼，绿暗新阴覆。②一展轻帘出画墙，道是端阳酒。③　　早晚夕阳蝉，又噪长堤柳。④青鬓长青自古谁，弹指黄花九。⑤

【注释】

①五日：夏历五月初五日，为端午节。又因其月、日均为阳数，故云端阳，称端阳节。　②“村静”二句：午鸡，午后鸡鸣。汪藻《春日》：“茅茨烟暝客衣湿，破梦午鸡啼一声。”范成大《春日田园杂兴十二首》(其一)：“柳花深巷午鸡声，桑叶尖新绿未成。”新阴，春夏之交新生枝叶逐渐茂密而形成的树荫。二句布景，列述山村五日景象。　③“一展”二句：轻帘，酒帘。卖酒的旗招。杨循吉《洞仙歌》(题酒家壁)：“吴郊春满，绿草薰南陌。风弄轻帘小桥侧。”端阳酒，用艾或菖蒲浸泡的酒。梁朝宗懔《荆楚岁时记》：“端午以菖蒲一寸九节者，泛酒以辟瘟气。”又，《渊鉴类函》卷十九岁时部八：“《金门岁节记》云：‘洛阳端午作术羹艾酒。’”欧阳玄《渔家傲》：“五月都城犹衣夹。端阳蒲酒新开腊。”此为山村五日的特别景观。　④“早晚”二句：列述夕阳、蝉和柳三种物景。李商隐《柳》：“如何肯到清秋日，已带斜阳又带蝉。”蔡伸《点绛唇》：

"兰堂清窈。高柳新蝉噪。"二句所述，由自然物象转向社会事相，为上下片的过渡。 ⑤"青鬓"二句：青鬓长青，鬓发常黑。韩琮《春愁》："金乌长飞玉兔走，青鬓长青古无有。"王安石《代白发答》："从衰得白自天机，未怪长青与愿违。"贺铸《小梅花》："酌大斗，更为寿，青鬓常青古无有。"弹指，佛教中一个时间量词。出自印度梵语，常用以比喻时光短暂。文天祥《与湖南大帅江丞相论秦寇事宜札子》："凡怀忠愤，无不弹指。"谷子敬《城南柳》（第二折）："年光弹指过，世事转头空。"黄花九，夏历九月九日重阳节，又称黄花节。黄花，指菊花。苏轼《杭州牡丹开时仆犹在常润周令作诗见寄次其韵复次一首送赴阙》："莫负黄花九日期，人生穷达可无时。"二句结束全篇，谓自古以来，青鬓长青，谁也做不到；转眼间，又是重阳佳节。

【品评】

记述山村五日（端阳）的风土习俗及个人观感，是一首节序词。

上片布景，包括午鸡、新阴及轻帘；下片说情，谓年光弹指而过，青鬓难留。上片首二句并列推出，谓寂静山村，听得见午鸡鸣叫。村旁老树，新生枝叶，渐渐成荫。这是山村五日的大背景。以听得见（鸡声），显示山村之寂静，而非只听到，乃进村时的第一感觉。次二句以卖酒的旗招（轻帘），展现山村五日的特别景观。谓画墙外酒帘随风飘起，一眼望过去，就知道那是卖端阳酒的地方。这是上片。所谓风土与习俗，已清晰如画。下片的观感，突然道及青鬓，似有些离题，实则不然。因首二句的长堤柳及夕阳蝉，仍为山村五日的目前景象，次二句的黄花九，和五日端阳一样，也是山村的重要节日。说明并非断了曲意。但其承接，亦并非只是着眼于本意，而是通过时间的推移，由早到晚，由端阳到重阳，逐步翻出新意。即：自古以来，青鬓长青，谁也做不到。这是下片。由平常的生活经历，引申出一番大道理。

上下两片，合而观之。在有关物景和情思的布置、叙说过程中，既出色地呈现节日风光，也提出自己对于“流年暗中偷换”（苏轼《洞仙歌》语）的思考。可见并非只是一般的应景之作。

忆秦娥

龙潭口①

山重叠。悬崖一线天疑裂。②天疑裂。断碑题字，古苔横啮。　　风声雷动鸣金铁。阴森潭底蛟龙窟。③蛟龙窟。兴亡满眼，旧时明月。④

【注释】

①龙潭口：即龙潭山口，在今辽宁铁岭境内。康熙二十一年（1682）春，纳兰扈驾东巡经此地。参见赵秀亭、冯统一《饮水词笺校》。　②“山重”二句：天疑裂，若天之疑裂。语出周梁翰《五凤楼赋》：“门呀洞缺，若天之裂。”此谓悬崖形势，有如一线，直达于天。　③“风声”二句：雷动，大地之气相交（风行）所形成的一种

自然现象。张舜民《画墁录》载张咏作赋卷中有云:“包戈卧鼓,岂烦师旅之威。雷动风行,举顺乾坤之德。”金铁,借指金属制的器具,如兵器。欧阳修《秋声赋》:“其触于物也,纵纵铮铮,金铁皆鸣。”蛟龙,蛟和龙交而成并能发水的一种龙。陶弼《合浦还珠亭》:“合浦还珠旧有亭,使君方似古人清。沙中蚌蛤胎常满,潭底蛟龙睡不惊。”司空图《狂题十八首》(之八):“轰霆搅破蛟龙窟,也被狂风卷出山。”梅圣俞《寄遵诗》:“杈牙铁锁漫横绝,栌湿不惊潭底龙。”二句以鸣金铁比喻潭口风声,以蛟龙被惊醒,显示潭底之阴森可怖。 ④“兴亡”二句:兴亡,兴盛与衰亡。赵长卿《醉花阴》:“六代旧江山,满眼兴亡,一洗黄花酒。”辛弃疾《水龙吟》(过南剑双溪楼):“千古兴亡,百年悲笑,一时登览。”旧时明月,语出刘禹锡《石头城》:“淮水东边旧时月,夜深还过女墙来。”二句总结全篇,生发盛衰兴亡之感。

【品评】

江山形胜,人物英雄。词人到达龙潭口,亲临其境,自然而然,当感叹一番。

起首谓乱山重叠,悬崖一线,整个天幕,好像将要裂开一般。荒草堆中,古碑残碣,长满苍苔,苍苔将碑上文字掩埋。这是上片,列述自然物象,为布景。下片就此物象,生发开去。谓龙潭口,狂风卷出,轰霆走动,发出的巨大声响,有如战场上金钲戈矛,互相撞击,令潭底蛟龙也被惊醒。千古兴亡,潭底蛟龙,与空中明月,共同见证。这是下片,由自然物象,引申到社会事相,为说情。

此词布景与说情,既注重本地风光,展示其自然风姿,亦注重悟在当下，表达其直观感受。不同于一般模山范水之作，颇堪玩味。

清平乐

将愁不去。秋色行难住。[①]六曲屏山深院宇。日日风风雨雨。[②]　　雨晴篱菊初香。人言此日重阳。回首凉云暮叶，黄昏无限思量。[③]

【注释】

①“将愁”二句：将，扶也。将愁，扶将愁（去），有携带之意。辛弃疾《祝英台近》：“是他春带愁来，春归何处。却不解带将愁去。”张翥《踏莎行》：“醉来扶上木兰舟，将愁不去将人去。”行，往也。即行走。《庄子·逍遥游》：“此虽免乎行，犹有所待者也。”住，停留。萧悫《春日曲水》：“舞馀香尚存，歌尽声犹住。”二句意谓秋色留不住，愁留住。　②“六曲”二句：六曲，十二扇。此指画屏。李商隐《屏风》：“六曲连环接翠帷，高楼半夜酒醒时。”晏殊《蝶恋花》：“六曲栏杆偎碧树。杨柳风轻，展尽黄金缕。”赵孟坚《花心动》：“斗帐半褰，六曲屏山，憔悴似不胜衣。”二句说当下处境，日日风雨。　③“回首”二句：凉云，阴凉的云。谢朓《七夕赋》：“朱光既夕，凉云始浮。”姜夔《蓦山溪》（题钱氏溪月）：“荷苒苒，展凉云，横卧虹千尺。”暮叶，日暮的叶。陈师道《浣溪沙》：“暮叶朝花种种陈，三秋作意向诗人。安排云雨要新清。”二句表示对

于以前那段风风雨雨日子的思忆。

【品评】

这是一首节序词。谓将愁不去秋色去。将，可作多种解释。比如，“将雌剑往”（干宝《搜神记》），相当于拿，或者取；“爷娘闻女来，出郭相扶将”（《木兰辞》），可作扶持用；“将家就鱼麦，归老江湖边”（元结《贼退示官吏》），可解为携带，等等。此处可当携带解。即谓秋色留不住，愁却留了下来。为什么呢？因为深深院宇，日日风风雨雨，是他风雨带将秋去，却不解将愁一起带走。这是上片。说日日风雨，将秋天送走；六曲屏山，重峦叠翠，想留也留不住，为布景。下片说，今日重阳，天刚放晴，菊花初香；黄昏时节，回头看，凉云暮叶，一派萧索景象。是为说情，谓回想起那段日子的风风雨雨，真让人无限思量，倍添伤感。不过，其所思量、所伤感者，并无实际内容。上下片合而观之，可知乃应景之作，亦即一般的伤春、悲秋而已。谓其独立于天地间，所叙是“勃发的隐怨长愁”（张秉戌《纳兰词笺注》），似有点“拔高”的意味。

清平乐

孤花片叶。断送清秋节。寂寂绣屏香篆灭。暗里朱颜消歇。[①]　谁怜散髻吹笙。天涯芳草关情。[②]懊恼隔帘幽梦，半床花月纵横。[③]

【注释】

①“寂寂”二句：绣屏，指屏风。韦庄《应天长》：“画帘垂，金凤舞，寂寞绣屏香一炷。”香篆，形似篆文的一种香料。或指焚香时所起的烟缕。张孝祥《蓦山溪》：“绣工慵，围棋倦，香篆频销印。”范成大《社日独坐》：“香篆结云深院静，去年今日燕来时。”此指前者。朱颜，红润美好的容颜。李白《寄远》（十一首之八）：“坐思行叹成楚越，春风玉颜畏销歇。”曾巩《孔教授张法曹以曾论荐特示长笺》：“绿发朱颜两少年，出伦清誉每相先。”二句指青春年华于暗中消逝。 ②“谁怜”二句：散髻，解散发髻。《南齐书·王俭传》：“（王俭）作解散髻，斜插帻簪，朝野慕之，相与放效。”洪亮吉《解散髻》：“一代风流比谢安，插簪散髻解朝冠。”自注：“王俭为国子祭酒，作解散髻斜插簪，尝谓人曰：‘江左风流宰相，惟有谢安。’意以自比。”陆龟蒙《和酒病偶作》：“惟欠白绡笼解散，洛生闲咏两三声。”吹笙，又喻饮酒。张元幹《浣溪沙》题称：“谚以窃尝为吹笙云。”所作《踏莎行》：“薄劣东风，夭斜落絮。明朝重觅吹笙路。”李齐贤《鹧鸪天》（饮麦酒）：“饮中妙诀人如问，会得吹笙便可工。”芳草，香草。班固《西都赋》：“竹林果园，芳草甘木。郊野之富，号为近蜀。”毛熙震《浣溪沙》：“花榭香红烟景迷。满庭芳草绿萋萋。”苏轼《蝶恋花》：“枝上柳绵吹又少。天涯何处无芳草。”关情，牵惹情怀，引人遐思。陆龟蒙《又酬袭美次韵》：“酒香偏入梦，花落又关情。”晁元礼《绿头鸭》：“最关情漏声正永，暗断肠花影偷移。”二句谓无人怜惜，无人牵挂。 ③“懊恼”二句：幽梦，隐约的梦境。张先《木兰花》：“欢情去逐远云空，往事过如幽梦断。”秦观《八六子》：“夜月一帘幽梦，春风十里柔情。”半床花月，韦庄《清平乐》：

“梦觉半床斜月，小窗风触鸣琴。”二句说当前情事，谓幽梦不成，空对着半床花月。

【品评】

蒋景祁编《瑶华集》及汪元治结铁网斋本《纳兰词》副题作“秋思”，属于一般悲秋之作。上片的物景，包括花、叶以及朱颜。谓落叶片片，花残红销，清秋时节的爽人天气，已经一去不复返。寂寂绣屏，香篆熄灭。镜中朱颜，暗里偷换。由秋天的景物，到镜中的人物，即从自然物象到社会事相，显示出物和人的变化。这是上片，为布景。下片说，天涯芳草，何事关情。散髻吹笙，无人怜惜。幽梦为帘幕所隔，懊恼难以剪除。半床花月，任其纵横。这是就上片的当前景象所引发的联想，为说情。但这只是一种懊恼情怀。迷离惝恍，并无明确所指。今之读者，当无须深究。

清平乐

上元月蚀

瑶华映阙。烘散蓂墀雪。[1]比拟寻常清景别。第一团圆时节。[2]　　影娥忽泛初弦。分辉借与宫莲。[3]七宝修成合璧，重轮岁岁中天。[4]

【注释】

①“瑶华”二句：瑶华，美玉。葛洪《抱朴子·勖学》：“故瑶华不琢，则耀夜之景不发。”此代指月亮。蓂，即蓂荚，瑞草名。因夹阶而生，故名。《竹书纪年》卷上：“有草夹阶而生，月朔始生一荚。月半而生十五荚。十六日以后，日落一荚。及晦而尽。月小，则一荚焦而不落。名曰蓂荚，一曰历荚。”蓂墀，宫殿的台阶。二句布景，谓入蚀之月，映照着宫阙。 ②“比拟”二句：清景，犹清光。曹植《公宴》：“明月澄清景，列宿正参差。”储光羲《终南幽居献苏侍郎》：“朝日悬清景，巍峨宫殿明。”此谓今夜景象不比寻常。 ③“影娥”二句：影娥，汉未央宫池名。本凿以玩月，后代指鉴月水池。上官仪《咏雪应诏》：“花明栖凤阁，珠散影娥池。”宫莲，莲花瓣的美称，此指宫灯。文天祥《齐天乐》：“回首宫莲，夜深归院烛。”二句由月之蚀转向月之复圆。 ④“七宝”二句：七宝，七种珍宝。传说月由七宝合成，人间常有八万二千户给它修治（见段成式《酉阳杂俎·天咫》。合璧，两个半璧相合成圆。李清照《永遇乐》：“落日熔金，暮云合璧，人在何处。”此谓重圆之月依旧于中天悬挂。

【品评】

夏历正月十五日，一年中第一个月圆之夜。俗称上元，或元宵。所谓天上明月，地上彩灯，这是中国民间的一个传统节日。而这一夜，遇上月全蚀，却出现另外一番景象。

歌词的上片描绘月全蚀的景象。谓入蚀之月，仿佛美玉一般，映照着巍峨宫殿。宫殿台阶上的蓂荚，洁白一片，就像是雪花，满庭飞霰。这时候，天上人间，清景无限。一年当中的第一个团圆佳节，不比寻常。这是上片，着重于月之蚀。

下片描绘蚀出复圆的景象。谓宫中的影娥池，忽然浮现出初弦之影，仿佛无数珍珠散落水面。这时候，金莲引驾，宫灯就像是从月宫那里分得了辉光，正护送皇上归返别院。而由七宝合成的圆月，仍然悬挂中天。这是下片，着重于月之圆。

上片、下片，由月蚀到月圆，从天上到人间，再从人间到天上，将自然物象和社会事相融合在一起。当中一个关键词——“忽”，甚是值得留意。其谓初弦之影从地上池水中忽然泛起，既发挥一种连贯作用，亦可见其直接的感受。自然而然，引人入胜。苟非作手，岂能至此？

画堂春

一生一代一双人。争教两处销魂。① 相思相望不相亲。天为谁春。②　　浆向蓝桥易乞，药成碧海难奔。③ 若容相访饮牛津。相对忘贫。④

【注释】

①“一生”二句：语出骆宾王《代女道士王灵妃赠道士李荣》：“相怜相念倍相亲，一生一代一双人。”争教，怎教。销魂，形容极度悲伤、愁苦或极度欢乐。江淹《别赋》：“黯然销魂者，惟别而已矣。”杜安世《诉衷情》：“梦兰憔悴，掷果凄凉，两处销魂。”此谓天

作之合，却被分隔两地。两处相思，黯然销魂。 ②“相思”二句：语出王勃《寒夜怀友》：“故人故情怀故宴，相望相思不相见。”又，李白《相逢行》：“相见不相亲，不如不相见。”此谓天意弄人，不得自主。 ③“浆向”二句：蓝桥，在今陕西蓝田东南蓝溪上。此用裴航故事。裴铏《传奇》载：裴航道经蓝桥驿，乞浆于老妪。妪使女云英擎一瓯与之。裴见云英，欲厚币纳娶。妪云：有神仙遗灵药，须玉杵臼捣之。倘得玉杵臼，即予聘。裴访得玉杵臼，遂成婚，为妪捣药百日，药成仙去。碧海难奔，指嫦娥奔月故事。《淮南子·览冥训》：“羿请不死之药于西王母，姮娥窃以奔月。”李商隐《嫦娥》：“嫦娥应悔偷灵药，碧海青天夜夜心。”二句意谓，一双人之被拆散，非同一般。亦非裴航、嫦娥故事之所能比。 ④“若容”二句：牛津，指天河。传说海边居民乘槎至天河，见一丈夫牵牛渚次饮之。张华《博物志·杂说》：“旧说云：天河与海通，近世有人居海渚者，年年八月，有浮槎去来，不失期。人有奇志，立飞阁于查上，多赍粮，乘槎而去。十馀日中犹观星月日辰，自后芒芒忽忽，亦不觉昼夜。……奄至一处，有城郭状，居舍甚严。遥望宫中多织妇，见一丈夫牵牛渚次饮之。牵牛人乃惊问曰：‘何由至此？’此人具说来意，并问此是何处。答曰：‘君还至蜀郡，访严君平则知之。’……后至蜀，问君平。曰：‘某年月日有客星犯牵牛宿。计年月，正是此人到天河时也。’”后以饮牛津谓天河。此借指与恋人幽会处。秦观《玉楼春》：“当时误入饮牛津，何处重寻闻犬洞。”此谓两人若能于天河相见，将忘却人间的所有富贵荣辱。

【品评】

明明是一生一世，天作之合，却偏偏不能够在一起，两地分隔。镇日里，相思相望，而又不得相亲，枉教得凄凉憔悴，黯然销魂。不知道上苍，究竟为谁，造就这美丽青春。这是上片。化用成句，说相亲相爱的“一双人”，无端被拆散。

不曾交代相关故事，也没有具体情节。下片以“故事”说故事，借古老传说，为透露消息。一为裴航，乞浆蓝桥，而得妻云英；一为嫦娥，窃不死药，而飞奔月宫。谓乞浆容易，奔月为难。暗示“一双人”之被拆散，并非寻常。最后说意愿，谓相会无期，守望依然；如果能够像牛郎织女一样，“淅淅风微素月新，鹊桥横绝饮牛津”（刘筠《戊申七夕》），于天河相见，即使抛却荣华富贵也心甘。据此，论者进行各种猜测。或以为，这是一位“入宫女子”，并指此女即性德表妹谢氏，谓其未入宫前，易与结为夫妇，入宫之后，等于嫦娥奔月，便难再回人间；或以为，人既在天上，即言不在人间，解作悼亡之作，最近事实（以上参见赵秀亭、冯统一《饮水词笺校》）。是耶？非耶？颇难断定。但以词论词，似亦无须深究，以免附会之嫌。

眼儿媚

咏红姑娘[①]

骚屑西风弄晚寒。翠袖倚阑干。[②]霞绡裹处，樱唇微绽，靺鞨红殷。[3]　　故宫事往凭谁问，无恙是朱颜。玉墀争采，玉钗争插，至正年间。[4]

【注释】

①红姑娘：酸浆草别称，又名洛神珠、灯笼草。多年生或一年生草本。高二三尺，叶卵形而尖。六七月开白花，果实成囊状。色绛红，酸甜可食。萧洵《元故宫遗录》："金殿前有野果名红姑娘，外垂绛囊，中空，有桃子如丹珠，味酸甜可食，盈盈绕砌，与翠草同芳，亦自可爱。"　②"骚屑"二句：骚屑，风声。刘向《九议·思古》云："风骚屑以摇木兮，云吸吸以湫戾。"王逸注："风声貌。"高适《酬李少府》，有"来雁无尽时，边风正骚屑"句。翠袖，指女子。苏轼《江城子》(相从不觉又初寒)："知道故人相念否，携翠袖，倚朱栏。"辛弃疾《水龙吟》(登建康赏心亭)："倩何人唤取，红巾翠袖，揾英雄泪。"此处以美人作比，谓红姑娘于西风中斜倚阑干。　③"霞绡"三句：霞绡，美艳轻柔的丝织物，此处形容红姑娘的花冠。樱唇，形容女子小而红润的嘴唇。张先《菩萨蛮》："髻摇金钿落，惜恐樱唇薄。"靺鞨，红色宝石之一种，即红玛瑙，称红靺鞨、靺鞨芽。《旧唐书》卷十《肃宗纪》：楚州刺史崔侁献定国宝玉十三枚。七曰红靺鞨，大如巨栗，赤如樱桃。杜甫《韦讽录事宅观曹将军画马图歌》："内府殷红玛瑙盘，婕妤传诏才人索。"此谓红姑娘殷红的颜色，好像是红色的宝石(红玛瑙)一样。　④"玉墀"三句：玉墀，宫殿前的石阶。玉钗，玉制之钗，由三股合成，呈燕形，古时女子头饰。至正，元惠宗顺帝妥欢帖睦尔(Toghon—Temor)年号。此谓元代至正年间，宫殿前种植红姑娘，宫中女子争相采摘，争相插戴。

【品评】

西风萧瑟，天气寒凉。红姑娘斜倚栏干，舒展翠袖，夜色中，正摆弄自己的姿态。云霞般的轻纱，包裹着花萼。成串成串的野浆果，有如才人的樱唇微微绽开；浅碧殷红，好像内府所赏赐满盘的玛瑙。这是上片，状写物形。下片揭示物理，说环境的变迁及此花的遭遇。由自然物象转向社会事相，因眼下的红姑娘，转向故宫往事。谓此花曾栽植宫中，盈盈绕砌，亦自可爱。过往的事情尽管已无人提起，但她却仍然保持着鲜明的颜色，美艳轻柔。一时间，宫中女子争相采摘，又争相插戴，不过那已经是元至正年间的事了。

歌词咏物，感怀古今变化。谓元代棕榈殿前的野果红姑娘，如今依稀尚存，但大元帝国的昔日风光则早已沦为历史陈迹。大题材，大感慨，往往须用大手笔，于大处落墨。即使是小歌词，亦尽量想办法将其做大。比如严绳孙的同题《眼儿媚》，其云“生生长共，故宫衰草，同对斜阳”，即将其与衰草、斜阳联系在一起，似乎并不轻松。但纳兰却尽量做小，小到只不过是美人的装戴，而非关江山之事，并且不动声色，一笔带过。这可能与王国维所说“初入中原，未染汉人风气”（《人间词话》本编五二则）有一定关联，当细察之。

眼儿媚

咏梅

莫把琼花比淡妆。谁似白霓裳。[1] 别样清幽，自然标

格，莫近东墙。②　冰肌玉骨天分付，兼付与凄凉。③可怜遥夜，冷烟和月，疏影横窗。④

【注释】

①“莫把”二句：琼花，忍冬科落叶或半常绿灌木，又称聚八仙、蝴蝶花。韩琦《后土庙琼花》：“维扬一枝花，四海无同类。”谓乃绝世之奇珍。淡妆，指梅花。柳宗元《龙城录·赵师雄醉憩梅花下》：“隋开皇中，赵师雄迁罗浮。一日天寒日暮，在醉醒间，因憩仆车于松林间酒肆傍舍，见一女子淡妆素服，出迓师雄。时已昏黑，残雪对月，色微明。师雄喜之，与之语，但觉芳香袭人，语言极清丽。因与之扣酒家门，得数杯，相与饮。少顷，有一绿衣童来，笑歌戏舞，亦自可观。顷醉寝，师雄亦懵然，但觉风寒相袭。久之，时东方已白，师雄起视，乃在大梅花树下，上有翠羽，啾嘈相须，月落参横，但惆怅而尔。”又，欧阳修《渔家傲》：“仙格淡妆天与丽。谁可比。”谓天与仙格，无以伦比。霓裳，以云为裳。屈原《楚辞·九歌·东君》：“青云衣兮白霓裳，举长矢兮射天狼。”刘秉忠《春深》：“新染蔷薇一扑黄，梨花乱舞白霓裳。”二句描绘梅花的色泽及形貌。　②“别样”三句：标格，风范、品格。宋无名氏《孤鸾》：“天然标格。是小萼堆红，芳姿凝白。”苏轼《荷花媚》（荷花）：“霞苞电荷碧，天然地、别是风流标格。”东墙：宋玉《登徒子好色赋》言“天下之佳人，莫若楚国。楚国之丽者，莫若臣里。臣里之美者，莫若臣东家之子”。而东家之子“登墙窥臣三年，至今未许也”。是为东墙。谓借喻梅花之美丽，有防窥视意，说可参（详见赵秀亭、冯统一《饮水词笺校》）。又，程垓《眼儿媚》（咏梅）：“一枝

烟雨瘦东墙。真个断人肠。”亦有东墙。谓东墙光照不佳，花易憔悴（详见张草纫《纳兰词笺注》），恐未妥。三句赞颂梅花的美丽及品格。 ③“冰肌”二句：冰肌玉骨，肌骨莹洁光滑，如同冰玉一般。苏轼《洞仙歌》：“冰肌玉骨，自清凉无汗。”二句以女子体态，借喻梅花的芳姿，以为乃上天所赋予。 ④“可怜”三句：冷烟，寒凉的烟雾。苏轼《二月三日点灯会客》：“冷烟湿雪梅花在，留得新春作上元。”疏影，林逋《山园小梅》（二首其一）：“疏影横斜水清浅，暗香浮动月黄昏。”三句以梅花的姿态，体现其精神面貌。

【品评】

“莫把琼花比淡妆”，歌词一开篇，即提出问题——谓琼花与梅花，二者不能够相提并论。因为琼花不像白霓裳，没有梅花的形貌。而且，梅花具备一种特别的幽香，天然标格，不能随便窥视，更是琼花所不能相比。这是上片，咏物形，赞颂梅花的风流标格。下片咏物理，赞颂梅花的精神面貌。谓其玉骨冰肌，乃上天所赐与。令其“似与神仙，来作烟霞侣”（李之仪《蝶恋花》“玉骨冰肌天所赋”）。但是，上天又同时赋予凄凉，令其于漫漫寒夜，在清冷的月光下，将横斜疏影，投放到书窗上来。歌词咏物，亦物亦我，物与我，至此已完全融合在一起。

南歌子

暖护樱桃蕊，寒翻蛱蝶翎。① 东风吹绿渐冥冥。不信一

生憔悴，伴啼莺。　　素影飘残月，香丝拂绮棂。[2]百花迢递玉钗声。索向绿窗寻梦，寄馀生。

【注释】

①“暖护”二句：樱桃，落叶乔木果树。蕊，花苞。杜甫《江畔独步寻花七绝句》：“繁枝容易纷纷落，嫩蕊商量细细开。”蛱蝶，蝴蝶。何逊《石头答庾郎丹》：“黄鹂隐叶飞，蛱蝶萦空戏。”温庭筠《春日野行》：“蝶翎朝粉尽，鸦背夕阳多。”二句对仗，以樱桃、蛱蝶，展示春之景象。　②“素影”二句：素影，月影。杜审言《和康五庭芝望月有怀》：“雾濯清辉苦，风飘素影寒。”梅尧臣《金陵有美堂》：“江流不尽月不死，寒浪素影东西翔。”倪瓒《人月圆》：“当时明月，依依素影，何处飞来。”香丝，柳条。白居易《池边》：“柳老香丝宛，荷新钿扇圆。”又指美人头发。李贺《美人梳头歌》：“一编香丝云撒地，玉钗落处无声腻。”二句对仗，以素影、香丝，表示春天已来到眼前。

【品评】

歌词描绘春日景象，并就其景象，叙说观感。起拍二句，先是说天气，再是说景物。谓和暖春风回护，樱桃花蕊初绽；蛱蝶翻飞，身上羽毛带着寒意。春天已来到。居中一句，歌词的中心意思，谓东风吹拂，大地的绿荫，渐渐浓密。

结拍二句，人物和啼莺并列。谓不信我一生憔悴，只能与啼莺相伴。这是上片。从樱桃和蛱蝶的细微变化，一直到满耳莺啼，为布景。下片格式不变。首二句为重拍，不换头，但换意。二句说素影和香丝，谓残月飘动素影，柳条抚弄着窗格，春天已来到窗前。承续上片，所说仍为自然物象。居中一句，谓百花丛中的玉钗声，不断传来。玉钗声，由自然物象转向社会事相。为煞拍寻梦，提供依据。煞拍二句，以“索向绿窗寻梦”，作一决断，表明自己的归宿。这是下片，为说情。那么，歌词所说，究竟是怎样一种感情呢？一种意见谓悼亡，乃因其妻卢氏而作（赵秀亭、冯统一《饮水词笺校》及张草纫《纳兰词笺注》皆持此说）；一种则以为“寓有春愁和隐忧”（参见张秉戍《纳兰词笺注》）。两种说法虽有一定道理，但只是一种推测，未必尽合作者本意。

浪淘沙

闷自剔残灯。暗雨空庭。① 潇潇已是不堪听。② 那更西风偏着意，做尽秋声。　　城柝已三更。欲睡还醒。③ 薄寒中夜掩银屏。④ 曾染戒香消俗念，莫又多情。⑤

【注释】

①“闷自”二句：剔灯，挑灯。谓挑起灯芯，剔除馀烬。范成大《晓枕闻雨》：“剔灯寒作伴，添被厚如埋。”王叔承《竹枝词》：“夜深忽听巴渝曲，起剔残灯酒尚温。”暗雨，夜雨。姜夔《八归》（湘中送胡德华）：“芳莲坠粉，疏桐吹绿。庭院暗雨乍歇。”二句布景，包括残灯、暗雨，以及空庭，为人物活动创作环境。　②“潇潇”句：潇潇，风雨急骤。《诗经·郑风·风雨》：“风雨潇潇，鸡鸣胶胶。”毛

传："潇潇，暴疾也。"李清照《蝶恋花》："人道山长山又断。潇潇微雨闻孤馆。"此谓风雨急骤，令人不堪。 ③"城柝"二句：城柝，城垣上巡夜所敲击之木梆。王问《赠吴之山》："城柝声声夜未央，江云初散水风凉。"二句说感受，谓直到夜半三更，仍然难以入眠。④"薄寒"句：薄寒，微寒。《楚辞·九辩》："憯凄增欷兮，薄寒之中人。"杜甫《重简王明府》："甲子西南异，冬来只薄寒。"银屏，镶银的屏风。白居易《长恨歌》："揽衣推枕起徘徊，珠箔银屏逦迤开。"柳永《引驾行》："消凝。花朝月夕，最苦冷落银屏。"晏殊《清平乐》："双燕欲归时节，银屏昨夜微寒。"此谓中夜起身，独自掩闭银屏，显得冷落凄清。 ⑤"曾染"二句：戒香，佛教说戒时所薰燃之香。司空图《为东都敬爱寺讲律僧惠确化募雕刻律疏》："启秘藏而演毗尼，熏戒香以消烦恼。"俗念，世俗的想法。白居易《玩松竹》(之二)："幽怀一以合，俗念随缘息。"此谓戒香可消俗念，未可为情所困。

【品评】

伤春悲秋，难免俗套。不过，纳兰此词能够立足当前，就景叙情，亦未尽无病呻吟。

歌词上片所叙说，乃听雨听风的情事；下片则思考问题。皆当前景、当前事，能够落到实处。

大致说来，这是秋天的一个夜晚。因为闷得无聊，独自于灯下，挑起灯芯，剔除馀烬。当其时，空庭暗雨，急骤而暴疾，已经无法忍受，再加上萧索秋风，一阵狂过一阵，则更是令人烦恼。这是上片，为布景。下片就其物景，叙说当时的感受以及思考。谓城柝已报三更，但此时，寒气袭人，欲睡还醒，只好将屏风紧掩。也正因为，想睡而睡不着，随即引发起对于过往经历的检讨。谓曾经信奉佛教，薰燃戒香，希望涤除尘世污浊，超脱烦恼；此时此刻，再也不能由于多情而不自醒悟。这是下片，为说情。

总而言之，其所叙说之景和情，都不难明白。说明仍有自己一番实际体验在里头，还是一篇可读的作品。

浪淘沙

秋　思

霜讯下银塘。并作新凉。①奈他青女忒轻狂。②端正一枝荷叶盖，护了鸳鸯。　　燕子要还乡。惜别雕梁。更无人处倚斜阳。还是薄情还是恨，仔细思量。

【注释】

①“霜讯”二句：霜讯，霜期到来的消息。吴文英《古香慢》（赋沧浪看桂）：“怨娥坠柳，离佩摇荭，霜讯南圃。”银塘，池塘。苏轼《浣溪纱》：“花满银塘水漫流。犀追玉板奏凉州。”又，杨万里《新柳》：“柳条百尺拂银塘，且莫深青只浅黄。”二句布景，谓霜讯到达，银塘水漫，并作新凉。　②“奈他”句：青女，传说中掌管霜雪的女神。《淮南子·天文训》：“至秋三月……青女乃出，以降霜雪。”高诱注：“青女，天神。青霄玉女，主霜雪也。”萧统《铜博山香

炉赋》:“于时青女司寒,红光翳景。”杜甫《秋野》(之四):“飞霜任青女,赐被隔南宫。”此处用以指代霜雪。寒山《诗》一一五:“屡见枯杨荑,常遭青女杀。”王安石《红梨》:“岁晚苍官才自保,日高青女尚横陈。”忒,过于。辛弃疾《金菊对芙蓉·重阳》:“追念景物无穷,叹少年胸襟、忒煞英雄。”轻狂,放浪轻浮。苏轼《定风波》(感旧):“薄幸只贪游冶去。何处。垂杨系马恣轻狂。”此谓青女飞霜,显得过于放浪。

【品评】

本词亦一悲秋之作。谓霜讯到达,银塘一带,并作新凉。青女轻狂,霜雪横陈。荷叶护盖下的鸳鸯,成双成对,处之泰然。这是上片。说鸳鸯。为布景。下片说燕子。谓惜别雕梁,何日还乡。于无人处,独倚斜阳。此时此刻,究竟是薄情,还是恨?须仔细想一想。这是下片。由当前景,联想到秋天以外的情事,为说情。题曰“秋思”,即于秋的情怀,将自身的身世之感打并入内,仍然不失为一可读作品。

于中好

七月初四夜风雨,其明日是亡妇生辰

尘满疏帘素带飘。真成暗度可怜宵。① 几回偷拭青衫泪,忽傍犀奁见翠翘。② 惟有恨,转无聊。五更依旧落

花朝。[3]衰杨叶尽丝难尽，冷雨凄风打画桥。

【注释】

①“尘满”二句：疏帘，稀疏的竹织窗帘。张耒《夏日》（其一）：“落落疏帘邀月影，嘈嘈虚枕纳溪声。”可怜，可惜，或可爱。卢纶《早春归盩厔别业却寄耿拾遗》：“可怜芳岁青山里，惟有松枝好寄君。”苏轼《临江仙》：“徘徊花上月，空度可怜宵。”又，李吕《鹧鸪天》（寄情）：“人悄悄，漏迢迢。琐窗虚度可怜宵。”二句意谓人去楼空，良宵虚度。 ②“几回”二句：拭，揩擦。萧统《拟古》：“窥红对镜敛双眉，含愁拭泪坐相思。”杜甫《奉酬薛十二丈判官见赠》：“千秋一拭泪，梦觉有微馨。”又，傅若金《悼亡四首》（其四）：“傍人拭我泪，令我要裁悲。”犀奁，以犀角作饰物的妆奁。翠翘，即翡翠翘头，状似翠鸟尾上长羽。韦应物《长安道》：“丽人绮阁情飘飖，头上鸳钗双翠翘。”又，周邦彦《忆秦娥》（佳人）：“人如玉。翠翘金凤，内家妆束。”二句意谓睹物怀人，泪湿青衫。 ③“惟有”三句：落花朝，落花的早晨。晏几道《南乡子》：“月夜落花朝。减字偷声按玉箫。”白居易《喜与杨六侍御同宿》：“岸帻静言明月夜，匡床闲卧落花朝。”另指花朝节，简称花朝，百花生日。此指前者。三句换头，由可怜宵转向落花朝，说明通宵难眠。

【品评】

歌词为悼亡。小序称：“七月初四夜风雨，其明日是亡妇生辰。”即七月初五日，为其妻卢氏生日。

首谓尘满疏帘，素带飘动。一个凄清悲凉的风雨之夜。好几回，偷拭青衫泪。忽然间，又从犀角作饰物的梳妆盒里，见到你的金凤翠翘，这真是个难以度过的夜晚。这是上片，说今夜情事。为布景，下片说明日情事。谓：人不在，泪空流。惟有恨，转无聊。这是过片。由今夜过渡到明日，亦由布景转向说情。五更依旧，谓明日亡妇生辰，照样是一个落花的早晨。可以设想，画桥那边，冷雨凄风，衰枯的杨树，也许经不起摧残，枝叶落尽，但缕缕柳丝，却像我的情思一样，永远不能断绝。这是下片，为说情。

歌词所叙，包括泪和恨，皆当前情事，看得到，体验得到，虽无沉痛语，却自然真切，亦甚感人。

南乡子

秋莫村居

红叶满寒溪。一路空山万木齐。试上小楼极目望，高低。一片烟笼十里陂。[1]　　吠犬杂鸣鸡。灯火荧荧归骑迷。[2]乍逐横山时近远，东西。家在寒林独掩扉。

【注释】

①“试上”三句：极目，纵目，用尽目力远望。王粲《登楼赋》：“平原远而极目兮，蔽荆山之高岑。”杜甫《自京赴奉先县咏怀五百字》：“群水从西下，极目高崒兀。”陂，本义山坡，或斜坡。韦庄《台城》：“无情最是台城柳，依旧烟笼十里堤。”陆游《思故山》：“陂南

陂北鸦阵黑，舍西舍东枫叶赤。”又解作池塘，或湖泊。皇甫松《采莲子》：“菡萏香连十里陂。小姑贪戏采莲迟。”此指前者。三句叙说登上小楼之所见，为布景。　②“吠犬”二句：吠犬，善于叫的狗。苏轼《於潜令刁同年野翁亭》：“我来观政问风谣，皆云吠犬足生氂。”荧荧，灯光闪烁貌。吴师道《桐庐夜泊》：“灯光隐见隔林薄，湿云闪露青荧荧。”二句叙说进入山村之所闻及所见，亦为布景。

【品评】

歌词题称“秋莫（暮）村居”，说明旨在描绘暮秋时节山村的景象及当时的体验。

首谓小溪流淌着寒意，枫叶飘落水面。一路上，树木枝干齐整，连绵不断。登上小楼，极目远望。天上、地下，陂南、陂北，高处、低处，十里山坡，一片烟雾迷漫。这是上片，展现自然物象，为布景。下片进入山村，谓时不时传来狗叫和鸡鸣。凭借零零星星的灯火，沿着弯弯曲曲的山路，左右穿行。远处、近处，东边、西边，一会儿横过来，一会儿斜过去，简直不知道该往哪里走。突然于一处丛林，隐隐约约，见到一间茅屋，半掩着柴扉，那正是我的家。这是下片。经过水复山重，终于到达目的地，为叙事。

诵读其词，想象其所见、所闻、所行经的过程，仿佛身临其境，自然而然，跟着感觉到一份清新和喜悦。这应是纳兰词所给与的一种“美的享受”。

虞美人

曲阑深处重相见。匀泪偎人颤。① 凄凉别后两应同。最是不胜清怨月明中。②　　半生已分孤眠过。山枕檀痕涴。③ 忆来何事最销魂。第一折技花样画罗裙。④

【注释】

①“曲阑”二句：曲阑，弯曲的栏杆。张泌《寄人》：“别梦依依到谢家，小廊回合曲阑斜。”偎人，依偎人前。李煜《菩萨蛮》：“画堂南畔见。一晌偎人颤。”二句叙说幽会时的情景。　②“凄凉”二句：凄凉，孤寂冷落。刘仙伦《鼓瑟》：“凄凉楚客新愁断，清切湘灵旧怨多。”清怨，凄清幽怨。钱起《归雁》：“二十五弦弹月夜，不胜清怨却飞来。”二句叙说别后的相思。　③“半生”二句：分，意料，料想。《汉书·苏武传》：“陵与武饮数日。复曰：‘子卿一听陵言。’武曰：‘自分已死久矣。王必欲降武，请毕今日之欢，效死于前。’”山枕，即檀枕。中凹两端突起，其形如山，故名。李清照《蝶恋花》：“乍试夹衫金缕缝。山枕斜欹，枕损钗头凤。”檀痕，带有香粉的泪痕。汤显祖《七夕醉答君东》：“伤心拍遍无人会，自掐檀痕教小伶。”二句谓别后思量，料想自己半生孤枕独眠，应是命中注定。　④“忆来”二句：销魂，极度的悲伤、愁苦或极度的欢乐。秦观《满庭芳》：“销魂。当此际，香囊暗解，罗带轻分。”折技，中国花卉画法之一。不画全株，只画连枝折下的部分。罗裙，丝罗织成

的裙子。江淹《别赋》:“攀桃李兮不忍别,送爱子兮沾罗裙。”牛希济《生查子》:“记得绿罗裙,处处怜芳草。”二句忆叙依照折技花样,为她的罗裙描绘花卉图案的情景。

【品评】

这是一首追忆恋人的怀旧歌词。上片布景,展现相见之时及别离之后的情景。谓曲阑深处,再次相见。一晌偎人,虽并非初次,却仍然有点紧张。暗地里,偷偷匀拭着眼泪,心潮激荡。回想起别后,两处相思,一样凄切悲凉。尤其是月明之夜,心头的凄清幽怨,更加难以承担。下片说情,剖示当下的心境。谓半生已过,料想将来,必定是孤枕独眠,无人怜惜。枕头上空留下沾染香粉的泪痕。回想当初,究竟哪一件事,最令得我黯然销魂。那就是绘有花卉图案的罗裙。这是依照折技花样,所描画的一件罗裙。布景与说情,尽管皆记忆中事,但其注重于捕捉当时的感觉和印象,却令得已经过去的景和情,鲜明生动地浮现目前。其当时及之后的追忆,同样春光旖旎,柔和美好,并无辛酸意味。

虞美人

秋夕信步

愁痕满地无人省。露湿琅玕影。[1] 闲阶小立倍荒凉。还剩旧时月色在潇湘。[2]　　薄情转是多情累。曲曲柔肠碎。红笺向壁字模糊。忆共灯前呵手为伊书。[3]

【注释】

①“愁痕”二句：愁痕，愁的痕迹。贾岛《江亭晚望》：“鸟归沙有迹，帆过浪无痕。”琅玕，形容竹之青翠，亦指竹。杜甫《郑驸马宅宴洞中》：“主家阴洞细烟雾，留客夏簟青琅玕。”仇兆鳌注：“青琅玕，比竹簟之苍翠。”又，梅尧臣《和公仪龙图新居栽竹》（之二）：“闻种琅玕向新第，翠光秋影上屏来。”二句布景。愁痕、竹影，皆秋夕信步时所见。　②“闲阶”二句：旧时月色，谓月色依旧。姜夔《暗香》：“旧时月色，算几番照我，梅边吹笛。”潇湘，指潇湘竹或湘妃竹。刘禹锡《潇湘神》：“斑竹枝，斑竹枝，泪痕点点寄相思。楚客欲听瑶瑟怨，潇湘深夜月明时。”二句亦布景，展现小立闲阶时所见潇湘月色。　③“红笺”二句：红笺，唐代名笺纸，又名浣花笺。晏殊《清平乐》：“红笺小字，说尽平生意。”向壁，向壁挥毫。李白《草书歌》：“起来向壁不停手，一行数字大如斗。”呵手，向手嘘气使暖。欧阳修《诉衷情》（眉意）：“清晨帘幕卷轻霜。呵手试梅妆。”苏轼《四时词》（之四）：“起来呵手画双鸦，醉脸轻匀衬眼霞。”二句忆述灯前呵手，为她写下红笺小字的情景。

【品评】

七月七日，七夕佳节。天上、人间，花好月圆。因而想起以往的一段故事。

谓愁痕满地，无人省识。园中青竹，翠光秋影，已被冰凉的露水打湿。月下苔痕，亦深亦浅。小立空阶，倍觉荒凉。潇湘深夜，旧时月色，仍然那般明亮。这是上片。以月色潇湘，展现伊人所处环境，为布景。下片谓信步闲庭，再三寻思。究竟是多情为薄情所误，还是薄情为多情所牵累？曲曲柔肠，为之寸断。但想起当年，在灯前嘘气使暖，为伊人写字的情景，仍历历在目；只是题写在红笺上的草书，已有些模糊。这是下片。以灯前呵手和红笺向壁，表示对伊人的思念，为说情。上下两片，合而观之，其间之真假与虚实，难以断定。所谓伊人，在水一方。自然亦无法指实。有论者称，乃触景伤逝，怀念妻子（张秉戍《纳兰词笺注》），看来也是一厢情愿，不足为凭。

明月棹孤舟

海　淀

一片亭亭空凝伫。趁西风、霓裳遍舞。[①]白鸟惊飞，菰蒲叶乱，断续浣纱人语。[②]　　丹碧驳残秋夜雨。风吹去、采菱越女。辘轳声断，昏鸦欲起，多少博山情绪。[③]

【注释】

①“一片”二句：亭亭，直立貌。刘桢《赠从弟》（之二）：“亭亭山上松，瑟瑟谷中风。”温庭筠《夜宴谣》：“亭亭蜡泪香珠残，暗露晓风罗幕寒。”欧阳修《鹭鸶》：“滩惊浪打风兼雨，独立亭亭意愈闲。”凝伫，凝望伫立，停滞不动。陈文蔚《六月十七夜待月》：“凝

伫虚亭未惬心，清光隐隐隔疏林。”张元幹《念奴娇》：“万点胭脂遮翠袖，谁识黄昏凝伫。”霓裳，霓裳羽衣舞的省称。卢炳《满江红》：“依翠盖，临风一曲，霓裳舞遍。”二句布景，谓水淀中荷花，亭亭玉立。 ②“白鸟”三句：菰蒲，菰和蒲。白居易《昆明春水满》：“菰蒲无租鱼无税，近水之人感君惠。”浣，洗涤。纱，一种布料，也代指衣服。李白《姑熟溪》：“何处浣纱人，红颜未相识。”张炎《水龙吟》（白莲）：“应是浣纱人妒。褪红衣、被谁轻误。”三句亦布景，以一六言句托上一组四言对句，展现水淀四周的自然风光及人物活动。 ③“辘轳”三句：辘轳，古时井上汲水起重装置。李璟《应天长》：“柳堤芳草径，梦断辘轳金井。”博山，博山炉，代指名贵之香炉。因其形似传说的海上博山，故名。李白《杨叛儿》：“博山炉中沉香火，双烟一气凌紫霞。”三句即景叙情。面对辘轳和昏鸦，叙说当时感受。

【品评】

词题“海淀”，在今北京西郊。大学士明珠别墅——自怡园所在地（吴长元《宸垣识略》）。上片布景，谓伫立于莲湖之滨，凝望水淀中荷花，亭亭玉立。荷叶随风摇摆，仿佛跳起霓裳羽衣舞，水鸟惊飞。香蒲和菱白，青翠的叶片被吹得凌乱。浣纱女的谈笑声，断断续续从水边传来。这是上片，展现日间海淀的四周物景。下片说情，谓秋风秋雨，使得水淀中的荷花，丹碧斑驳，叶碎花残。采菱越女亦在风雨中归去。浇园的辘轳声，戛然而止。黄昏的乌鸦，趁着暮色，振翅欲飞。面对着博山炉，袅袅升起的青烟，心中荡起的孤寂和烦恼，不知道有多少。这是下片，即景叙情。令得风光如画的海淀，染上凄苦的色彩。不过，从整体上看，歌词仍不失为一首颇饶趣味的风物词。

雨中花

楼上疏烟楼下路。正招余、绿杨深处。[①]奈卷地西风，惊回残梦，几点打窗雨。[②]　　夜深雁掠东檐去。赤憎是、断魂砧杵。[③]算酌酒忘忧，梦阑酒醒，梦思知何许。[④]

【注释】

①“楼上”二句：疏烟，谓疏烟淡日景象。冯延巳《喜迁莺》：“雾蒙蒙，风淅淅，杨柳带疏烟。”苏轼《一丛花》：“朝来初日半含山。楼阁淡疏烟。”绿杨深处，即绿杨荫里。武元衡《同苗郎中送严侍御赴黔中因访仙源之事》：“莫问阮郎千古事，绿杨深处翠霞空。”或指歌伎住处。白居易《杨柳枝词》：“若解多情寻小小，绿杨深处是苏家。”此处指一般冶游场所。谓楼上是疏烟淡日，楼下章台路，红袖相招，正引领我，走向绿杨深处。这是梦中之境。②“奈卷”三句：卷地，贴着地面迅猛向前推进。岑参《白雪歌送武判官归京》：“北风卷地白草折，胡天八月即飞雪。”范成大《次韵知郡安抚九日南楼宴集》（之二）：“碧城香雾连天暝，黄叶霜风卷地凉。”残梦，零乱不全之梦。陆游《残梦》：“风雨满山窗未晓，只将残梦伴残灯。”三句说好梦被风雨惊醒。　③“夜深”二句：赤憎，生憎。杜甫《风雨看舟前落花戏为新句》：“赤憎轻薄遮入怀，珍重

分明不来接。”又，元稹《古决绝词》：“生憎野鹤性迟回，死恨天鸡识时节。”砧杵，捣衣石和棒槌，泛指捣衣。鲍令晖《题书后寄行人》：“砧杵夜不发，高门昼常关。”韦应物《登楼寄王卿》：“数家砧杵秋山下，一郡荆榛寒雨中。”李煜《捣练子》：“深院静，小庭空，断续寒砧断续风。”二句说天亮时的情景。 ④“算酌”三句：梦阑，梦残，梦之将尽。王安石《千秋岁引》：“当初谩留华表语，而今误我秦楼约。梦阑时，酒醒后，思量着。”知何许，陈淏《精选国朝诗馀》作“忘何许”。何许，作如何或怎样解。陆游《桃源忆故人》(之四)：“试问岁华何许。芳草连天暮。”王沂孙《摸鱼儿》：“姑苏台下烟波远，西子近来何许。”此谓酒后思量，而思量者何许，连自己也不甚了了。

【品评】

秋夜愁思，由思入梦。谓楼上疏烟，楼下章台路。分明一处冶游场所。其时，红袖相招，正引领我，走向绿杨深处。怎奈何，卷地西风，打窗雨点，令得我，从残梦中惊起。这是上片。构筑梦境，为布景。下片说情，谓夜深不寐，鸿雁掠过东檐。幽静庭院，一阵阵砧杵声，从不远处传来。砧杵声教人断魂，就算是酌酒可以忘忧，但梦阑之时，酒醒之后，思量种种，又将如何？这是下片。于思量当中，又返回梦境。上片、下片，梦想、现实。真耶？幻耶？有如对痴人说梦。

其中是否另有意思在？或许就是一种无端的烦恼？且留待读者诸君探绎吧。

临江仙

点滴芭蕉心欲碎，声声催忆当初。[①] 欲眠还展旧时书。[②] 鸳鸯小字，犹记手生疏。[③] 　　倦眼乍低缃帙乱，重看一半模糊。[④] 幽窗冷雨一灯孤。[⑤] 料应情尽，还道有情无。

【注释】

①“点滴”二句：点滴芭蕉，雨打芭蕉。杜牧《芭蕉》：“芭蕉为雨移，故向窗前种。怜渠点滴声，留得归乡梦。”李清照《添字丑奴儿》(芭蕉)“伤心枕上三更雨，点滴霖霪。点滴霖霪。愁损北人，不惯起来听。”此谓夜雨唤起对于往事的思忆。 ②“欲眠”句：旧时书，检阅旧时情书。蔡伸《生查子》：“看尽旧时书，洒尽今生泪。”同此。 ③“鸳鸯”二句：追忆当初书写鸳鸯二字的情景。欧阳修《南歌子》：“弄笔偎人久，描花试手初。等闲妨了绣功夫。笑问鸳鸯两字怎生书。”又，王彦泓《湘灵》：“戏仿曹娥把笔初，描花手法未生疏。沈吟欲作鸳鸯字，羞被郎窥不肯书。”皆同此。 ④“倦眼”二句：缃帙，套在书上的浅黄色布套，此代指书卷。萧统《文选序》：“词人才子，则名溢于缥囊。飞文染翰，则卷盈乎缃帙。”二句重拍，格式不变，意思变。即由对于往事的思忆，转到当前。谓散乱的册卷，倦眼重看，已是模糊一片。 ⑤“幽窗”句：幽窗，幽静的窗户。朱淑真《清昼》：“竹摇清影罩幽窗，两两时禽噪夕阳。”汤显祖《牡丹亭》(悼殇)：“愁万种，冷雨幽窗灯不红。”此以

幽、冷、孤，亟见其凄寂景况。

【品评】

此首歌词的中心意思是雨夜怀人。谓雨打芭蕉，点点滴滴，都在心头。回忆往事，临睡之前，仍然翻检旧时诗书。记得当初，鸳鸯二字，原本很熟悉，认真写起来，却感到有点生疏。这是上片。点滴心欲碎，还展旧时书。为布景，谓散乱的册卷，倦眼重看，已是模糊一片。黑夜里，雨窗前，孤灯一盏。原以为情已尽，缘已了，可怎知，有情、无情，多情、薄情，到底还是不能够讲清楚。这是下片。幽窗一灯孤，还道有情无。为说情。上片、下片，布景、说情，其所记叙，虽近在眼前，但其意旨，随着有与无的思量，却仍有馀地，可以推向久远。这应是纳兰言情词的艺术价值之所在。

临江仙

丝雨如尘云着水，嫣香碎拾吴宫。① 百花冷暖避东风。酷怜娇易散，燕子学偎红。②　　人说病宜随月减，恹恹却与春同。③ 可能留蝶抱花丛。不成双梦影，翻笑杏梁空。④

【注释】

①“丝雨”二句：丝雨，细雨。秦观《浣溪沙》：“自在飞花轻似梦，无边丝雨细如愁。”丝雨如尘，轻如尘之谓也。崔橹《题云梦

亭》："薄烟如梦雨如尘，霜景晴来却胜春。"葛长庚《沁园春》："嫩雨如尘，娇云似织，未肯便晴。"嫣香，娇艳芳香。李贺《南园十三首》(之一)："可怜日暮嫣香落，嫁与春风不用媒。"二句布景，展现吴宫春色。　②"酷怜"二句：酷怜，谓极其怜惜。张泌《寄人》："酷怜风月为多情，还到春时别恨生。"偎红，偎花，紧贴着红花。谓亲狎女色，或狎妓。柳永《鹤冲天》："且恁偎红翠，风流事、平生畅。"此处指燕子傍花而飞，亦布景。　③"人说"二句：恹恹，精神萎靡不振貌。刘兼《春昼醉眠》："处处落花春寂寂，时时中酒病恹恹。"二句重拍。格式与起拍同而意思不同。意谓伤春之病随着春之归去而未曾稍减。　④"不成"二句：不成，犹云难道。方岳《立春前一日雪》："不成过腊全无雪，只隔明朝便是春。"参见张相《诗词曲语辞汇释》卷四。杏梁，用文杏木制成的屋梁。罗隐《燕》："汉妃金屋远，卢女杏梁高。"晏殊《采桑子》："燕子双双，依旧衔泥入杏梁。"二句意谓燕子双双归去，依旧双双归来，人则不同，不能因为燕子归去，嘲笑杏梁空。

【品评】

此词为一般伤春作品。上片布景，谓丝雨如尘，云烟中夹带着水气，四处飘浮。吴宫里面，娇艳芳香，已经枯萎凋零。百花经不起风和雨，早就遍地飞散。最让人感到惋惜的是，极娇嫩的东西，极容易衰败。连燕子也学着人的模样，紧紧地依偎在红花之下。几种物景，丝雨、云烟，嫣香、百花，以及偎红的燕子，加上若干带有一定喜、恶取向的关键字词，"碎拾"、"避"，以及"酷怜"，构成一幅暮春图像。这是上片。下片说情，就眼前景物，叙说当下的感受。谓世人常说，身上有病，宜逐月逐月地减，我却提不起精神，和春天一个样。希望留住多情的蝴蝶，好让死死地守护着花丛。不能够因为燕子成双成对地飞去，就嘲笑屋宇梁上空空。几种状态，“恹恹”、“抱”，以及“双”和“空”，加上若干用作副词的转折语，“可能”、“不成”，表达其惜春之情。上、下片所叙说，略有些曲折，而大致意思，则甚明了。不过赞叹春归去而已。论者称：词中用“吴宫”、“杏梁”等语，深含兴亡之悲，似有深藏的隐忧（张秉戌《纳兰词笺注》）。难免小题大做，求之太过，应未可取。

临江仙

卢龙大树[1]

雨打风吹都似此，将军一去谁怜。[2]画图曾见绿阴圆。旧时遗镞地，今日种瓜田。　　系马南枝犹在否，萧萧欲下长川。[3]九秋黄叶五更烟。[4]只应摇落尽，不必问当年。[5]

【注释】

①卢龙：清直隶县名。在今河北卢龙。　②“雨打”二句：雨打风吹，原指花木遭受风雨摧残。此比喻时光的考验。杜甫《三绝句》（之一）：“不如醉里风吹尽，可忍醒时雨打稀。”辛弃疾《永遇乐》（京口北固亭怀古）：“舞榭歌台，风流总被雨打风吹去。”皆此意。将军，指将军树。借指建立军功。《后汉书》（冯异传）：“异为

人谦退不伐。……每所止舍，诸将并坐论功，异常独屏树下，军中号曰大将军树。……军士皆言，愿属大树将军。光武以此多之。”王昌龄《从军行》：“虽投定远军，未坐将军树。”二句意谓将军不在树仍在。 ③“系马”二句：南枝，朝南之枝。李白《山鹧鸪词》：“苦竹岭头秋月辉，苦竹南枝鹧鸪飞。”亦以指故国、故土。《古诗十九首·行行重行行》：“胡马依北风，越鸟巢南枝。”储嗣宗《早春》：“踟蹰历阳道，乡思满南枝。”萧萧，形容马嘶鸣声。《诗经·小雅·车攻》：“萧萧马鸣，悠悠旆旌。”李白《送友人》：“挥手自兹去，萧萧班马鸣。”二句追述当年。 ④“九秋”句：九秋，深秋。谢灵运《善哉行》：“三春燠敷，九秋萧索。”黄叶，枯黄的树叶，或将落之树叶。范仲淹《苏幕遮》：“碧云天，黄叶地。秋色连波，波上寒烟翠。”此谓时节已深秋，万木凋残，并以表示英雄时代一去不复返。 ⑤“只应”二句：摇落，凋残，零落。宋玉《九辩》：“悲哉秋之为气也，萧瑟兮草木摇落而变衰。”此谓不问当年，正是对以往的珍惜与怀念。

【品评】

此词系康熙二十一年(1682)秋，梭龙途中作，时性德二十八岁。

题称“卢龙大树”，乃借汉代征西大将军夏阳侯冯异的故事说故事。冯异，字公孙，颍川父城(今河南宝丰东)人。东汉中兴名将。据云，将军谦退不伐，诸将并坐论功，将军则独屏树下，不与其事，军中号曰大树将军。将军因大树得名，大树亦因将军而得名。歌词借以咏之，既为着叙说今日的故事，也是对于昔日的怀念。

就歌词的整体布局看，上片抚今，乃通过布景以展示现状；下片追昔，则通过说情以表达观感。

首谓雨打风吹都似此，所指乃眼前的大树，卢龙大树。一开篇即扣紧题目要义。但歌词并非只是着眼于此大树，一个“似”字，即将彼此连系在一起。谓其都与将军的命运密切相关。将军一去，已无人怜惜。此时，彼与此，亦即古与今的界限，已经打通。这是对于大树的描述。而曾见画图，其亭亭如盖、绿阴清圆的景象，既可看作是彼“大树将军图卷”，也可看作是此大树的旧时印象。但二者，彼与此，风流总被雨打风吹去。这是大树。其彼与此的种种情状，已全部呈现。接着是卢龙。歌词以对比的方法，加以揭示。谓旧时的征战地，今日已是瓜田一片。尽管战时的兵器（镞），仍然遗留在地里。这就是卢龙其地的情状。至此，歌词在题面上的意思，已经叙说完毕。这是上片，着重歌咏词题的本义。下片为词题的引申义。先是由征战地所遗留下来的兵器（镞），引申到当初用以系马的南枝。谓当初兵强马壮，大部队长驱直下，一马平川，谁也无法阻挡。再是由种瓜田，引申到九秋的黄叶和五更的炊烟。这是眼前所出现的物景。一方面表明已经进入深秋时节，九天风露，万木凋零；一方面表明，卖剑换犁，人家炊烟，将军一样的英雄人物和英雄时代，已一去不复返。最后感叹，一切都应当在摇落中衰朽，不必重提当年。这是下片，表示对于以往的追忆和怀念。

歌词的上片与下片，合而观之，已构成一完整的怀古作品。至于作者之所怀想，即其所叙说的故事，究竟是否实有其事，实有其人，有如汉代大将军冯异一般，这类问题，乃无须深究。有论者依同时人所作进行推断，指卢龙地近山海关，明清易代之际为战场；歌词所咏“将军”，当为明清易代之际人物（赵秀亭、冯统一《饮水词笺校》）。此说虽具一定参考价值，但将其中的人和事，一一坐实，并无必要。因歌词本来就以一个“似”字为标榜，而且其所谓妙者，亦妙在似与非似之间，如将其坐实，则趣味必大减。读者诸君，有酒之时，可斟酌之。

踏莎行

寄见阳[①]

倚柳题笺，当花侧帽。[②]赏心应比驱驰好。[③]错教双鬓受东风，看吹绿影成丝早。[④]　　金殿寒鸦，玉阶春草。[⑤]就中冷暖和谁道。小楼明月镇长闲，人生何事缁尘老。[⑥]

【注释】

①见阳：张纯修，字子敏，号见阳，汉军旗人。　②“倚柳”二句：倚柳题笺，即傍柳题诗。刘过《沁园春》：“傍柳题诗，穿花劝酒，嗅蕊攀条得自如。”侧帽，斜戴着帽子。洒脱不羁，风流自赏。《周书·独孤信传》：“信在秦州，尝因猎，日暮驰马入城，其帽微侧。诘旦而吏民有戴帽者，咸慕信而侧帽焉。”李商隐《病中闻河东公乐营置酒口占寄上》：“风长应侧帽，路隘岂容车。”晏殊《清平

乐》："侧帽风前花满路。冶叶倡条情绪。"陈师道《南乡子》："侧帽独行斜照里，飕飕。卷地风前更掉头。"二句首列二事，总说其赏心之事。 ③"赏心"句：赏心，娱心悦志。谢灵运《晚出西射堂》："含情尚劳爱，如何离赏心。"邵雍《同程郎中父子月陂上闲步吟》："必期快作赏心事，却恐赏心难便来。"驱驰，比喻奔走效劳。诸葛亮《出师表》："由是感激，遂许先帝以驱驰。"赏心与驱驰，两相比对，以见其人生取向。 ④"错教"二句：受，承受。杜甫《茅屋为秋风所破歌》："呜呼，何时眼前突兀见此屋，吾庐独破受冻死亦足。"绿影成丝，谓两鬓斑白。白居易《悲哉行》："纵有宦达者，两鬓已成丝。"二句感叹以往错误的抉择。 ⑤"金殿"二句：寒鸦，寒天的乌鸦，受冻的乌鸦。王昌龄《长信怨》："玉颜不及寒鸦色，犹带昭阳日影来。"秦观《满庭芳》："斜阳外，寒鸦万点，流水绕孤村。"春草，春日草木。王维《杂诗》："愁心视春草，畏向玉阶生。"二句对仗，既谓与寒鸦相比，有所不及，又云愁心如春草，不断增生。两种状态并列展示，为下片所说冷和暖，提供事实依据。
⑥"小楼"二句：镇长闲，经常孤独悠闲，寂寞无聊。韩愈《杏花》："浮花浪蕊镇长有，才开还落瘴雾中。"缁尘，黑色灰尘，常以喻世俗污垢。谢朓《酬王晋安德元诗》："谁能久京洛，缁尘染素衣。"二句谓俗世纷扰，不应当让洁白的衣衫受到污染。

【品评】

歌词咏怀。通过寄友人而自叙怀抱，自剖心迹，表达对于人生的思考。

上片说赏心之事，谓其比驱驰效命、日夜奔波为好；下片说就中冷暖，谓之无人可与倾诉。赏心之事，首列二项。第一，倚柳题笺；第二，当花侧帽。前者与冶叶倡条有关；后者偏重于一种风流倜傥的行为，不一定都在花柳之间。将二事与目前处境作比较，深感以往，错教双鬓，饱受风霜侵袭。而今，绿影成丝，乌黑的头发，过早斑白。这是上片，对于过往经历的追悔。下片说当下情事。所谓就中冷暖，也就是个中冷暖，歌词以金殿寒鸦和玉阶春草为例，加以列述，如推而广之，就是一种世态人心和风云际遇。其中种种，或炎、或凉，或起、或落，既不足为外人道，又是无法改变的现实。这是当下的状况。谓和谁道，不知当向何人倾诉，似乎连自己也不知道该怎么办。但最后还是以小楼明月，作为自己的归宿。谓俗世纷扰，冷暖自知，不应当让洁白的衣衫受到污染。这是下片，说冷和暖，可看作是一种解脱。

上、下两片之所叙说，由追悔到解脱，也就是自我慰藉，体现出整个思考过程。应当说，这是对于人生的思考，而不仅仅是对于打哪份工，或者不打哪份工的计量。论者只看个别字面，谓其表达"对侍卫护从生涯的厌倦，对'倚柳题笺，当花侧帽'安闲自适生活的渴望"（张秉戌《纳兰词笺注》），并不妥当。

蝶恋花

辛苦最怜天上月。一昔如环，昔昔都成玦。[①]若似月轮终皎洁。不辞冰雪为卿热。[②]　　无那尘缘容易绝。燕子依然，软踏帘钩说。[③]唱罢秋坟愁未歇。春丛认取双栖蝶。[④]

【注释】

①“辛苦”三句：天上月，亡妻自指。纳兰《沁园春》小序称：“丁巳(1677)重阳前三日，梦亡妇淡装素服，执手哽咽，语多不复能记。但临别有云：‘衔恨愿为天上月，年年犹得向郎圆。’妇素未工诗，不知何以得此也。觉后感赋。”此处以之入词，表示哀悼。昔，同夕。《左传·哀公四年》：“为一昔之期。”一夕，即一夜。环，指月圆。昔昔，即夜夜。玦，半环形的玉，指月缺。皮日休《寒夜联句》：“河光正如剑，月魄方似玦。”此以咏月，并以咏人。即道其辛苦之情状。 ②“若似”二句：月轮，圆月，亦泛指月亮。庾信《象戏赋》：“月轮新满，日晕重圆。”陆游《冬夜月下作》：“煌煌斗柄插天北，焰焰月轮生海东。”皎洁，明亮洁白。谢灵运《怨晓月赋》：“浮云褰兮收泛滟，明舒照兮殊皎洁。”不辞为卿，典出荀粲。刘义庆《世说新语·惑溺》：“荀奉倩(粲)与妇至笃，冬月妇病热，乃出中庭自取冷，还以身熨之。妇亡，奉倩后少时亦卒。”二句面对皎洁月轮表示自己的愿望。 ③“无那”三句：无那，犹无奈，无可奈何。王维《酬郭给事》：“强欲从君无那老，将因卧病解朝衣。”王夫之《忆秦娥》(病中寒卧)：“寒无那。冻云乍裂晴难果。晴难果。纸窗低觑，庞眉深锁。”帘钩，卷帘所用的钩子。王昌龄《青楼怨》：“肠断关山不解说，依依残月下帘钩。”李贺《贾公闾贵婿曲》：“燕语踏帘钩，日虹屏中碧。”此谓双燕于帘幕之间细语。 ④“唱罢”二句：唱罢秋坟，语出李贺《秋来》：“秋坟鬼唱鲍家诗，恨血千年土中碧。”谓于坟前为唱挽歌。鲍家诗，指鲍照《蒿里吟》。春丛，春日丛生的花木。李商隐《偶题二首》(之二)：“春丛定见饶栖鸟，饮罢莫持红烛行。”谓死后化为双栖蝶，在花丛中双双飞翔。二句表

示哀悼并表达愿望。

【品评】

这首歌词悼亡，立意非常明确。开篇以月起兴，乃因梦而得。即于康熙十六年(1677)重阳前三日，妇亡百日过后，自梦中得句。谓临别之时，妇云："衔恨愿为天上月，年年犹得向郎圆。"故此，即将天上月，作为歌咏对象。

谓辛苦最怜，算天上明月。一轮端正，悬挂天中。一昔如环，曾有最光辉的时刻，那么圆满皎洁。但一朝别去，永远留下遗憾。如果能够像天上的圆月，长盈不亏，那么，我作为冰雪，将不惜为你融化。这是上片，以月喻人，亦以人喻月，为布景。下片说情，谓十分无奈，尘世因缘竟然那么容易断绝。但是，帘幕间的燕子就不一样，年复一年，辛苦奔忙，不是和往常一样，仍旧踏在帘钩上，轻轻地呢喃。鬼唱秋坟，纵使能够令恨血化碧，只是挽歌(鲍诗)唱罢，心上的愁和恨，仍旧不能消解。而今，算是已经认定，死后化作花丛双蝶，生生世世，永不分离。这是下片，用另外两个物象作比，燕子和双栖蝶，以表达愿望。

蝶恋花

眼底风光留不住。和暖和香，又上雕鞍去。[①]欲倩烟丝遮别路。垂杨那是相思树。[②]　　惆怅玉颜成闲阻。何事东风，不作繁华主。[③]断带依然留乞句。斑骓一系无寻处。[④]

【注释】

①“眼底”三句：眼底，目下、现时。风光，光景，或时光。冯梦龙《挂枝儿》（五更天）：“莫负了有限的好风光，似这等闲是闲非也，待闲了和他讲。”又，辛弃疾《蝶恋花》：“有底风光留不住。烟波万顷春江橹。”和暖和香，谓一大早出行，身上还带着暖和香。王彦泓《骊歌二叠送韬仲春往秋陵》：“怜君辜负晓衾寒，和暖和香上马鞍。”又上雕鞍，可能走上了章台路。欧阳修《蝶恋花》：“玉勒雕鞍游冶处，楼高不见章台路。”三句谓又一次登上征途，又一次离别。 ②“欲倩”二句：别路，离别的道路。徐陵《秋日别庾正员》：“青雀离帆远，朱鸢别路遥。”李世民《饯中书侍郎来济》：“深悲黄鹤孤舟远，独叹青山别路长。”相思树，常绿乔木。相传为战国时代韩凭和他的妻子何氏所化生。左思《吴都赋》：“楠榴之木，相思之树。”刘逵注：“相思，大树也。材理坚，邪斫之则文，可做器。其实如珊瑚，历年不变。东冶有之。”王初《即夕》：“月明休近相思树，恐有韩凭一处栖。”此谓眼底垂杨不解相思。 ③“惆怅”三句：繁华主，繁华的主人。晏几道《蝶恋花》：“照影弄妆娇欲语，西风岂是繁华主。”又，杜斿《蓦山溪》：“春风如客，可是繁华主。”此谓春风亦是过客，不能常驻。 ④“断带”二句：暗用李商隐《柳枝词序》故事。李序云：“余从昆让山，比柳枝居为近。他日春曾阴，让山下马柳枝南柳下，咏余《燕台诗》。柳枝惊问：‘谁人有此，谁人为是？’让山谓曰：‘此吾里中少年叔耳。’柳枝手断长带，结让山为赠叔乞诗。”详见《浣溪沙》（十八年来坠世间）注①。斑骓，斑骓，色泽青白之马。李商隐《无题》：“斑骓只系垂杨岸，何处西南待好风。”又，晏几道《玉楼春》：“斑骓路与阳台近，前度无题初借

间。”此谓找不到系马之处的原因，可能是当时错过机会。

【品评】

纳兰四首《蝶恋花》，前面一首，这一首，还有后面二首，钱仲联将其断定为悼亡词。钱谓：“四首是悼亡之作。第一首（上面一首）首句，已有作者《沁园春》小序，点明悼念亡妻。其馀秋坟鬼唱，化蝶双栖，斑骓无寻，梦成今古，暗香飘尽，惜花人去等，都是死别之词。”（《清词三百首》）钱说纳兰四首悼亡词，除了上面一首，外证、内证兼备，可以明确断定外，其馀三首，是否即为悼亡而作，仍须细加辨认。

先看“眼底风光留不住”一首。这首歌词之所叙说，所谓断带乞句和斑骓无寻，其中可能另有故事在。

上片的“又上雕鞍去”，说的应是某一次别离。谓当下的风光，和暖和香，又一次，依依不舍地跨上雕鞍。其间，所谓风光，并非只是自然风光，而是包括暖和香在内的光景，或者时光。意即美好光景，或者时光，无法久留。登上征程，眼前已经是烟柳笼罩着的别离之路。烟柳笼罩，丝丝柳条好像有意将我行进的路遮挡。可这是杨柳，而不是生长红豆的相思树。这是上片，谓和暖和香，又上雕鞍，为布景。下片说情，谓无由相见，让人惆怅，并且埋怨东风（春风），谓其不肯为之作主。到底为何作主？为玉颜？为繁华？或者为婚姻？苏雪林称：“颇有怨他父母不肯主婚之意。”如果为玉颜，可能带有悼亡之意，为繁华，则又未必。因为春风自身也是过客，作不了繁华的主人。最后，还是回到故事当中来。谓断带依然，以前的某一段故事，一次充满诗意的约会；谓斑骓无寻，可能是以前的故事，也可能是现在的故事。以前，因为错过时机，失去机会；现在则可能因为和玉颜有了间隔，或者没人为之做主而得不到机会。所以，找不到系马的地方。这是下片，叙说别离之后的惆怅之情。

这是就字面意义所作的辨识。说明歌词之作，不一定只是为着悼亡。

蝶恋花

又到绿杨曾折处。不语垂鞭，踏遍清秋路。① 衰草连天无意绪。雁声远向萧关去。②　　不恨天涯行役苦。只恨西风，吹梦成今古。③ 明日客程还几许。沾衣况是新寒雨。

【注释】

①“又到”三句：绿杨曾折，折杨送别之谓也。辛弃疾《蝶恋花》：“泪眼送君倾似雨。不折垂杨，只倩愁随去。”吴文英《桃源忆故人》：“潮带旧愁生暮，曾折垂杨处。”不语垂鞭，谓垂鞭不语，纵马缓行。温庭筠《赠知音》：“景阳宫里钟初动，不语垂鞭上柳堤。”踏遍清秋，明净爽朗的秋天。李贺《马诗》：“何当金络脑，快走踏清秋。”此谓于折杨送别处独自踏遍以前所走过的路。　②“衰草”二句：衰草连天，枯草遍地。秦观《满庭芳》：“山抹微云，天连衰草，画角声断谯门。”意绪，心意，情绪。王融《咏琵琶》：“丝中传意绪，花里寄春情。”又，徐铉《柳枝辞》(之十二)：“唯有美人多意

绪，解依芳态画双眉。”萧关，古关隘。汉代萧关位于今宁夏固原东南，关中四大关隘之一。王维《使至塞上》：“萧关逢侯骑，都户在燕然。”又，令狐楚《王昭君》：“魏阙苍龙远，萧关赤雁哀。”此处泛指边关。三句由眼前的衰草及高空的雁声，联想到遥远的边关。 ③“不恨”三句：行役，因服役或公务而跋涉在外。《诗经·魏风·陟岵》：“嗟。予子行役，夙夜无已。”西风，秋风。李白《长干行》：“八月西风起，想君发扬子。”吹，吹送，或吹动。南朝民歌《西洲曲》：“南风知我意，吹梦到西洲。”李清照《浪淘沙》：“帘外五更风，吹梦无踪。”三句过片，换意不换句。由不恨到只恨，表示并非承受不了天涯行役之苦。

【品评】

歌词所叙说，应是客程中的相关情事。但时间、地点都不一定。大致可知，乃今日重到“绿杨曾折处”的情事。谓清秋时节，于折柳送别之处，纵马缓行，垂鞭不语。独自踏遍旧时走过的路。四野的衰草，不知不觉中，一直蔓延到天边。

凄厉的雁叫声，传向遥远的萧关。这是上片，呈现清秋路上的物象，为布景。下片说情，以不恨和只恨，叙说即将步入征程的感受。谓萧关再遥远，行役再艰难，都不是无法承受的苦；最让人无法承受的是西风，萧瑟、摇落，无端端地将完整的一个梦，分隔成古与今。由苦与不苦，恨与不恨，联想到古与今。其间种种，既包括生离死别，含悼亡之意，应当也有对于其他问题的思考。最后，提出这么一个问题：今日垂鞭，雁声远向；明日客程，又将如何？以为全篇的总归纳。谓：漫漫征途，沾到我衣裳上的应是带有寒意的雨点。这是下片。叙说天涯行役之苦，但点到即止。谓其乃康熙二十一年(1682)秋，往觇梭龙途中所作，与词情大致相合。至是否为着悼亡，则未必。这是就字面意义所作辨析。

蝶恋花

萧瑟兰成看老去。为怕多情，不做怜花句。[1]阁泪倚花愁不语。暗香飘尽知何处。[2]　　重到旧时明月路。袖口香寒，心比秋莲苦。[3]休说生生花里住。惜花人去花无主。[4]

【注释】

①"萧瑟"三句：萧瑟，寂寞凄凉。兰成，庾信小字。此处用以自指。陆龟蒙《小名录》："庾信幼而俊迈，聪敏绝伦，有天竺僧呼信为兰成，因以为小字。"杜甫《咏怀古迹五首》(其一)："庾信平生最萧瑟，暮年诗赋动江关。"贺铸《清平乐》："厌厌几许春情，可怜老去兰成。"怜，爱恋。《警世通言·庄子休鼓盆成大道》："田氏一见楚王孙人才标致，就动了怜爱之心。"三句谓不再因多情而累及美人。　②"阁泪"二句：阁泪，含着眼泪。夏竦《鹧鸪天》："尊前只恐伤郎意，阁泪汪汪不敢垂。"又，高明《琵琶记·伯喈夫妻分别》："归家只恐伤亲意，阁泪汪汪不敢流。"此谓惟恐美人为之伤心。　③"重到"三句：旧时明月，谓景物依旧，心事已非。姜夔《暗香》："旧时月色，算几番照我，梅边吹笛。"袖口香寒，此处由袖口引出心头，转说情思活动。晏几道《西江月》："醉帽檐头风细，

征衫袖口香寒。”心比秋莲苦，指当时的一种内心体验。晏几道《生查子》：“遗恨几时休，心抵秋莲苦。”又，高观国《喜迁莺》：“凄楚。空见说，香锁雾扃，心似秋莲苦。”三句过片，说重到时的心境。　④“休说”二句：生生，世世代代。陆游《视东皋归小酌》：“身誓生生辞禄食，家当世世守农耕。”惜花人，非怜花人，此处转说对方。谓惜花人已去，花开无主。辛弃疾《定风波》：“毕竟花开谁为主。记取。大多花属惜花人。”同此意。

【品评】

此词以兰成（庾信）自拟，叙说一段经历和体验。谓兰成渐老，已无先时那般聪敏俊迈。惟恐多情，多情让美人受累，不再作怜花句子。纵使依偎花下，也强忍住眼泪，默默不语，任凭暗香悄悄飘走。这是上片，老去的境况，为布景。下片说重到感受，为说情，谓旧时明月，照见当时走过的路。袖口依然散发着花的冷香，心却比秋莲的心还要苦。不要再提起当时曾经发过的誓，一生一代结伴在花下，永不分离。惜花人既已离我而去，又有谁可为作主。这是下片，叙说心中的愁苦。总而言之，乃表示：“不做怜花句。”似有封笔意思。但究竟为何？为悼亡？或为另外的一段情？则未可知。不过悼亡的可能性似乎大一些。这也是就字面意义所作的推断。

蝶恋花

尽日惊风吹木叶。极目嵯峨，一丈天山雪。[1]去去丁零愁不绝。那堪客里还伤别。[2]　　若道客愁容易辍。除是朱颜,不共春销歇。[3]一纸乡书和泪折。红闺此夜团圞月。[4]

【注释】

①"尽日"三句:嵯峨,山高峻貌。杜甫《江海》:"山顶嵯峨,怪石嵯峨。"天山,祁连山。在新疆境内。李端《雨雪曲》:"天山一丈雪,杂雨夜霏霏。"三句布景,谓塞外高山,已为冰雪所覆盖。 ②"去去"二句:丁零,又称丁令、丁灵。汉时为匈奴属国。游牧于我国北部和西北部地区。李涉《六叹》:"汉臣一没丁零塞,牧羊西过阴沙外。"此借指塞外极边之地,谓身去丁零,已愁苦不堪,更何况又是客里伤别,乃愁上加愁。 ③"若道"三句:辍,中途停止。《史记·留侯世家》:"汉王辍食吐哺,骂曰:'竖儒,几败而公事。'"朱颜销歇,谓青春年华与春天一起消逝。详《清平乐·孤花片叶》注①。三句过片。仍然以为客里的愁苦无法断绝,但又以"若道"(如果)和"除是"(除非),另翻出新意,谓非得青春长驻,其愁苦方才消歇。 ④"一纸"二句:乡书,家书。苏轼《蝶恋花》:"一纸乡书来万里。问我何年,真个成归计。"红闺,犹红楼,指少女所居之处。王谭《后庭怨》:"君不见红闺少女端正时,夭夭桃李仙容姿。"此以乡书、圆月作结,为表明心愿。

【品评】

歌词作于康熙二十一年(1682)十月十五日,奉命往觇梭龙,时性德二十八岁。

《瑶华集》题作"十月望日与经岩叔别"。经岩叔,名经纶,姚江人。善绘仕女,《图绘宝鉴续纂》略记其事。纳兰使梭龙,经岩叔亦随行。途中,经岩叔先行返京,纳兰托捎家书(参见赵秀亭、冯统一《饮水词笺校》)。

上片布景,谓尽日里狂风呼啸,草木摇落。极目远望,高峻崔嵬的天山,雪深盈丈。此去丁零,道阻且长,一步一步往前行走,已是愁苦不堪,更何况还是在客里,为别离忧伤。这是上片。以狂风和积雪,呈现征途景象。下片说情,谓剪不断,理还乱。如果想让客愁终止,除非是青春长驻,朱颜和绿发,不要和春天一起销歇。此时,我写好家书,含着热泪,细心地将它折起。遥想闺中,今夜不也是和我一样,正对着天上的圆月。这是下片。以乡书和圆月,剖露自己的心迹。上、下片合而观之,其着眼处,应是天上的团圞月。团圞月,既为望日之实际景象,也将我方和对方联系在一起,即景叙情,情景交融。

与友人言别,说友情,固然不错。但实际所说,应当着重于闺中情。这是羁旅行役中所经常出现的话题。论者既将其划归"友情篇",又觉得,"有人以为是一首怀念妻子的情词,也与篇末描写吻合"(张秉戍《纳兰词笺注》),似有点两难。这是以题材分类所造成的困惑。由于此事与纳兰词的解读有关,因特别提出,用备参考。

蝶恋花

准拟春来消寂寞。愁雨愁风,翻把春担阁。[①]不为伤春情绪恶。为怜镜里颜非昨。[2]　　毕竟春光谁领略。九陌缁尘，抵死遮云壑。[3]若得寻春终遂约。不成长负东君诺。[4]

【注释】

①“准拟”三句：准拟，希望，料想。白居易《种柳三咏》：“准拟三年后，青丝拂绿波。”王沂孙《高阳台》：“朝朝准拟清明近，料燕翎、须寄银笺。”愁雨愁风，忧愁风雨。张矩《浪淘沙》：“春梦草茸茸，愁雨愁风。”三句意谓原以为春天来到，可将寂寞消除，谁知日日忧愁风雨，反而辜负了美好春光。　②“不为”二句：意谓害怕春之归去，镜里朱颜已与昨日不同。秦观《千秋岁》：“日边清梦断，镜里朱颜改。”又，宋征兴《蝶恋花》：“偏是断肠花不落。人苦伤心，镜里颜非昨。”皆同此意。　③“毕竟”三句：九陌，指汉代长安城中的九条大道。后泛指都城大道和繁华闹市。《三辅黄图·长安八街九陌》：“《三辅旧事》云：长安城中八街、九陌。”骆宾王《帝京篇》：“三条九陌丽城隅，万户千门平旦开。”万俟咏《三台》（清明应制）：“好时代，朝野多欢，遍九陌太平箫鼓。”抵死，总是、老是。晏殊《蝶恋花》：“百尺朱楼闲倚遍。薄雨浓云，抵死遮人面。”云壑，云雾遮覆的山谷。孔稚圭《北山移文》：“诱我松桂欺我云壑。”于鹄《过凌霄洞天谒张先生祠》：“乃知轩冕徒，宁比云壑眠。”此指远离俗世的清静之所。　④“若得”二句：东君，指司春之神。辛弃疾《满江红》：“可恨东君，把春去春来无迹。”意即希望实现与春天的约会。

【品评】

此词为一般伤春之作，谓本来已经做好准备，春天来到，好好地将寂寞消除。谁知道，整日里愁雨愁风，反倒将大好时光耽搁。并不是因为伤春，令得自己没有好情绪，而是因为怜惜自己，蹉跎日老，镜里朱颜跟昨天不一样。这是上片，说春已归去，镜里朱颜，今日已非昨日。下片换了个角度，提出新的问题。谓春不归去又将如何？先说外面的世界（九陌），再说自身的愿望。指出：即使春天不归，美好的春光，亦无人领略。因为外面的世界，到处都是黑色尘土。云雾遮覆的山谷，总是受到侵蚀。最后表示：如果寻找得到春天，能够得遂所愿，那么，我一定不会永远辜负对于春神的许诺。这是下片，说自己仍然盼望春之到来。上片、下片所说，只是一种情绪，好情绪和恶情绪，没有什么特别的意思。谓其“厌于侍卫生涯，渴慕离开市朝，过清幽平静的生活”（张秉戍《纳兰词笺注》），难免言重了，恐为纳兰所不许也。

蝶恋花

露下庭柯蝉响歇。纱碧如烟，烟里玲珑月。①并着香肩无可说。樱桃暗解丁香结。②　　笑卷轻衫鱼子缬。试扑流萤，惊起双栖蝶。③瘦断玉腰沾粉叶。人生那不相思绝。④

【注释】

①“露下”三句：庭柯，庭院中的树木。陶渊明《停云》：“翩翩

飞鸟，息我庭柯。”范成大《签厅夜归用前韵呈子文》：“炉篆无风香雾直，庭柯有月露光寒。”纱碧，即碧纱。为调平仄，给颠倒过来。李白《乌夜啼》：“机中织锦秦川女，碧纱如烟隔窗语。”玲珑月，语出李白《玉阶怨》：“却下水晶帘，玲珑望秋月。”三句布景，列述人物活动场景。 ②“并着”二句：香肩，一般特指女性的肩。秦观《蝶恋花》：“并倚香肩颜斗玉。鬓角参差，分映芭蕉绿。”樱桃，喻女子之唇。孟启《本事诗》：“白尚书姬人樊素善歌，妓人小蛮善舞，尝为诗曰：樱桃樊素口，杨柳小蛮腰。”丁香结，丁香的花蕾，比喻愁思郁结不解。李商隐《代赠》（之一）：“芭蕉不展丁香结，同向春风各自愁。”又，牛峤《感恩多》：“自从南浦别，愁见丁香结。”二句人物出场于月下，亦为布景。 ③“笑卷”三句：鱼子缬，一种有鱼子花纹的丝织品。段成式《嘲飞卿》（之二）：“醉袂几侵鱼子撷，飘缨长罥凤皇钗。”流萤，于夜空飞舞的萤火虫。杜牧《秋夕》：“银烛秋光冷画屏，轻罗小扇扑流萤。”双栖，指双宿双飞的蝴蝶。陈师道《清平乐》：“冰簟流光团扇坠。惊起双栖燕子。”此指双栖燕，同一用意。三句描绘人物活动。 ④“瘦断”二句：玉腰，蝴蝶的别名。陶谷《清异录·花贼》：“温庭筠尝得一句云：‘蜜官金翼使。’遍干知识，无人可属。久之，自联其下曰：‘花贼玉腰奴。’予以为道尽蜂蝶。”此谓为相思而令腰肢瘦损。

【品评】

歌词所叙说，乃夏夜望月，对于先前曾经拥有的一段爱情经历的追忆及怀念。

上片布景，谓庭院里的树木，沾满露水。树上蝉叫声，一时间停了下来。整个大地烟雾迷蒙，就像被碧纱笼罩着一般。烟雾里的月亮，照见两人，玲珑精巧，并倚着香肩。两人于月下，鬓角参差，脉脉不语，但心中的愁绪，已暗自消解。这是上片，以庭柯、蝉响，烟月、香肩诸物景，唤起先前一段经历的记忆。下片说情，以人物的外部行为表现，揭示其内在心理活动。谓笑卷轻衫、试扑流萤，想不到却惊起双栖双宿的蝴蝶。蝴蝶双双，细瘦腰身沾黏着粉叶，正在花粉中，自由飞翔。人生如此，怎不令人相思欲绝！这是下片，以双栖蝶映衬并香肩，表示对于先前一段经历的怀念。

上、下片所列述，"实况实景，真堪入画"（借用孙联奎《诗品臆说》语）。其中，可能有真实的故事在。所谓"即目即事"，才能取得这样的艺术效果。

蝶恋花

今古河山无定据。画角声中，牧马频来去。[①]满目荒凉谁可语。西风吹老丹枫树。　　从前幽怨应无数。铁马金戈，青冢黄昏路。[②]一往情深深几许。深山夕照深秋雨。

【注释】

①"今古"三句：河山，疆域，国土。司马迁《史记·赵世家》："燕秦谋王之河山，闲三百里而通矣。"无定据，无准、不定。画角，军中用的号角。王安石《千秋岁引》："别馆寒砧，孤城画角，一派

秋声入寥廓。”三句意谓自古以来，权力纷争不止，江山变化无定。②“从前”三句：幽怨，郁结于心的愁恨。李颀《古从军行》：“行人刁斗风沙暗，公主琵琶幽怨多。”铁马金戈，指战争，兵事。李袭吉《为周晋王贻梁祖书》：“金戈铁马，蹂躏于明时。”李纲《以旧赐战袍等赠韩少帅》（之二）：“铁马金戈睢水上，碧油红旆海山滨。”青冢，汉代王昭君墓。因被覆芳草，碧绿如茵，故有青冢之名。蒙语称特木尔乌尔琥，意为铁垒。在今内蒙古呼和浩特市郊。杜甫《咏怀古迹五首》（其三）：“一去紫台连朔漠，独留青冢向黄昏。”三句由古到今，表示对历史上英雄人物的怀念。

【品评】

这首词于康熙二十一年(1682)八月，奉命出塞远赴梭龙途中所作。时性德二十八岁。

歌词借塞外风光，包括江山形胜及英雄人物，抒写其对于成败兴亡及整个社会人生的看法与感慨，颇见其赤子肝肠。

上片所写范围较为宽广，是对于塞外山河及一般成败兴亡的看法与感慨。谓古往今来，不知有多少英雄人物，在这片土地上建立过显赫的功业。而今，“画角声中，牧马频来去”，仿佛又呈现出当年的征战场面。起调二句，纵横今古，概括全面，境界甚为开阔，气势恢宏。但同时，作者又以“无定据”三字以志感。谓：人生有限，山河无限，又有谁能够永远拥有这片土地呢？于是，后二句即以眼前所见景象，进一步将其所感具体化。万里荒漠，西风枫树。这是眼前所见之客观物景，与人事无涉，但作者赋之以情感。谓：满目荒凉，无可言对，不能共同诉说历史上这里所发生的一切，而眼前的枫树则一次又一次被西风染红。二句既体现了人生有限、山河无限的感慨，又与历史上的成败兴亡联系在一起，使其所感更加具有典型意义。

下片由一般转向个别，集中以昭君故事以寄慨。谓：昭君出塞和亲，曾经从这里经过。在人生道路上，她曾有无数“幽怨”，而出塞之后成为匈奴阏氏，却平息了烽烟，给这片土地带来了和平。而今，昭君墓（青冢）仍在夕阳辉光的照耀之下，昭君丰碑永存。杜甫《咏怀古迹》有“独留青冢向黄昏”句，词作本此。二句说，王昭君与历史上的英雄人物一样，也曾在这片土地上建立过显赫的功业。最后二句，以眼前景作结，并以“深几许”照应首句之“无定据”，总括全词。谓古往今来，一切功业都已成为过去，眼前只有为秋雨洗刷过的深山。词作由吊古转向抒情，连用四个“深”字，以山之深，反衬情之深，为留下无穷的馀味。

蝶恋花

散花楼送客

城上清笳城下杵。秋尽离人，此际心偏苦。[1]刀尺又催天又暮。一声吹冷蒹葭浦。[2]　　把酒留君君不住。莫被寒云，遮断君行处。行宿黄茅山店路。夕阳村社迎神鼓。[3]

【注释】

①"城上"三句：清笳，凄清的胡笳声。陆游《夜游宫·记梦寄师伯浑》："雪晓清笳乱起。梦游处，不知何地。"杵，捶衣服用的棒槌，这里指捣衣声。于溃《沙场夜》："城上更声发，城下杵声歇。"三句布景，营造别离气氛。 ②"刀尺"二句：刀尺又催，指赶制寒衣。杜甫《秋兴》："寒衣处处催刀尺，白帝城高急暮砧。"蒹葭浦，长满芦苇的水滨。《诗经·秦风·蒹葭》："蒹葭苍苍，白露为霜。"刘禹锡《武陵书怀》："露变蒹葭浦，星悬橘柚树。"二句缩小范围，说跟前的刀尺声，亦为布景。 ③"行宿"二句：黄茅山店，指荒村野店。苏庠《鹧鸪天》："醉眠小坞黄茅店，梦倚高城赤叶楼。"村社，旧时农村祭祀土地神的日子或盛会，在每年立春或立秋后第五个戊日举行。《旧唐书·文苑传下·司空图》："岁时村社雩祭祠祷，鼓舞会集，图必造之。与野老同席，曾无傲色。"此处设想对方于别离途中的情景，表示对于别后的挂念。

【品评】

此词张纯修《饮水诗词集》副题作"送见阳南行"。张见阳，康熙十八年(1679)被任命为湖南江华县令。此词为饯别。散花楼，可能是当时北京的一家酒楼。

上片布景，包括两个不同范围的景。谓城上、城下，胡笳声和捣衣声，连成一片。这是秋日将尽、离人即将告别的时节。为较大范围的景。谓刀尺又催，天色又暮，一声吹送，令得长满芦苇的水滨(蒹葭浦)更添清冷。这是一日将尽的景象。为较小范围的景。其中"一声"，所指乃刀尺声，谓胡笳声和捣衣声皆误。这是近距离的体察。此时此刻,从上到下,从大到小,一派深秋气象。正是在这个时候,与友人言别,故谓之偏苦。这是上片。诸般物景,皆为目前实景,既点明季节和物候,亦为饯别营造气氛。

下片说情,谓把酒留君,君留不住。君行之处,不要被寒云遮断。乃留君,又送君。尽管依依不舍,却仍然祝愿,一路顺风。这是宴席上的道别语。最后,由眼前之别离,设想对方于离别途中的情景。谓君之此行,经过荒村旷野,虽难免凄清,但黄茅山店,却另有一番趣味。而且,如于夕阳西下之时,遇上村社一般迎神盛会,鼓乐相从,那就更加热闹。这是下片。其"小楼一统",整个宴席的气氛,似乎与上片所布置的大背景和小背景无关。上片说,"此际心偏苦",眼下却偏不让人觉得苦,这当是主人的苦心经营。

总的看,此词乃一般送别之作。与作者其他相关篇什比,似仍缺少一种感情的投入。因为今番饯别,居人(主人)对于行人(客)并无特别交待,如《蝶恋花》(尽日惊风吹木叶)中经岩叔之为捎家书,或者《踏莎行》(倚柳题笺)中张见阳之与诉衷情,所以,对其所叙说,无论是苦,或者是乐,或者有无其他意思在,似皆无须深究。

鬓云松令

枕函香,花径漏。[1]依约相逢,絮语黄昏后。[2]时节薄寒人病酒。刬地东风,彻夜梨花瘦。[3] 掩银屏,垂翠袖。

何处吹箫，脉脉情微逗。肠断月明红豆蔻。[4]月似当时，人似当时否。

【注释】

①“枕函”二句：枕函，中间可以藏物的枕头。司空图《杨柳枝寿杯词》(之六)：“偶然楼上卷珠帘，往往长条拂枕函。”花径，长满花草的庭院小路。杜甫《客至》：“花径不曾缘客扫，蓬门今始为君开。”漏，指春光漏泄。杜甫《腊日》：“侵陵雪色还萱草，漏泄春光有柳条。”另谓漏声，似未妥。此谓幽会的时间及地点。　②“依约”二句：黄昏后，谓依约相逢。欧阳修《生查子》(元夕)：“月上柳梢头，人约黄昏后。”絮语，低声说话。王錂《春芜记》(邂逅)：“听花前絮语情无已。你两人好大胆。竟忘却隔墙有耳。”此谓幽会时的絮语。　③“刬地”二句：刬地，无端地，平白地。又说只是。张相《诗词曲语辞汇释》卷四：“刬地，犹云只是也。引申之，则犹云依旧或照样也。”此谓无端端过了一夜。　④“肠断”句：豆蔻，多年生草本植物，有红豆蔻、白豆蔻、肉豆蔻等品种。范成大《桂海虞衡志·红豆蔻》：“红豆蔻，花丛生，叶瘦如碧芦。春末发，初开花先抽一干，有大箨包之。箨拆花见，一穗数十蕊，淡红鲜妍，如桃杏花色。蕊重则下垂，如葡萄，又如火齐缨络及翦采鸾枝之状。此花无实，不与草豆蔻同种。每蕊心有两瓣相并，词人托兴如比目连理云。”又，杜牧《赠别》：“娉娉袅袅十三馀，豆蔻梢头二月初。”此用以比喻未嫁少女。

【品评】

枕函边留下馀香，花间小径，春光泄露。隐隐约约，还是黄昏后的那次约会。絮语温馨，情意绵绵。记得那时，轻寒漠漠，可能是饮酒过量的缘故，沉醉如病。无端端，一夜东风，吹落遍地梨花。“刬地东风，彻夜梨花瘦”，又作“刬地梨花，彻夜东风瘦”。谓梨花瘦，或者东风瘦，二者似皆无妨。不过当事人的一种感觉而已。这是上片，追叙当时情事。下片说目前情事，谓银屏独掩，翠袖低垂，正是无聊时分，不知哪里传来哀怨的萧声。萧声触动了脉脉情丝。这时候，庭院里的红豆蔻，花叶葳蕤，情状撩人。今夜的月亮，有如当时一般，心上的人儿，是不是也和当时一样？

这首词乃月夜怀人之作。调称《鬓云松令》，《苏幕遮》别名。说当时情事，着眼于一个“瘦”字，花瘦，人瘦，颇堪魂销骨蚀；说目前情事，着眼于一个“否”字，谓当时浩月，向人依旧，多情如我，真心的是不是还有你？我侬你侬，忒煞情多，亦足令众生颠倒。论者称其“柔情婉转，无限风姿”（张渊懿《清平初选后集》），可谓知言。

淡黄柳

咏柳

三眠未歇。乍到秋时节。[1]一树斜阳蝉更咽。曾绾灞陵离别。[2]絮已为萍风卷叶。空凄切。[3]　　长条莫轻折。

苏小恨、倩他说。④ 尽飘零，游冶章台客。⑤ 红板桥空，湔裙人去，依旧晓风残月。⑥

【注释】

①"三眠"二句：三眠柳，即柽柳（又名人柳）。此柳的柔弱枝条在风中摇曳，时时伏倒。《三辅故事》："汉苑中有柳状如人形，号曰人柳。一日三眠三起。"故柽柳又称三眠柳。徐渭《子侯芳园》："未羡三眠柳，那论并蒂莲。"二句点明题旨，谓所咏乃清秋之柳。 ②"一树"二句：此处罗列三种物景，柳树、斜阳和蝉。李商隐《柳》："如何肯到清秋日，已带斜阳又带蝉。"同此意。绾，系念，挂念。刘禹锡《杨柳枝词九首》（之八）："长安陌上无穷树，惟有垂杨绾别离。"周密《声声慢》："多情最怜飘泊，记章台、曾绾青青。"灞陵，即霸陵。汉文帝陵。在今陕西长安区东灞水上。李白《忆秦娥》："秦楼月。年年柳色，灞陵伤别。"二句谓柳树枝条，牵挂着离人的心。 ③"絮已"二句：絮已为萍，谓柳絮飘坠水中，化作浮萍。薛梦桂《三姝媚》："涨绿烟深，早零落、点池萍絮。"纳兰《朝中措》："已惜轻翎退粉，更嫌弱絮为萍。"同此意。 ④"长条"二句：苏小，苏小小。白居易《杭州春望》："涛声夜入伍员庙，柳色春藏苏小家。"此谓苏小小墓隐藏在柳色当中。 ⑤"尽飘"二句：章台，汉时长安城有章台街，乃歌妓聚居之所。晏几道《鹧鸪天》："新掷果，旧分钗。冶游音信隔章台。"此处指秦楼楚馆。 ⑥"红板"三句：红板桥，代指与情人分别之地。白居易《杨柳枝词》（八首之四）："红板江桥青酒旗，馆娃宫暖日斜晖。"湔裙，指溅裙水上。《北史·窦泰传》："（窦泰母）遂有娠。期而不产，大惧。有巫

曰：'度河湔裙，产子必易。'……泰母从之，俄而生泰。"后成为一种风俗。吕渭《皇帝移晦日为中和节》："湔裙移旧俗，赐尺下新科。"又，指溅湿衣裙，涉水相会。李商隐《柳枝词序》云：洛中里女子柳枝与商隐之弟李让山相遇相约，谓三日后将"溅裙水上"来会。此处指男女相会。详参《浣溪沙》(十八年来堕世间)注①。晓风残月，语出柳永《雨霖铃》："今宵酒醒何处，杨柳岸，晓风残月。"三句意谓红板桥相别，湔裙相约，都已成为过去，剩下的只有杨柳岸的晓风残月。

【品评】

歌词借助咏柳，为说故事。是真？是假？尚未可知。

上片描绘柳的形貌及姿态，下片以柳的故事说故事。谓柳树的枝条在风中摇曳，时而伏下，时而又被轻轻地扶起。正好是清秋时节。隋堤上，一树斜阳，一树鸣蝉。斜阳的馀晖即将消逝，鸣蝉的响声也渐见幽咽。柳树的枝条，牵挂着灞陵桥上，千千万万离人的心。而今，柳絮已化作一池碎萍，西风卷起地上飘落的残叶。眼前景象，倍显凄切。这是上片，歌咏物形。着重于物体自身自然属性的描绘，为布景。下片说故事，谓不要轻易将长条攀折。人世间，多少离愁别恨，都要请他见证。看枝头，都已飘零，游冶客，章台路上，可曾记得，来时的路。红板江桥，只剩下暖日斜晖，湔裙之约，不能兑现，湔裙人已不知去向。不过，晓风残月，依旧是明日的酒醒之处。这是下片，歌咏物理。着重于物体自身社会属性的揭示，为说情。

物形与物理，乃一般咏物词的两大基本构件。作者歌以咏之，上片、下片，大多依此进行布局。有志于此道者，纳兰此词，可为借镜。

青玉案

人　日[①]

东风七日蚕芽软。青一缕，休教剪。梦隔湘烟征雁远。[②]那堪又是，鬓丝吹绿，小胜宜春颤。[③]　　绣屏浑不遮愁断。忽忽年华空冷暖。玉骨几随花骨换。[④]三春醉里，三秋别后，寂寞钗头燕。[⑤]

【注释】

①人日：旧俗夏历正月初七日为人日。宗懔《荆楚岁时纪》："正月七日为人日。以七种菜为羹，剪彩为人，或镂金箔为人，以贴屏风，亦戴之头鬓。又造华胜以相遗，登高赋诗。"　②"梦隔"句：征雁，迁徙的雁。李涉《送魏简能东游》(之二)："燕市悲歌又送君，目随征雁过寒云。"秦观《忆秦娥》："愁如织。两行征雁，数声羌笛。"此谓尚未接获远方的书信。　③"那堪"三句：鬓丝，鬓发。李商隐《赠司勋杜十三员外》："心铁已从干镆利，鬓丝休叹雪霜垂。"小胜，古代妇女头饰，亦称彩胜、华胜。从晋朝开始，剪彩为花，剪彩为人，或镂金箔为人。人日之时，戴在头上，或用以装饰门窗、屏风。李商隐《人日即事》："镂金作胜传荆俗，剪彩为人

起晋风。”此处描绘彩胜迎春的忙碌情景。 ④“玉骨”句：玉骨，谓人。如冰肌玉骨。苏轼《洞仙歌》：“冰肌玉骨，自清凉无汗。”花骨，谓花。以人喻之。苏轼《雨中看牡丹》：“清寒入花骨，肃肃初自持。”此谓人与花皆经历许多变换。 ⑤“三春”三句：三春，三个春天，即三年。陆机《答贾谧》：“游跨三春，情固三秋。”三秋，三年。陆机《挽歌》（之一）：“三秋犹足收，万世安可思。”李弥逊《水调歌头》（次向伯恭芗林见寄）：“不见隐君子，一月比三秋。”钗头燕，燕形的钗。宋祁《蝶恋花》：“隐隐枕痕留玉脸。腻云斜溜钗头燕。”此谓至少已有三年时间，于迎春之日伤离念远。

【品评】

这是一篇节序词。汪元治《纳兰词》副题为“辛酉人日”。据此，其作年或可断于康熙二十年（1681）正月初七日。

首谓东风七日，正值初春时节。桑树吐出新芽，柔软幼嫩。青青一缕，不敢任意裁剪。昨夜梦里，隔着潇湘烟雾，远去的鸿雁，至今还没回返。绿鬓如云，春幡袅袅。一大清早起来，就将迎春彩胜，在头上戴，往门窗和屏风上贴。这是上片，描绘人日的相关情事。包括养蚕采桑及剪彩为人诸情事。其中蚕芽，解为桑芽，亦可作刚刚孵化出来的幼蚕解。诸般情事，既呈现乡村人日习俗，又表示一年农事的开始，为布景。下片叙说观感，谓绣屏到底遮不断日日夜夜的愁思。光阴如逝水，年华暗中流转，算已是多少回冷和暖。玉骨随着花骨，也几经变换。三春醉里，三秋别后，硬是冷落了头上的金钗。这是下片，说伤离念远，“玉骨瘦来无一把”（借用李商隐《赠四同舍诗》语），为说情。

上、下片合而观之，景和情似有些不相称。下片无端端生出这么一些愁恨来，与人日好像并无太多牵连。但仔细把握其意脉，即可发现，下片所说愁恨，并非另出别意，脱离本题，而是从上片所说征雁所引发的联想。征雁和愁，通过一个“远”字，联系在一起。可见，其景与情的配搭，仍十分得当。

风流子

秋郊即事

平原草枯矣，重阳后，黄叶树骚骚。① 记玉勒青丝，落花时节，曾逢拾翠，忽忆吹箫。② 今来是，烧痕残碧尽，霜影乱红凋。③ 秋水映空，寒烟如织，皂雕飞处，天惨云高。④

人生须行乐，君知否，容易两鬓萧萧。⑤ 自与东君作别，刬地无聊。⑥ 算功名何许，此身博得，短衣射虎，沽酒西郊。⑦ 便向夕阳影里，倚马挥毫。⑧

【注释】

①“平原”三句：骚骚，象声词。树木被风吹动的声音。徐凝《莫愁曲》：“玳瑁床头刺战袍，碧纱窗外叶骚骚。”李德裕《述梦诗四十韵》：“花光晨艳艳，松韵晚骚骚。”三句布景，展示秋郊环境。

②“记玉”四句：玉勒，玉饰之马衔及马缰绳。杜牧《夏州崔常侍自少常亚列出领麾幢十韵》：“别风嘶玉勒，残日望金茎。”青丝，青色

的丝绳，指马缰。薛道衡《入郴江诗》："还忆青丝骑。东方来上头。"落花时节，指郊游的季节。杜甫《江南逢李龟年》："正是江南好风景，落花时节又逢君。"拾翠，指拾取翠鸟羽毛。后多指代女子游春情事。曹植《洛神赋》："或采明珠，或拾翠羽。"纪少瑜《游建兴苑》："踟蹰怜拾翠，顾步惜遗簪。"意即留意游春女子的游踪。看看有无遗留，有无可嘱意者。吹箫，指伍子胥吴市吹箫乞食事。虞世南《结客少年场行》："吹箫入吴市，击筑游燕肆。"杜牧《寄扬州韩绰判官》："二十四桥明月夜，玉人何处教吹箫。"此以一"记"字，领起四个四言句，追述当日游春情景，亦为布景。 ③"今来"三句：烧痕，指原野的草烧过的痕迹。苏轼《正月二十日往岐亭》："稍闻决决流冰谷，尽放青青没烧痕。"霜影，月影，月光。范成大《望海亭赋》："饯斜晖于孤嶂，候佳月于沧浦。沉沉上下，杳无处所。惊玉地之破碎，漾银盘而吞吐。忽褰云而涌雾，献霜影于庭宇。"此以一三言句领下两个四言对句，状写当前物景，亦为布景，为秋郊近景。 ④"秋水"四句：秋水，指秋天的水。王勃《滕王阁序》："落霞与孤鹜齐飞，秋水共长天一色。"秋水映空，谓秋水如明净的镜面。鲍溶《古鉴》："曾向春窗分绰约，误回秋水照蹉跎。"寒烟，寒冷的烟雾。颜延之《应诏观北湖田收》："阳陆团精气，阴谷曳寒烟。"寒烟如织，语出李白《菩萨蛮》："平林漠漠烟如织。寒山一带伤心碧。"皂雕，一种黑色大型的猛禽。王昌龄《城傍曲》："邯郸饮来酒未消，城北原平掣皂雕。"杜甫《呀鹘行》："强神非复皂雕前，俊才早在苍鹰上。"四句分别罗列四种物景，亦为布景，为秋郊远景。 ⑤"人生"三句：行乐，消遣娱乐；游戏取乐。杨恽《报孙会宗书》："人生行乐耳，须富贵何时。"萧萧，稀疏。牟融《游报本寺》："茶烟袅袅笼禅榻，竹影萧萧扫径苔。"高濂《玉簪记·命试》："白发萧萧今已老，归闲堪守林皋，梦回青琐恋王朝。"三句过片，格式未变意思变。由布景转向说情，叙说对于人生的感受。⑥"自与"二句：东君，司春之神。辛弃疾《满江红》（暮春）："可恨东君，把春去、春来无迹。"划地，平白地、无端地。卢祖皋《夜飞鹊慢》："牵衣揾弹泪，问凄风愁露，划地东西。"董解元《西厢记诸宫调》："划地相逢，引调得人来眼狂心热。"此谓春归之后，觉得百无聊赖。 ⑦"算功"四句：功名，功业和名声。《庄子·山木》："削迹损势，不为功名。"成玄英疏："削除圣迹，损弃权势，岂存情于功绩，以留意于名誉。"岳飞《满江红》："三十功名尘与土，八千里路云和月。"短衣，打猎的装束。射虎，用汉李广故事。《史记·李将军列传》："广所居郡，闻有虎，尝自射之。及居右北平，射虎，虎腾伤广，广亦竟射杀之。"杜甫《曲江三章》："短衣匹马随李广，看射猛虎终残年。"沽酒，买酒。韩愈《赠崔立之评事》："墙根菊花好沽酒，钱帛纵空衣可准。"四句说人生态度，即对于"行乐"二字的理解。 ⑧"便向"二句：倚马，倚着战马（立即成文）。《世说新语·文学》："桓宣武北征，袁宏时从，被责免官。会须露布文，唤袁倚马前令作。手不辍笔，俄得七纸，殊可观。"卢延让《逢友人赴阙》："倚马才高犹爱艺，问牛心在肯容私。"挥毫，运笔，谓书写或绘画。杜甫《饮中八仙歌》："张旭三杯草圣传，脱帽露顶王公前，挥毫落纸如云烟。"王安石《和王微之登高斋》（之三）："挥毫更想能一战，数窘乃见诗人才。"二句说此时此刻的观感。

【品评】

这是一首行猎词。顾贞观《今词初集》、沈时栋《古今词选》副题作“秋尽友人邀猎”，蒋重光《昭代词选》作“秋郊射猎”，歌词题称“秋郊即事”，大致与之相合。

上片布景，展现行猎的场景。谓平原草枯，黄叶骚骚。这是重阳后郊外的景象。清秋时节，郊外平原，行猎的时间、地点，因此已有清楚的交代。但步入现场，却引起对于另一场景的思忆。那是个落花时节，一班人，骑着骏马，曾经来这里游春。骏马佩戴用宝玉装饰的马衔及用青丝编织的缰绳。记得当时，踟蹰、顾步，十分留意，是不是哪位神仙般的女子在这里遗留下明珠，翠鸟掉落美丽的羽毛。忽然间，又被一阵箫声所吸引。这是记忆中的情事。接着，“今来是”，又回到眼前。谓此地只剩下野火烧过的残迹，不见一丝丝绿色。秋风中霜叶凋零，好像落红，四处飘舞。明净如镜的秋水，映照着天空。烟雾尚未散去。黑雕飞处，云高天低，依然是惨白的一片。这是上片，以“枯”、“残”、“惨”，显示今日郊原的萧瑟情状，并以记忆中的“玉勒青丝”加以映衬，令今日郊原，更显萧瑟，为布景。

下片说情，谓人生在世，应当及时行乐。一转眼间，往往就是两鬓萧萧。自从春之归去，无端端地觉得烦恼，心里发慌。说起来，功名富贵又算得了什么呢？此生若能够穿着短衣，在原野打猎，到西郊的酒肆，大碗喝酒，那不是很快活吗？那么，此时此刻，倒不如趁着黄昏，靠着马背，在夕阳影里，任意挥毫。这是下片，就眼前事叙说观感。即就“短衣射虎”，表达其人生观感。

上、下两片相比较，景和情的布置与叙说，所用功夫似有些区别。即上密下疏，不是很相称。尤其是说情，虽多豪言壮语，十分气概，却难免有粗浅之嫌。况周颐谓之“謇举”(《蕙风词话》卷五)，不知从何说起？

月上海棠

中元塞外①

原头野火烧残碣。叹英魂，才魄暗销歇。②终古江山，问东风、几番凉热。惊心事，又到中元时节。　　凄凉况是愁中别。枉沉吟，千里共明月。③露冷鸳鸯，最难忘、满池荷叶。青鸾杳，碧天云海音绝。④

【注释】

①中元：中元节。夏历七月十五日。又称鬼节、盂兰盆节。谢肇淛《五杂俎》：“道经以正月十五日为上元，七月十五日为中元，十月十五日为下元。”七月十五日，佛家作盂兰盆会，道家作斋醮，以超度亡灵。　②“原头”三句：野火，野外焚烧草木所放的火。残碣，断裂残缺的石碑。刘克庄《长相思》：“烟凄凄。草凄凄。野火原头烧断碑。不知名姓谁。”英魂，犹英灵，多用于对死者的敬称。陆游《追怀胡基仲》：“遗稿何由见，英魂不可呼。”销歇，消失。韩偓《金陵》：“自古风流皆暗销，才魄妖魂谁与招。”此谓古今人物，无论有名无名，都已成为孤魂野鬼。其英魂才魄，亦

在世上消逝。　③“凄凉”三句：沉吟，沉思低吟。曹操《短歌行》：“但为君故，沉吟至今。”千里共明月，谓月明千里，相隔遥远，倍增思念。谢庄《月赋》：“美人迈兮音尘阙，隔千里兮共明月。”又，苏轼《水调歌头》：“但愿人长久，千里共婵娟。”三句过片，由招魂转向悼亡。　④“青鸾”二句：青鸾，即青鸟。传说中西王母身边传递消息的鸾鸟，常以此指代传信的使者。详见《浣溪沙》（记绾长条欲别难）注②。此谓人天阻隔，难以传递信息。

【品评】

七月十五日，在塞外，面对碧天云海，度过一个中元节。上片招魂，下片悼亡。谓原头野火，将石碑烧残，荒烟野草，冷落凄清，已无法辨认碑上的文字，知名或不知名的风流人物，都成为孤魂野鬼；成者王、败者寇，终古江山，不知道经历过几番凉热。这一切，最为令人心惊的是，又到了中元时节。这是上片，表现对于历史上英魂才魄的悼念。下片的“愁中别”，谓音尘阻隔，两处分离。美人在天的一方，纵沉吟，千里明月佳句，也是枉然。最为令人难忘的是，荷叶满池，鸳鸯戏水。算而今，“冰簟银床梦不成，碧天如水夜云轻”（温庭筠《瑶瑟怨》）；为传递信息的青鸟，已杳无踪迹。正所谓，池上凭阑无侣，奈此个，单栖情绪。说的是个人的处境和心境，但也是对于美人的悼念。所谓“愁中别”，论者以为乃身值塞外，音书阻隔，所表现的一种“思亲之情”，恐不合时宜（参见张秉戍《纳兰词笺注》）。由于恰逢鬼节，主要在超度亡灵，况且其所用字眼，诸如“冷”、“杳”、“绝”，亦与一般叙说离别相思的语词有所不同，故此，似不宜将其当成一般表现孤独寂寞的作品看待。

月上海棠

瓶　梅

重檐淡月浑如水。浸寒香，一片小窗里。[①]双鱼冻合，似曾伴、个人无寐。[②]横眸处，索笑而今已矣。[③]　　与谁更拥灯前髻。乍横斜，疏影疑飞坠。[④]铜瓶小注，休教近、麝炉烟气。[⑤]酬伊也，几点夜深清泪。

【注释】

①“重檐”三句：重檐，两层屋檐。《礼记·明堂位》：“山节、藻棁，复庙、重檐，刮楹、达乡，反坫、出尊，崇坫、康圭、疏屏，天子之庙饰也。”郑玄注：“重檐，重承壁材也。”孔颖达疏引皇侃曰：“谓就外檐下壁复安板檐，以辟风雨之洒壁。”骆宾王《四月八日题七级》：“复栋侵黄道，重檐架紫烟。”寒香，梅花的香气。罗隐《梅花》：“愁怜粉艳飘歌席，静爱寒香扑酒樽。”三句列述瓶梅所处的环境。　②“双鱼”二句：双鱼，双鱼洗。镌刻有双鱼形象的洗手器。冻合，犹言冰封。谓房中的双鱼洗已经结冰。张元幹《夜游宫》：“半吐寒梅未坼。双鱼洗，冰澌初结。”杨慎注：“双鱼洗，盥手之器。”苏轼《雪诗》：“石泉冻合竹无风，夜色沉沉万境空。”双鱼，另说砚名。叶越《端溪砚谱》：“砚之形制，曰风字，曰凤池，曰合欢，曰玉台，曰双鱼。”个人，那人。多指所思念的人。周邦彦《瑞

龙吟》："黯凝伫。因念个人痴小，乍窥门户。"二句设想瓶中的梅花正与美人相伴。　③"横眸"二句：横眸，流动的眼神。卢思道《日出东南隅行》："深情出艳语，密意满横眸。"索笑，索取笑容。犹逗乐。杜甫《舍弟观赴蓝田取妻子到江陵喜寄》（其二）："巡檐索共梅花笑，冷蕊疏枝半不禁。"陆游《梅花》："不愁索笑无多子，惟恨相思太瘦生。"此谓往时索笑逗乐的日子，今已无法复得。④"与谁"三句：灯前鬌，灯前拥髻。伶玄《赵飞燕外传》附伶玄自述："通德占袖，顾视烛影，以手拥髻，凄然泣下，不胜其悲。"刘辰翁《宝鼎现》："又说向、灯前拥髻，暗滴鲛珠坠。"疏影，梅花疏朗的影像。参见《眼儿媚》（咏梅）注④。三句过片，由物形到物理的过渡。　⑤"铜瓶"二句：铜瓶，指瓶梅插花。杨万里《瓶中梅杏二花》："折来双插一铜瓶，旋汲井花浇使醒。"麝炉，燃有麝香的香炉。休教近，言不宜于梅花，忌相靠近。苕溪渔隐曰："少游《春日五首》云'海棠花发麝香眠'，语固佳矣，第恐无此理。《香谱》云'香中尤忌麝'。唐郑注赴河中，姬妾百馀尽骑，香气数里，逆于人鼻。是岁，自京兆至河中，所过瓜尽一蒂不获。然则海棠花下岂应麝香可眠乎？"（《苕溪渔隐丛话》后集卷三十三）二句体现一种护花心意。

【品评】

歌咏瓶梅，乃插在瓶中的梅花。谓重檐架紫烟，月光淡如水，小窗内一片粉艳，沉浸在寒香当中。房间里的双鱼洗已经结冰，只有她好像还陪伴着无眠的人。遣愁索笑，惟恨相思，但那样的日子，而今已一去不复返。这是上片，说物形，梅花的形体。下片说物理，梅花的精神。谓离人话，说不尽，但顾视烛影，以手拥髻，已无人与共。猛然一看，瓶中梅花，疏影横斜，暗香浮动，就像快将飞坠一般。赶紧向铜瓶注水，不要让她与麝炉靠近。“瓶花畏香，故嫌相逼”（王彦泓《寒词》十六首之六自注）。请接受我几滴清冷的泪水。“终是护花心意切，倩郎移过镜函边”（王彦泓《寒词》十六首之六）。夜深时，眼前所出现的究竟是人，还是花？已经分辨不清。

一 丛 花

咏并蒂莲

阑珊玉佩罢霓裳。相对绾红妆。[①]藕丝风送凌波去，又低头、软语商量。[②]一种情深，十分心苦，脉脉背斜阳。[③]

色香空尽转生香。明月小银塘。[④]桃根桃叶终相守，伴殷勤、双宿鸳鸯。[⑤]菰米漂残，沈云乍黑，同梦寄潇湘。[⑥]

【注释】

①“阑珊”二句：阑珊，零乱、歪斜。李贺《李夫人歌》：“红壁阑珊悬佩珰，歌台小妓遥相望。”霓裳，霓裳羽衣曲的略称。白居易《琵琶行》：“轻拢慢捻抹复挑，初为霓裳后六幺。”吴文英《秋思》（夹钟商。荷塘为括苍名姝求赋其听雨小阁）：“怕一曲、霓裳未终，催去骖凤翼。”此处以歌台仙子喻并蒂莲花。 ②“藕丝”二句：藕丝，即藕丝风，指仙子的衣衫，薄如藕丝。洪咨夔《朝中措》（送同官满归）：“荷花香里藕丝风。人在水晶宫。”凌波，比喻女子

步履轻盈，如乘碧波而行。曹植《洛神赋》："凌波微步，罗袜生尘。"吕向注："步于水波之上，如尘生也。"周邦彦《瑞鹤仙》："凌波步弱，过短亭，何用素约。"这里借指并蒂莲。软语，柔和而委婉的话语。史达祖《双双燕》："还相雕梁藻井，又软语商量不定。"二句状物形，从多个方面比拟其姿态。 ③"一种"三句：谓根底长而莲心苦，皆情深所致。辛弃疾《卜算子》（荷花）："根底藕丝长，花里莲心苦。"又，高观国《祝英台近》（荷花）："魂梦西风，端的此心苦。"同此。 ④"色香"二句：谓尽管叶残香销，但她的姿态却永远令人难忘。两个"香"字，一指形貌，一指精神。顾贞观《小重山》（六首之六）："色香空尽转难忘。人何处，沉痛觅姚黄。"意同此。二句过片，由物形转说物理。 ⑤"桃根"二句：桃根桃叶，王献之爱妾名。张敦颐《六朝事迹编类·桃叶渡》："桃叶者，王献之爱妾名也，其妹曰桃根。"李商隐《燕台四首》（之四）："当时欢向掌中销，桃叶桃根双姊妹。"此处以喻并蒂莲，亦以桃树根叶连接一起，表示终生相守。 ⑥"菰米"三句：菰米，即茭白，俗称篙笋。其食为菰米，亦称雕胡米。可食。沈云，沉云。即浓云、阴云。陆机《行思赋》："托飘风之习习，冒沉云之蔼蔼。"杜甫《秋兴八首》（之七）："波漂菰米沉云黑，露冷莲房坠粉红。"潇湘，指湘江。相传舜之二妃娥皇、女英，随之南巡，死于湘水。谢朓《新亭渚别范零陵》："洞庭张乐池，潇湘帝子游。"徐祯卿《古意》："帝子葬何处，潇湘云正深。"此处代指并蒂莲。

【品评】

这是一首咏物词。歌咏对象是并蒂莲。

上片描绘物形。谓茎杆一枝，花开两朵，花盘连结在一起。好像是舞罢霓裳、玉佩阑珊的仙子。这时候，正面对着面，梳理红妆。荷花香里，藕丝飘风。仿佛处身于水晶宫殿。微风过处，花枝有如仙子，步履轻盈，踏水而来。间或低下头，则喃喃细语，好像正商量些什么。一种情深，十分心苦。荷花的根长在水底，藕丝漫长；花里的莲心却将所有的苦深深蕴藏，脉脉不语，背向着斜阳。

下片揭示物理。谓莲生并蒂，尽管也将叶残、香销，但她的姿态却永远令人难忘。明月东升，小荷塘披上银装。阵阵清香，仍旧在月色中弥漫。并蒂莲花，既是桃根、桃叶，姊妹双双，又像是桃树的根和叶，连在一起，终生相守。而月色之下，殷勤相伴的，还有双宿鸳鸯。这时候，夜已深，阴云忽然聚拢，月儿如同残留水中的菰米一般，时隐时现。多么希望能够像娥皇、女英，追随舜帝，寄梦潇湘。

歌词咏物。物形和物理，其相互间的关联，借重于一个"并"字，并蒂莲的"并"。《说文》称：竝（并），从二立。金文字形，为二人并立之状。本义为并行，并列。并蒂莲，并排地长在同一茎上的两朵莲花。掌握好这一个"并"字，物形和物理，乃至物与我，也就融合在一起。解读此词，不能忽略这一关键字眼。

洞仙歌

咏黄葵

铅华不御，看道家妆就。① 问取旁人入时否。② 为孤情淡韵，判不宜春，矜标格，开向晚秋时候。[3]　　无端轻薄雨，滴损檀心，小叠宫罗镇长皱。[4]何必诉凄清，为爱秋光，被几日、西风吹瘦。[5]便零落，蜂黄也休嫌，且对倚斜阳，倦偎红袖。[6]

【注释】

①“铅华”二句：铅华，妆粉里面添加铅，古代妇女的一种化妆品。曹植《洛神赋》：“芳泽不加，铅华不御。”李善注引张衡《定情赋》：“思在面为铅华兮，患离尘而无光。”刘长卿《戏赠干越尼子歌》：“北客相逢疑姓秦，铅花抛却仍青春。”道家妆，身着黄色之道袍。晏殊《菩萨蛮》：“染得道家衣，淡妆梳洗时。”二句咏物形，谓其不事妆饰，青春仍见。　②“问取”句：问取，询问。岑参《与鲜于庶子泛汉江》：“山公醉不醉，问取葛疆知。”黄庭坚《清平乐》：“春无踪迹谁知，除非问取黄鹂。”入时，合乎时尚。朱庆馀《近试上张水部》：“妆罢低声问夫婿：画眉深浅入时无？”此句居中，提出疑问，为以下进一步铺叙作准备。　③“为孤”四句：标格，风范、品格。详见《眼儿媚》（咏梅）注②。四句提供答案，表现其孤高格调。　④“无端”三句：轻薄，轻盈纤弱之谓。罗虬《比红儿诗》：“金粟妆成扼臂环，舞腰轻薄瑞云间。”晏几道《生查子》：“无端轻薄云，暗作帘纤雨。”此处指帘纤细雨。檀心，指黄葵浅红色的花心。苏轼《黄葵》：“檀心自成晕，翠叶森有芒。”宫罗，指花瓣如折叠的罗缎。陆游《天彭牡丹谱》（花释名）：“叠罗者，中间琐碎，如叠罗纹。”唐彦谦《秋葵》：“月瓣团栾剪赭罗，长条排蕊缀鸣珂。”三句过片，叙说环境的侵袭，由物形转向物理。　⑤“何必”三句：凄

清，凄凉孤寂。何逊《与崔录事别兼叙携手》："闻离常屑涕，是别尽凄清。"刘孝孙《咏笛》："调高时慷慨，曲变或凄清。"三句谓其喜爱秋光，无惧侵袭。 ⑥"便零"四句：零落，飘零，流落。杜甫《佳人》："自云良家子，零落依草木。"萨都剌《补阙歌》："破窗冷砚留不得，零落江南酒家客。"蜂黄，古代妇女涂额的妆饰。也称花黄、额黄。李商隐《酬崔八早梅有赠兼示之作》："何处拂胸资蝶粉，几时涂额藉蜂黄。"周邦彦《满江红》："蝶粉蜂黄都褪了，枕痕一线红生玉。"红袖，指美女。元稹《遭风》："唤上驿亭还酩酊，两行红袖拂尊罍。"四句赞颂黄葵与众不同的生存方式。

【品评】

歌词题称"咏黄葵"，即秋葵，或黄蜀葵也。到底是个什么模样？有何属性？

诸多问题，似乎都可以忽略。不过"借之以物色，发之以文章"（借用李白《代寿山答孟少府移文书》语）而已。

上片咏物形，谓黄葵者，"芳泽不加，铅华不御"，一点装饰也没有，简直就是个身着黄袍的道士。如果问，这般模样，究竟合不合时宜，那么，她就会告诉你，为保持孤情淡韵，情愿与时宜判若云泥。一个在天上，一个在地下，在所不计。只是凭借自己的天然标格，自在地开放于晚秋时候。

下片咏物理，谓帘纤细雨，无端端滴落在花朵上，既损伤花心，像宫罗一样的花瓣，日复一日，也渐渐地被折叠出皱纹。没有必要向人诉说凄清，为着享受秋光，连日来，不惜被西风吹袭。即便是零落于草木之间，蝶粉、蜂黄都褪了，暂且寄居在斜阳底下，也不愿意和红袖相依偎。

上片、下片，布景、说情，完全依自己的感觉和意愿行事。既是歌咏景物，也是歌咏人物。所谓黄葵者也，已完全成为词人的化身。

满江红

为曹子清题其先人所构楝亭，亭在金陵署中①

籍甚平阳，羡奕叶、流传芳誉。②君不见、山龙补衮，昔时兰署。③饮罢石头城下水，移来燕子矶边树。④倩一茎、黄楝作三槐，趋庭处。⑤　　延夕月，承晨露。看手泽，深馀慕。更凤毛才思，登高能赋。⑥入梦凭将图绘写，留题合遣纱笼护。⑦正绿阴、青子盼乌衣，来非暮。⑧

【注释】

①曹子清：曹寅，字子清，号楝亭。自祖振彦起为满洲贵族包衣，隶正白旗。自父玺起，三代任江宁织造。楝亭，因亭边植楝木，即以名亭，并自为号。　②"籍甚"二句：平阳，在今山西境内，相传古帝尧时，定都于此，因以代指金陵。又，汉曹参曾封平阳侯，亦用以喻子清家族之获恩典。奕叶，犹言累世。蔡邕《琅邪王傅蔡郎碑》："奕叶载德，常历官尹，以建于兹。"芳誉，美好的名声。高仲武《中兴间气集·李嘉祐》："袁州自振藻天朝，大收芳誉。中

兴高流，与钱郎别为一体。”二句布景，赞颂其累世芳誉。 ③“君不”二句：山龙，古人衮服和旌旗上的山形、龙形图案。补衮，为补帝王所着衮龙衣服，喻补救过失。《诗经·大雅·烝民》：“衮职有阙，维仲山甫补之。”传云：“有衮冕者，君之上服也。仲山甫补之，善补过也。”兰署，兰台。汉代宫中收藏典籍之处，后亦指御史台。唐为秘书省。此非实指，而只用作对于曹氏门第的赞美。 ④“饮罢”二句：石头城，简称石城，又名石首城，故址在今江苏南京清凉山附近。南临秦淮河口，为交通要冲。燕子矶，参见《梦江南》(十首录三)注⑤。二句对仗，列述构亭经过。 ⑤“倩一”二句：黄楝，木名，俗称苦楝子，又称金铃子。树高丈馀，叶如槐而尖。三、四月开花，红紫色，芬芳满庭。其实如小铃，熟而黄。三槐，相传周代于宫廷外植有三株槐树，朝见天子时，三公面三槐而立。《周礼·秋官》：“面三槐，三公位焉。”此谓曹氏之先人栽种黄楝于庭外，预示必有三公之功高位显者出。 ⑥“延夕”六句：夕月，傍晚的月亮。李白《怨歌行》：“荐枕娇夕月，卷衣恋春风。”苏轼《坤成节功德疏文》(其七)：“右伏以星火西流，方岁功之平秩。夕月既望，昭阴德之致隆。”晨露，朝露。鲍照《园葵赋》：“晨露夕阴，霏云四委。”韩愈《庭楸》：“濯濯晨露香，明珠何联联。”手泽，本指手汗，后代指先人、前辈之遗物或遗墨。《礼记·玉藻》：“父没而不能读父之书，手泽存焉尔。”此指皇帝题字。凤毛，凤凰的羽毛。亦以比喻稀罕之物，或比喻子孙有才似其父辈者。刘义庆《世说新语·容止》：“王敬伦风姿似父，作侍中，加授桓公，公服从大门入。桓公望之，曰：‘大奴固自有凤毛。’”《南史·谢超宗传》：“王母殷淑仪卒，超宗作诔奏之。帝大嗟赏。曰：‘超宗殊有凤毛，恐灵运复出。'"晁端礼《永遇乐》:"龙阁先芬,凤毛荣继,当世英妙。"六句过片。由亭与人的过去转向现在及未来。 ⑦"入梦"二句:留题,题字留念。朱弁《曲洧旧闻》卷九:"(张天觉)过汝州香山,谒大悲,留题于寺中。"纱笼护,谓以碧纱笼护之。王定保《唐摭言》:"王播少孤贫,尝客扬州惠昭寺木兰院,随僧斋餐。诸僧厌怠,播至,已饭矣。后二纪,播自重位出镇是邦,因访旧游,向之题已皆碧纱幕其上。播继以二绝句曰:'二十年前此院游,木兰花发院新修。而今再到经行处,树老无花僧白头。上堂已了各西东,惭愧阇黎饭后钟。二十年来尘扑面,如今始得碧纱笼。'"二句对仗。原以王播故事嘲弄炎凉世态,此谓曹家祖上已自显赫,合当以碧纱笼护。 ⑧"正绿"二句:青子,尚未成熟的梅子,亦指未曾黄熟的果实。文天祥《杏花》:"春老绿阴青子近,东风来往一吹嘘。"乌衣,谓燕子。杨维桢《题边鲁生梨花双燕图》:"春风歌白雪,夜月梦乌衣。"此处对于亭与人,表示美好的祝愿。

【品评】

这首词为曹寅题楝亭图,性德作于康熙二十四年(1685),病逝之前不久。二十三年冬,扈从圣驾巡幸江南,至江宁织造府会曹寅。二十四年五月,曹寅携楝亭图晋京。性德为题此词。同时有顾贞观所作和词。

曹氏楝亭,既为署中亭台名称,亦为曹寅自身名号。题赠对象,亦亭亦人,亦楝亦人。题写赠送,朝着两个路向——亭与人(楝与人)行进。上片布景,说亭与人的过去。奕叶传芳,山龙补衮,谓其于朝廷拾遗补缺,累世相传,流誉千春。而饮水、移树,则以一组并列对句，说明构亭经过。亭与人均包括在内。石头城及燕子矶，乃本地风光。既说其人，得朝廷恩典，亦说其亭，谓栽植楝木，终于成材。黄楝作槐，以一楝作三槐。既为曹氏先人之所寄望，亦曹氏后人所得福荫、所造政绩。其三公地位，彪炳显赫，令名盖世。这是对于亭与人过去的称颂，也是对于曹氏先人阀阅族望之盛的称颂。下片说情，说亭与人的现在及未来。同样依循亭与人（楝与人）两个路向引发。先说与月夕相延续，承受晨露，以及获恩宠，得手泽之馀慕，再说凤毛才思，登高能赋，对于先人功业，进一步发扬光大。这是过片，承上启下。由过去，返回现在，推及未来。中间二句，以流水对形式出现。谓入梦图绘，合当与王播留题一样，以碧纱笼护。最后，谓当今曹氏，日正中天。其亭畔之黄楝，绿阴如盖，青果累累，小燕子也尚未飞还。仍然以亭与人（楝与人）收尾。这是对于曹氏的称颂及祝愿。

水调歌头

题西山秋爽图

空山梵呗静，水月影俱沉。[①]悠然一境人外，都不许尘侵。岁晚忆曾游处，犹记半竿斜照，一抹界疏林。绝顶茅庵里，老衲正孤吟。　　云中锡，溪头钓，涧边琴。此生着几两屐，谁识卧游心。[②]准拟乘风归去，错向槐安回首，何日得投簪。[③]布袜青鞋约，但向画图寻。[④]

【注释】

①“空山”二句：梵呗，指寺庙中作法事时念诵经文的声音。水月，水中月影。李隆基《大唐三藏圣教序》：“水月，未足比其清华。仙露明珠，讵能方其朗润。”李白《赠宣州灵源寺仲濬公》：“观心同水月，解领得明珠。”二句布景，以静与沉，直接切入图中之境。 ②“此生”二句：屐，木屐，木底有齿的鞋子。古人游山多用之。《世说新语·雅量》：“祖士少好财，阮遥集好屐，并恒自经营。同是一累，而未判其得失。人有诣祖，见料视财物。客至，屏当未尽，馀两小簏，箸背后，倾身障之，意未能平。或有诣阮，见自吹火蜡屐。因叹曰：‘未知一生当着几量屐。’神色闲畅。于是胜负始分。”王维《谒璇上人》：“床下阮家屐，窗前筇竹杖。”苏轼《岐亭》（之四）：“人生几两屐，莫厌频来集。”卧游，观赏山水画以代游览。《宋书·隐逸传》：“（宗炳）好山水，爱远游。西陟荆、巫，南登衡、岳。因而结宇衡山，欲怀尚平之志。有疾，还江陵。叹曰：‘老疾俱至，名山恐难遍睹，惟当澄怀观道，卧以游之。’凡所游履，皆图之于室。”倪瓒：“一畦杞菊为供具，满壁江山入卧游。”二句由观画的感受，转说对于人生的思考。 ③“准拟”三句：准拟，我欲之谓也。苏轼《水调歌头》：“我欲乘风归去，又恐琼楼玉宇，高处不胜寒。”槐安，指槐安梦，或南柯梦故事。谓有淳于棼者，一日，饮酒古槐树下。醉入梦，因见一城楼，题大槐安国。国王招其为驸马，任南柯太守。三十年，享尽荣华富贵。梦醒，见槐下有一大蚁穴，南枝又有一小穴。知此乃梦中的槐安国与南柯郡。事载李公佐《南柯太守传》。后以此典以喻人生如梦、得失无常等世态。投簪，丢下固冠用的簪子。陆机《应嘉赋》：“苟形骸之可忘，岂投簪

其必谷。”三句就以上的思考进一步发挥联想，说准备乘风归去，亦即脱离官场。　④“布袜”二句：布袜青鞋，平民装束。杜甫《奉先刘少府新画山水障歌》：“吾独胡为在泥滓，青鞋布袜从此始。”此处借指弃官隐居。

【品评】

歌词题称“题西山秋爽图”。有谓：高士奇著《江村书画目》，并藏有盛子昭绘溪山秋爽图，纳兰所题，或即此图（赵秀亭、冯统一《饮水词笺校》）；又谓：西山，在北京西郊（张草纫《纳兰词笺注》）。究竟纳兰所题为何图，应是无法确指。因此，就词说词，也就只能于歌词当中寻取。

上片布景。凡所罗列，包括梵呗、月影，斜照、疏林，以及茅庵、老衲诸多物景，皆于观览过程，渐次加以展示。首韵二句，进入画图之初，先为推出两个物景。空山的梵呗和水中月影。谓其静和沉，说明乃图中之境。次韵二句，就此物景所构造的境，进一步加以说明。谓此境乃人境之外的另一境。悠然自得，纤尘不染，这是图中之境。第三韵三句，忆曾游。将图中之境和人境之境联系在一起。谓岁晚之时，也曾到过这一处所。那个时候，太阳即将下山，半竿斜照，将稀疏的树林，披上一层绚丽的霞光。此时，眼前的境，既难以分清，究竟是图中之境，还是人境之境，亦可见其境之真切而自然。结拍二句，请出老衲，谓其正在绝顶的茅庵里孤吟、诵经或者吟诗。这是境中人物。此时，人物的活动，究竟在画图之中，或者在画图以外，同样难以分辨。因而也就令得其所造之境，更加真切而自然。这是上片，扣紧题面，展示画图中的景与境，令一幅已不知下落的画图，形象而生动地重现目前。

下片说情，叙说观览画图的思想及体验。过片三句，承上启下。就画图中境，生发联想。即由上结之孤吟老衲，联想到僧人以及隐者，并一一呈现其各自生存状态。谓行走在云山之中，垂钓于溪流之上，鼓琴于涧谷之间；三种状态，各乐其乐，岂不快哉！三种状态，虽画图中之所无，却与画图密切相关。因乃卧游所得，也就是赏画神游之所得。故此，次韵二句，说卧游，则将话题进一步推而广之，谓没有人能够领会，澄怀观道，卧以游之的道理，也不知道一生当中，能穿破几双登山的木屐。这是就三种状态，所叙说观感，也是对于过片所生发联想的承接和补充，即由观览画图的一时感受，进而对于人生的思考。在这一基础上，第三韵三句，说准备乘风归去，但不知何日可实现。投簪，丢下固冠用的簪子，亦即脱离官场，免得又是南柯一梦。话题则越来越遥远，几乎有点离题。而煞拍，即由遥远的联想，返回画图。谓布袜青鞋，云山之约，仍须向画图寻取。这是下片，由观览画图，说及自己的意愿。

上、下片合而观之。歌词题画，实则咏物。但咏物言志，并未能见其个性。所谓投簪者也，亦不过随意说说罢了，不可当真。

水调歌头

题岳阳楼图

落日与湖水，终古岳阳城。登临半是迁客，历历数题

名。[1]欲问遗踪何处，但见微波木叶，几簇打鱼罾。[2]多少别离恨，哀雁下前汀。[3]　　忽宜雨，旋宜月，更宜晴。人间无数金碧，未许着空明。[4]淡墨生绡谱就，待倩横拖一笔，带出九疑青。[5]仿佛潇湘夜，鼓瑟旧精灵。[6]

【注释】

①“登临”二句：迁客，指遭贬斥放逐之人士。江淹《恨赋》：“或有孤臣危涕，孽子坠心。迁客海上，流戍陇阴。”刘长卿《听笛歌留别郑协律》：“旧游怜我长沙谪，载酒沙头送迁客。”题名，在石碑或壁柱上题记姓名。张籍《送远曲》：“愿君到处自题名，他日知君从此去。”此谓此楼，岁月久远，已与社会人文融合一起。　②“欲问”三句：微波木叶，指微波泛动，落叶飘飞，洞庭深秋景象。《九歌·湘夫人》：“袅袅兮秋风，洞庭波兮木叶下。”又，谢庄《月赋》：“洞庭始波，木叶微脱。”罾，捕鱼的网，俗称扳罾。其形似仰伞，用木棍或竹竿做支架，方形。因其上有一根支撑的竹竿，放到水里，便于将鱼网“扳”起，故名。二句布景，展示眼前所见。　③“多少”二句：汀，水中小洲。张翥《多丽》(西湖泛舟席上)：“多情月、为人留照，未过前汀。”此为结拍，由哀雁联系到别离，联系到迁客的离忧和牢骚，以确定岳阳楼在人们心目中的地位。　④“忽宜”五句：金碧，金黄和碧绿的颜色，此指金碧山水画。详见《浣溪沙》(泪浥红笺第几行)注③。空明，空旷澄澈。韩愈《祭郴州李使君文》：“航北湖之空明，觑鳞介之惊透。”苏轼《记承天寺夜游》：“庭下如积水空明，水中藻荇交横，盖竹柏影也。”五句过片，以三种天气景象，叙说观画的感受。　⑤“淡墨”三句：九疑，亦作

九嶷，即九嶷山。在湖南宁远县南。《史记·五帝本纪》："（舜）南巡狩，崩于苍梧之野，葬于江南九疑。"《水经注》卷三八："蟠基苍梧之野，峰秀数郡之间。罗岩九峰，各导一溪。岫壑负阻，异岭同势。游者疑焉，故曰九疑山。"苏轼《九疑吟》："九疑联绵属衡湘，苍梧独在天一方。"此说画图着墨，正面对其表示赞赏。 ⑥"仿佛"二句：潇湘，指湘江。详见《一丛花》（阑珊玉佩罢霓裳）注⑥。鼓瑟，弹瑟，即湘灵鼓瑟。瑟，丝弦乐器之一，二十五根弦。《诗经·周南·关雎》："窈窕淑女，琴瑟友之。"此为煞拍，由画境联想到人境，进一步充实其人文价值。

【品评】

歌词题称"题岳阳楼图"。高士奇著《江村书画目》，并藏有谢时臣岳阳楼图。论者据以推断，谓纳兰所题，或即此图（赵秀亭、冯统一《饮水词笺校》）。此说可备参考。

谓之题画，其歌咏对象，乃画图中的岳阳楼，亦人境中的岳阳楼。合而观之，即为作者心目中的岳阳楼。以下试逐一加以说明。

上片布景。首韵二句，先为岳阳楼确立位置。谓此名城，就在落日与湖水之间，与天地并存，共终古。这是图中之境，也是人境之境。次韵二句，因题名而揭示其价值和意义。登临迁客，将其与社会文化生活联系在一起。这是历史的记忆。第三韵三句，由历史往迹，返回现实中来。谓秋风袅袅，洞庭波涌。无边木叶，萧萧而下。眼前只剩几簇打鱼的扳罾。这是现实中景，亦画图中景。结拍二句，由哀雁和前汀，联想到别离之恨，迁客的离忧和牢骚。其谓"多少",呼应"历历",将古今界限打通,谓之古来如此。这是上片,于所布置物景,显示岳阳楼的自然地理位置和人文历史位置。

下片说情,叙说观览画图的感受及联想。过片三句,谓三种不同的天气景象,雨,月,晴,用以解读画图,都甚为相宜。意即在不同的状况下,画图自身能够体现出不同的天气景象。而"忽"、"旋"、"更",则具体地对其状况加以说明。范仲淹《岳阳楼记》有于岳阳楼天气景象的描绘,正与之相合。其云:"霪雨霏霏,连月不开。阴风怒号,浊浪排空";"长烟一空,皓月千里。浮光跃金,静影沉璧";"春和景明,波澜不惊。上下天光,一碧万顷"。三个不同画面的描述,也正是雨、月、晴三种天气景象。这是过片,以三个"宜"字,表示观览的感受。次韵二句,因此感受,进一步加以推断。谓人世间金碧山水画图无数,若与此图相比,则大多未能如此空明澄澈。这是由个别到一般的联想与比较。第三韵三句,返回画图,谓其以淡墨生绡摹画物象,巧妙地横向拖出一笔,九疑山之清清风神,便呈现出来。这是对于画图的赞赏。既正面说画图,又为煞拍的进一步联想作铺垫。煞拍由眼下的九疑山,包括画图中的九疑山和人境中的九疑山,进一步联想到传说中的大舜。其于南巡之际,"崩于苍梧之野,葬于江南九嶷(九疑)"。因谓,此时此刻,仿佛置身于旧时的潇湘。湘水上,弹奏古瑟,也还是旧时的精灵。这是下片,由画图之景象变幻,叙说与岳阳楼相关的人和事,并表达观感。

大致说来,作为题画歌词,图中景与心底情,已完全交织融铸于一个艺术整体。

满庭芳

题元人芦洲聚雁图

似有猿啼，更无渔唱，依稀落尽丹枫。[①]湿云影里，点点宿宾鸿。[②]占断沙洲寂寞，寒潮上、一抹烟笼。[③]全不似，半江瑟瑟，相映半江红。[④]　　楚天秋欲尽，荻花吹处，竟日冥濛。近黄陵祠庙，莫采芙蓉。[⑤]我欲行吟去也，应难问、骚客遗踪。[⑥]湘灵杳，一尊遥酹，还欲认青峰。[⑦]

【注释】

①“似有”三句：渔唱，渔歌。陈与义《临江仙》(夜登小阁，忆洛中旧游)：“古今多少事，渔唱起三更。”丹枫，秋令变红的枫树。谢灵运《晚出西射堂》：“晓霜枫叶丹，夕曛岚气阴。”李商隐《访秋》：“殷勤报秋意，只是有丹枫。”三句布景，展示大雁聚集处所的物景。　②“湿云”二句：宾鸿，即鸿雁、大雁。梁元帝萧绎《言志赋》：“闻宾鸿之夜飞，想过沛而沾衣。”刘基《感怀》(之二)：“凄凄候虫鸣，呖呖宾鸿惊。”此谓大雁夜宿情状，亦布景。　③“占断”二句：沙洲，亦作沙州。江河湖海里由泥沙淤积而成的陆地。沈约《登台望秋月》：“寒阶悲寡鹤，沙洲怨别鸿。”苏轼《卜算子》：“拣尽寒枝不肯栖，寂寞沙洲冷。”烟笼，烟雾笼罩。杜牧《泊秦淮》：“烟笼寒水月笼沙，夜泊秦淮近酒家。”此谓在烟雾和月色的笼罩

下，夜宿大雁占据整个沙洲。亦布景。 ④“全不”三句：白居易《暮江吟》：“一道残阳铺水中，半江瑟瑟半江红。”此处化用其意，即谓此时芦洲，已是另一番景象。 ⑤“近黄”二句：黄陵祠庙，即黄陵庙。传说为舜二妃娥皇、女英之庙，亦称二妃庙。在今湖北湘阴县北。李群玉《黄陵庙》：“黄陵庙前莎草春，黄陵女儿茜裙新。”芙蓉，荷花的别名。萧绎《采莲赋》：“因持荐君子，愿袭芙蓉裳。”汪元量《湘夫人祠》：“野庙半间蒙薜荔，湘江两岸泣芙蓉。”此处因大雁活动，联系到人物活动，由自然物象转向社会事相。 ⑥“我欲”二句：骚客，又解骚人。指屈原。《渔父》：“屈原既放，游于江潭，行吟泽畔。颜色憔悴，形容枯槁。”后泛指诗人，或者忧愁失意的文士、诗人。范仲淹《岳阳楼记》：“迁客骚人，多会于此。”二句由帝妃进一步推广到骚客。 ⑦“湘灵”三句：湘灵，一说为湘水之神。《楚辞·远游》：“使湘灵鼓瑟兮，令海若舞冯夷。”洪兴祖补注：“此湘灵乃湘水之神，非湘夫人也。”一说为舜妃，即湘夫人。《后汉书·马融传》：“湘灵下，汉女游。”李贤注：“湘灵，舜妃，溺于湘水，为湘夫人。”此处指后者。青峰，指山峰。谢枋得《武夷山中》：“十年无梦得还家，独立青峰野水涯。”亦用作峰青。钱起《湘灵鼓瑟》：“曲终人不见，江上数峰青。”三句煞拍，以酒浇地，表示对于与楚天湘水相关人物的祭奠。

【品评】

歌词所题画，即元人芦洲聚雁图。此图现藏台北“故宫博物院”，曾经纳兰收藏。

上片布景，对象是雁，聚集芦洲的大雁。首韵三句，推出聚集地点——芦洲，谓其仿佛听得到猿猴的啼叫声，但听不到渔人的歌声，眼下只有快将落尽红叶的枫树，依稀可见。这是大雁聚集的处所。次韵二句，对于雁群自身的描绘。谓水面上，充满湿度很大的云气。云影里，点点宾鸿，正在寻找自己的栖身之地。这是刚刚聚集一起的情状，似乎仍未完全安定下来。第三韵二句，对于雁群的进一步描绘。谓其占领沙洲，朦胧烟水，有如一抹轻纱，将整个沙洲掩盖。其中，“寂寞”二字，说明此时大雁已安稳栖息。结拍三句，是个总归纳。谓此时所见芦洲景象，已完全不是以往诗篇所呈现江边傍晚“半江瑟瑟半江红”的景象。这是上片，雁聚芦洲诸情事，列述已毕。

下片说情，叙说观览画图的感受及联想。过片三句，谓天高云淡，但秋天终于也到了尽头，荻花飘处，整日里都是冥濛一片。节气的变换，为画图中情事，亦为人境之情事。这是一种承接与过渡。次韵二句，道及黄陵庙。由自然物象，转向社会事相。这是传说中大舜二妃娥皇、女英的祠庙。谓眼下，野庙半间，芙蓉相对而泣，但舜妃的踪影，已杳不可见。第三韵二句，道及屈子，由帝妃到骚客。谓将游于江潭，行吟泽畔，同样寻找不到踪影。煞拍三句，以酒浇地，表示祭奠。对于楚天湘水包括帝妃、骚客在内的所有精灵的祭奠。这是下片，由雁聚芦洲，宾鸿的活动，联想到楚天湘水人物的活动。

总而言之，歌词的上片与下片，或说景物（大雁），或说人物；或在芦洲，或在楚天湘水。表面上看，乃各说各话，彼此似乎并无牵连。但因二物之间，景物和人物，可以比较，可供联想，上片、下片之所罗列与叙说，也就有了一定的“关系、限制之处”（王国维语)。这是比较、联想的基础和依据。即此二物,大雁和人,都以眼前的一片天地,芦洲,乃至包括芦洲在内的楚天与湘水,作为栖息之地,也就是自己的归宿。而“我”的介入,以及“近”与“莫”等行为表现,则令得二物之间的“关系、限制之处”,更显紧密。可见,歌词的上片与下片,布景与说情,并未互相脱节。这也是一种感发与联想,读者宜细加验证。

凤凰台上忆吹箫

守 岁

锦瑟何年,香屏此夕,东风吹送相思。① 记巡檐笑罢,共捻梅枝。② 还向烛花影里,催教看、燕蜡鸡丝。③ 如今但、一编消夜,冷暖谁知。　　当时。欢娱见惯,道岁岁琼筵,玉漏如斯。怅难寻旧约,枉费新词。次第朱幡剪彩,冠儿侧、斗转蛾儿。④ 重验取、卢郎青鬓,未觉春迟。⑤

【注释】

①“锦瑟”三句:锦瑟,漆有织锦纹的瑟。杜甫《曲江对雨》:“何时诏此金钱会,暂醉佳人锦瑟傍。”李商隐《锦瑟》:“锦瑟无端五十弦,一弦一柱思华年。”此处用以借喻青春岁月。香屏,华美的屏风。梁简文帝萧纲《美女篇》:“朱颜半已醉,微笑隐香屏。”晏几道《御街行》:“落花犹在,香屏空掩,人面知何处。”柳永《长相

思》："凤烛荧荧。那人家、未掩香屏。"三句展示守岁背景。 ②"记巡"二句：巡檐，来往于屋檐之下。杜甫《舍弟观赴蓝田取妻子到江陵喜寄》(之二)："巡檐索共梅花笑，冷蕊疏枝半不禁。"何景明《二月见梅》："巡檐一笑卿相慰，斗色争妍非尔时。"二句所记为当年人物活动的一个场景。 ③"还向"二句：燕蜡鸡丝，即蜡燕丝鸡，蜡制的燕子和丝线扎成的鸡。为叶韵而用燕蜡、鸡丝。旧俗正旦之日所做节日食品，代指宴席。冯贽《云仙杂记·洛阳岁节》："洛阳人家，正旦造丝鸡、蔼燕、粉荔枝。"瞿祐《四时宜忌·正月事宜》："洛阳人家，正月元日造丝鸡、蜡燕、粉荔枝。"二句所记为当年人物活动的另一个场景。 ④"次第"二句：朱幡，红色的旗幡，尊显之家所用。李益《大礼毕皇帝御丹凤门改元建中大赦》："灵鸡鼓舞承天赦，高翔百尺垂朱幡。"姚燧《阳春曲》："金鱼玉带罗袍就，皂盖朱幡赛五侯。"斗转，旋转。蛾儿，即闹蛾儿。古代妇女元宵节前后插戴在头上应时的饰物。康与之《瑞鹤仙》(上元应制)："风柔夜暖，花影乱笑声喧。闹蛾儿满路，成团打块，簇着冠儿斗转。"二句描绘今年的守岁现场。 ⑤"重验"二句：卢郎，卢家子弟。钱易《南部新书》丁："卢家有子弟，年已暮而犹为校书郎。晚娶崔氏女。崔有词翰，结褵之后，微有慊色。卢因请诗以述怀为戏。崔立成诗曰：'不怨卢郎年纪大，不怨卢郎官职卑。自恨妾身生较晚，不见卢郎年少时。'"密子瑜《临江仙》："卢郎心未老，潘令鬓先皤。"此处以卢郎借喻自己，表示对于未来的寄望。

【品评】

歌词题称"守岁"，是一首节序词。相关制作，一般旨在综述性灵，敷写器象，以创造节日气氛，而纳兰此词，于综述、敷写过程，表达怀人伤感情绪，却另是一番景象。

上片布景。谓今夕何夕，又是一岁将尽。而今岁此夕，香屏空掩，只有锦瑟相伴。春风吹送，倍添相思。起调三句，以此夕香屏，展现今岁除夕的背景。说明落花犹在，人面不知何处。次韵三句及第三韵二句，因相思而追述当年情事，表现人物活动。谓记得当年，斗色争妍，载欣载笑，往来于屋檐之下，共捻梅枝。之后，还向烛花影里，品赏燕蜡鸡丝。两个场景，共捻梅枝及教看燕蜡鸡丝，既是一般的应节场景，也是个人所经历的特殊场景，即与心上人一起守岁的特殊场景。结拍二句，由往岁的除夕返回今岁的除夕。谓如今独自守着，只是手持一编，为消磨漫漫长夜。心头的冷和暖，没人得知。这是上片，通过今昔场景的布置与展现，寄寓怀人情绪。

下片说情。叙说对于守岁的感受及体验。谓往年守岁，见惯欢娱的情景，相信年年都有美宴，漏壶也将永远如此。这是过片。既承接上片落句所表现的孤寂和失落感，又带出次韵二句对于旧约难以追寻的惆怅之情。次韵二句及第三韵二句，谓过去的事情一去不复返，枉费当时为留下互相思念的歌词。而今，富贵人家依次挂起了朱幡彩旗，妇女们亦纷纷戴上应时的饰物，冠儿、蛾儿，在头上旋转。此时，经由对于往事的追寻，又回到守岁现场。表示对于未来仍存有一线希望。因而，煞拍二句，即就守岁话题，直接叙说自己的愿望。谓除夕一过，转眼就是立春和上元。不知何时再有美好景光，好让重新验取，卢郎青鬓。我相信，那个时候，即使年已暮、官职卑，亦仍然是青春年少。这是下片。通过对于美好景光的追寻和验证，表达对于心上人的爱慕之情终生未变。

整体看，布景、说情，既呈现节日气象，又可见作者性灵，并非泛泛之作。

琵琶仙

中　秋

碧海年年，试问取、冰轮为谁圆缺。[①]吹到一片秋香，清辉了如雪。愁中看、好天良夜，争知道、尽成悲咽。[②]只影而今，那堪重对，旧时明月。　　花径里、戏捉迷藏，曾惹下萧萧井梧叶。[③]记否轻纨小扇，又几番凉热。只落得、填膺百感，总茫茫、不关离别。一任紫玉无情，夜寒吹裂。[④]

【注释】

①“碧海”二句：碧海，传说中的海名。东方朔《十洲记》：“扶桑在东海之东岸。岸直，陆行登岸一万里，东复有碧海。海广狭浩汗，与东海等。水既不咸苦，正作碧色，甘香味美。”李商隐《常娥》：“常娥应悔偷灵药，碧海青天夜夜心。”晏殊《踏莎行》：“碧海无波，瑶台有路。”又作青天解。晁补之《洞仙歌》：“青烟幂处，碧海飞天镜。”冰轮，月亮代名之一，历来用以形容皎洁的满月。李白《谪仙楼赋》：“长天水底月一规，冰轮倒碾青琉璃。”朱庆馀《十

六夜月》:“昨夜忽已过,冰轮始觉亏。”二句布景,以碧海冰轮展示中秋美景。 ②“愁中”三句:好天良夜,美好的时光,或好日子。柳永《女冠子》:“相思不得长相聚。好天良夜,无端惹起千愁万绪。”辛弃疾《临江仙》:“好天良夜月团团。杜陵真好事,留得一钱看。”悲咽,悲哀哽咽。阮籍《乐论》:“当王居臣之时,奏新乐于庙中,闻之者无不悲咽。”三句说好天好景,没有好心情。 ③“花径”二句:捉迷藏,又称逮猫儿。儿童玩的一种游戏。元稹《杂忆五首》(其三):“忆得双文胧下月,小楼前后捉迷藏。”井梧,金井梧桐。王昌龄《长信秋词》:“金井梧桐秋叶黄,珠帘不卷夜来霜。”二句乃对于往事的追忆。 ④“一任”二句:紫玉,笛箫,因截紫竹所制,故名紫玉箫。陈旅《次韵友人京华即事》:“仙女乘鸾吹紫玉,才人骑马勒黄金。”二句煞拍,说当下心境。

【品评】

词作乃中秋月下,对于昔时情爱的思忆。谓碧海青天,年年如此,而云间的月亮,却为何时圆时缺。今夜里,金风送爽,土花映碧,画栏桂树悬挂着一缕秋香;月亮光就像白雪一般晶莹透澈。谁知道,这好天良夜,却让人忧愁,让人悲咽。孤身只影,怎么可面对旧时明月。这是上片。于布景过程,由天上到人间,不断提出问题。下片说情。于往昔的思忆中,逐一揭示造成悲咽的原因。主人公记得很清楚。那时节,也是这么个中秋夜,你和我,花径里捉迷藏,曾经将金井梧桐的霜叶惊落。手上轻巧的小纨扇,至今又经历几番凉热。一时间,不由得百感丛生;但这又与一般的相思离别无关。面对这旧时明月,只好让无情的紫玉箫,于寒风中吹裂。

说了大半天，究竟是为什么，歌词似乎并无明确的答案。或以为，此词可能作于康熙十六年(1677)中秋。这年春天，纳兰妻卢氏病故。因将其看成怀念亡妻之作，当未尝不可。但是也不宜坐实。

百字令

废园有感

片红飞减，甚东风不语，只催漂泊。[①]石上胭脂花上露，谁与画眉商略。[②]碧甃瓶沉，紫钱钗掩，雀踏金铃索。[③]韶华如梦，为寻好梦担阁。[④]　　又是金粉空梁，定巢燕子，一口香泥落。[⑤]欲写华笺凭寄与，多少心情难托。梅豆圆时，柳棉飘处，失记当时约。[⑥]斜阳冉冉，断魂分付残角。[⑦]

【注释】

①“片红”三句：片红，残花。杜甫《曲江二首》(其一)：“一片花飞减却春，风飘万点正愁人。”此谓花飞一片，为总体景象。②“石上”二句：胭脂，指落在石上的花瓣。杜甫《曲江对雨》：“林花着雨燕脂落，水荇牵风翠带长。”花上露，谢灵运《从斤竹涧越岭溪行》：“岩下云方合，花上露犹泫。”王安石《山中》：“春晨花上露，芳气着人衣。”画眉，鸟名。范成大《山径》：“行到竹深啼鸟闹，鹁

鸠老怨画眉娇。”二句展现一系列物景，石上胭脂和画眉鸟。③“碧甃”三句：碧甃，青绿色的井壁，代指井。卢照邻《乐府杂诗序》：“紫楼金阁，雕石壁而镂群峰。碧甃铜池，俯银津而横众壑。”徐铉《忆新淦觞池寄孟宾于员外》：“自有溪光还碧甃，不劳人力递金船。”瓶沉，瓶沉于井。白居易《井底引银瓶》：“瓶沉簪折知奈何，似妾今朝与君别。”紫钱，指苔藓。李贺《过华清宫》：“云生朱络暗，石断紫钱斜。”此处指钗头被苔藓掩盖。金铃索，护花铃的绳索。王仁裕《开元天宝遗事》卷上“花上金铃”：“天宝初，宁王日侍，好声乐。风流蕴藉，诸王弗如也。至春时，于后园中，纫红丝为绳，密缀金铃，系于花梢之上。每有鸟鹊翔集，则令园吏掣铃索以惊之，盖惜花之故也。诸宫皆效之。”三句展现另一系列物景，碧甃、紫钱钗和金铃索。 ④“韶华”二句：韶华，美好的时光。戴叔伦《暮春感怀》：“东皇去后韶华尽，老圃寒香别有秋。”二句谓庭园已经败落。 ⑤“又是”三句：定巢燕子，语出杜甫《堂成》：“暂止飞鸟将数子，频来语燕定新巢。”又，周邦彦《瑞龙吟》：“愔愔坊陌人家，定巢燕子，归来旧处。”香泥，燕子筑巢所衔的泥，或燕巢上的泥。薛道衡《昔昔盐》：“暗牖悬蛛网，空梁落燕泥。”三句换头，描绘园中残存景象。 ⑥“梅豆”三句：梅豆，初生的小梅子。卢炳《谒金门》（送客）：“门巷寂。梅豆微酸怯食。”朱淑真《春归五首》（其五）：“平畴交绿蔼成阴，梅豆初肥酒味新。”三句谓当时之约被耽误。 ⑦“斜阳”二句：冉冉，光亮闪动貌。元稹《会真诗三十韵》：“华光犹冉冉，旭日渐曈曈。”周邦彦《兰陵王》（柳）：“渐别浦萦回，津堠岑寂。斜阳冉冉春无极。”残角，远处隐约的角号声。刘甚《漫兴》：“睡足北窗清似水，数声残角起城乌。”陆游《记梦》：

"久住人间岂自期,断砧残角助凄悲。"此处以景结,谓对于往昔的系念,无法解脱。

【品评】

歌词题称"废园有感"。园之所指,未可详考。而其所谓感者,似可于物景与情思的布置及叙说当中,探知一二。

起调三句,率先推出风中落红这一景象。谓花飞片片,春意阑珊,春风为何,不言不语,只是任其四处漂泊。是为总体描述。次韵二句及第三韵三句,谓花瓣飘落在石板上,枝头还有早晨的露水;画眉鸟不停鸣叫,仿佛正与谁商量事情一般。又谓园中碧甃,瓶沉簪折;往日嬉戏处,苔藓已将钗头掩盖;几只小麻雀,依然站立在护花铃的绳索之上。两种系列物景,分头表述,是为景象的分列。结拍二句,谓清景凋残,庭园败落。好时光已如梦幻般消失。又是总体的描述。这是上片。展现暮春废园的残破景象,为布景。

下片说情,表达观感。过片三句,谓眼前又是双飞燕子归来筑巢的日子,一口香泥从金粉空梁上掉了下来。所述既承接上文意脉,描绘园中残存景象,又开启下文,引发孤寂之情思。次韵二句及第三韵三句,谓面对园中残景,两次三番,准备蛮笺象管,可万千情思,实在无从说起。又谓待得梅豆圆熟之时,枝上柳棉,随风飘落,担心旧约,已被忘记。这是对于孤寂情思的进一步具体化。煞拍二句,以斜阳、残角二物景结束全篇。谓夕阳渐渐西沉而下,只能将一切都托付给远处传来的号角。这是下片。表示此时,愁思萦怀,无法解脱。

总的看来，所谓废园有感，乃以残破之景象，寄寓其孤寂之情思。作意甚明确。至于其中是否有今昔之慨，则未可知。似亦不必深究。

东风第一枝

桃　花

薄劣东风，凄其夜雨，晓来依旧庭院。①多情前度崔郎，应叹去年人面。②湘帘乍卷，早迷了、画梁栖燕。③最娇人，清晓莺啼，飞去一枝犹颤。④　　背山郭、黄昏开遍。想孤影、夕阳一片。⑤是谁移向亭皋，伴取晕眉青眼。⑥五更风雨，莫减却、春光一线。⑦傍荔墙，牵惹游丝，昨夜绛楼难辨。

【注释】

①“薄劣”三句：薄劣，薄情之谓。张元幹《踏莎行》：“薄劣东风，夭斜落絮。明朝重觅吹笙路。”凄其，寒凉貌。《诗经·邶风·绿衣》：“绨兮绤兮，凄其以风。”谢灵运《初往新安桐庐口》：“绨绤虽凄其，授衣尚未至。”汪元量《满江红》(吴江秋夜)：“但满目、银光万顷，凄其风露。”依旧庭院，语出晏几道《碧牡丹》：“细菊枝头，开嫩香还遍。月痕依旧庭院。”此谓桃花不受风雨影响，依旧在庭院开放。　②“多情”二句：前度崔郎，即崔护。孟启《本事诗·情感》载：“崔护清明郊游，至村居求饮。有女持水至，含情倚桃伫

立。明年清明再游访，则门庭如故，而人去室空矣。遂题诗云：‘去年今日此门中，人面桃花相映红。人面不知何处去，桃花依旧笑春风。’”此用崔护人面桃花之典，以赞叹桃花的娇艳。 ③“湘帘”二句：湘帘，用湘妃竹做的帘子。范成大《夜宴曲》：“明琼翠带湘帘斑，风帏绣浪千飞鸾。”画梁，彩绘装饰的屋梁。卢照邻《长安古意》：“双燕双飞绕画梁，罗帏翠被郁金香。”此谓画梁栖燕为桃花的娇艳而倾倒。 ④“最娇”三句：莺啼，莺鸣。李珣《望远行》：“琼窗时听语莺娇，柳丝牵恨一条条。”辛弃疾《蝶恋花》：“燕语莺啼人乍远。却恨西园，依旧莺和燕。”三句谓大清早黄莺从枝头飞去，桃枝犹自颤抖。乃以另一物作陪衬，为显示其姿态。 ⑤“背山”二句：夕阳一片，指夕阳下的桃花影像。冯小青绝句：“夕阳一片桃花影，知是亭亭倩女魂。”二句过片，由庭院转向山郭。谓其孤独身影，面对着夕阳一片。 ⑥“是谁”二句：亭皋，水边的平地。张说《奉和春日出苑应制》：“雨洗亭皋千亩绿，风吹梅李一园香。”王安石《移桃花》：“枝柯蔫绵花烂熳，美锦千两敷亭皋。”晕眉，晕淡眉目，喻柳叶。释宝昙《春日怀湖上》：“桃花笑日面皮破，柳叶抹烟眉晕重。”青眼，初生的柳树嫩叶，此指柳眼。李元膺《洞仙歌》：“雪云散尽，放晓晴庭院。杨柳于人便青眼。”二句进一步展开联想，谓其由山郭移向水边的平地。 ⑦“五更”二句：五更风雨，此谓桃花受到五更风雨的摧残。王建《宫词》：“树头树底觅残红，一片西飞一片东。自是桃花贪结子，错教人恨五更风。”秦观《如梦令》：“无绪。无绪。帘外五更风雨。”皆同此意。

【品评】

歌词题称桃花，是一首咏物词。上片歌咏物形，描绘桃花的形态及相关情事，为布景；下片咏物理，揭示桃花的精神及所寄寓的事理，为说情。就结构模式看，与一般歌词作品并无不同。

起调三句，展现桃花所在的背景。谓深深庭院，一夜风雨，满目寒凉，可是一大清早，灼灼桃花，依旧于春日里开放。这是桃花的整体形态。次韵二句，叙说故事。谓前度崔郎，这位多情才子，面对着艳丽的桃花，应感叹去年人面，不能和它争奇斗艳。此处用崔护之典，显示其姿态。第三韵二句，由遥远的过去，回到眼前。谓只要湘竹帘幕稍稍卷起，画梁栖燕一见，也将为之倾倒。这是他物为桃花的艳丽所作见证。结拍三句，进一步加以归纳。谓其最娇人处，乃清晓莺啼那一刻，黄莺在枝头啼叫，声音细嫩而轻柔，黄莺飞去，桃枝犹自颤抖。这是上片。在庭院的范围内，显示其姿采。

下片由庭院到山郭，从早晨到黄昏，将桃花放在更加广阔的时空范围，进行观照并叙说其观感。过片二句，谓黄昏时候，桃花开遍水村与山郭；它的孤独身影，面对着夕阳一片。次韵二句及第三韵二句，就一“孤”字，展开联想。谓究竟是谁将桃花移向水边的平地，令其得以与晕眉青眼相伴。又谓五更时候，风雨交加，桃花受到摧残，一片西飞一片东，但愿不至让一线春光亦随之消失。这一联想，既为桃花增添姿采，亦包含着作者对于桃花的关怀和爱护。因而，煞拍二句以荔墙绛楼作陪衬，表现桃花的美，并以结束全篇。谓昨天夜里，艳丽的桃花，依傍在薜荔墙下，牵惹着游丝，和红色的楼阁在一起，已难以分辨彼此。这是下片。在水村山郭，显示其风神。

论者谓："咏梅名作极多，题桃此为杰构。"(陈淏语，见《精选国朝诗馀》)但未曾说明依据。从整体上看，上片、下片，皆颇注重此物与彼物，正面与侧面，多个角度的比附与衬托。因而，其姿采、风神的显示，也就更加鲜明而生动。这应是歌词被推尊为"题桃杰构"的原因之一。

水龙吟

题文姬图

须知名士倾城，一般易到伤心处。柯亭响绝，四弦才断，恶风吹去。①万里他乡，非生非死，此身良苦。②对黄沙白草，呜呜卷叶，平生恨，从头谱。③　　应是瑶台伴侣。只多了、毡裘夫妇。④严寒觱篥，几行乡泪，应声如雨。⑤尺幅重披，玉颜千载，依然无主。⑥怪人间厚福，天公尽付，痴儿騃女。⑦

【注释】

①"柯亭"三句：柯亭，即柯亭笛。相传蔡邕用柯亭之竹制笛，后泛指美笛。《后汉书·蔡邕传》注引张骘《文士传》："邕告吴人曰：'吾昔尝经会稽高迁亭，见屋椽竹东间第十六可以为笛，取用，果有异声。伏滔《长笛赋序》云：柯亭之观，以竹为椽。邕取为笛，

奇声独绝也。’”《晋书·桓伊传》：“（桓伊）善音乐，尽一时之妙，为江左第一。有蔡邕柯亭笛，常自吹之。”张玉娘《咏竹》（雪）：“隔云谁弄柯亭笛，落尽梅花风韵高。”四弦，琵琶为四根弦，故称。姜夔《浣溪沙》：“恨入四弦人欲老，梦寻千驿意难通。”四弦才，指蔡文姬通于音律。《后汉书·列女传》引刘昭《幼童传》：“邕夜鼓琴，弦绝。琰曰：‘第二弦。’邕曰：‘偶得之耳。’故断一弦问之，琰曰：‘第四弦。’并不差谬。”三句列述文姬事迹，谓其具备多种才艺。
②“万里”三句：非生非死，谓死生不由自主。蔡琰《悲愤诗》（其一）：“欲死不能得，欲生无一可。彼苍者何辜，乃遭此厄祸。”
③“对黄”四句：黄沙白草，指塞外景象。蒋兴祖女《减字木兰花》（题雄州驿）：“白草黄沙。月照孤村三两家。”卷叶，卷草叶或树叶，吹以作响。指胡笳。白居易《杨柳枝》（其六）：“剥条盘作银环样，卷叶吹为玉笛声。”四句谓其将平生怨恨，谱入诗章。 ④“应是”二句：瑶台，美玉砌筑之楼台。神话传说中神仙所居之处。王嘉《拾遗记·昆仑山》：“傍有瑶台十二，各广千步，皆五色玉为台基。”二句过片。对其遭遇表达观感。 ⑤“严寒”三句：觱篥，古代簧管乐器名。截竹为管，卷芦为头。九孔漏声，五音。又称笳管、管头。出自西域龟兹，后传入内地。刘商《胡笳十八拍》（第七拍）：“龟兹觱篥愁中听，碎叶琵琶夜深怨。”此谓觱篥声催人泪下。
⑥“尺幅”三句：尺幅，不长的画幅，指文姬图。重披，重看。曾巩《祭晁少卿文》：“会合乖阔，则有书问，开纸披辞，犹若际遇。”玉颜，美丽的容貌。宋玉《神女赋》：“貌丰盈以庄姝兮，苞温润之玉颜。”此谓千载以后仍对其寄予深切的同情。 ⑦“怪人”三句：痴儿骇女，指天真无知的少男少女。宋自逊《贺新郎》（七夕）：“巧拙

岂关今夕事，奈痴儿、騃女流传谬。”此处与聪慧相对举，指愚且鲁者。

【品评】

歌词称“题文姬图”。蔡琰，字文姬，陈留圉人。蔡邕之女。博学有才辩，又妙于音律。夫亡无子，归宁于家。兴平中，天下丧乱，为胡骑所获，没于南匈奴左贤王。在胡十二年，生二子。曹操遣使者以金璧赎之，重嫁董祀。有《悲愤诗》二首传世。歌词题以咏之，除了对画图中人物寄予同情，可能仍有其他意思在。

上片歌咏画图中人物。谓名士与美人，多情而又敏感，最易兴发愁思，触动伤心情绪。这是起调，为总叙。接下来，列述文姬事迹。谓柯亭笛声，奇异独特，而今已成绝响；天生禀赋，能辨四弦之音，弦索也已中断。遭遇恶风侵袭，沦落他乡，于万里之外，死生不由自主。面对着黄沙白草，呜呜卷叶，感伤乱离，追怀悲愤，只好把平生怨恨，谱写在诗篇当中。这是上片。歌词所歌咏，正与文姬身世相合。

下片就画图中人物，叙说观感。谓文姬一样的人物，本来应当与相匹配的人结为瑶台伴侣，谁知却远嫁匈奴，成为毡裘夫妇。这是换头。作者的思绪，由遥远的过去，回到眼前的画图当中来。谓严寒的塞外，传来凄厉的觱篥声，思乡的泪水，就像滂沱的雨水一样流了下来。尺幅画卷，将文姬赴漠北的情景，重新加以披露，只可惜，玉颜千载，至今依然找不到自己的归宿。为什么上苍总是那么不公正？生来像文姬一样聪慧的美人，往往遭遇厄运，而一般痴儿騃女，却偏偏得到人间厚福。这是下片。歌词所赞叹，既在画图当中,也已超出画图之外。

对于歌词的题外之义,论者有不同说法。一种意见以为,歌词借文姬图,咏吴兆骞事(据赵秀亭、冯统一《饮水词笺校》)。另一种以为,借古事咏自身感情的不幸(苏雪林语)。二说可供参考。

台城路

上　元

阑珊火树鱼龙舞,望中宝钗楼远。[①]鞅𩋾馀红,琉璃剩碧,待嘱花归缓缓。[②]寒轻漏浅。正乍敛烟霏,陨星如箭。[③]旧事惊心,一双莲影藕丝断。[④]　　莫恨流年逝水,恨销残蝶粉,韶光忒贱。[⑤]细语吹香,暗尘笼鬓,都逐晓风零乱。[⑥]阑干敲遍。问帘底纤纤,甚时重见。[⑦]不解相思,月华今夜满。[⑧]

【注释】

①“阑珊”二句:阑珊,零乱,稀落。详见《一丛花》(阑珊玉佩罢霓裳)注①。火树,喻灯火。苏味道《正月十五夜》:“火树银花合,星桥铁锁开。”鱼龙舞,指元宵节舞蚌壳灯及耍龙灯等诸种歌舞节目。辛弃疾《青玉案》(元夕):“凤箫声动,玉壶光转,一夜鱼龙舞。”宝钗楼,指歌楼酒肆。蒋捷《女冠子》(元夕):“春风飞到,

宝钗楼上，一片笙箫，琉璃光射。”二句总述上元灯饰。 ②“鞣鞨”三句：鞣鞨，宝石名。红鞣鞨，又称鞣鞨芽，红色宝石之一种，即红玛瑙。相传产于鞣鞨国，故名。《旧唐书·肃宗纪》：“壬子，楚州刺史崔侁献定国宝玉十三枚。……七曰红鞣鞨，大如巨栗，赤如樱桃。”琉璃，宝石名。又作玻璃。碧琉璃，指绿色玉石。此处指红红绿绿的灯火。缓缓，渐渐、冉冉、徐徐。苏轼《陌上花引》：“游九仙山，闻里中儿歌《陌上花》。父老言：‘吴越王妃每岁春必归临安，王以书遗妃曰：陌上花开，可缓缓归矣。’吴人用其语为歌。含思宛转，听之凄然。”其一云：“遗民几度垂垂老，游女长歌缓缓归。”姜夔《鹧鸪天》：“沙河塘上春寒浅，看了游人缓缓归。”三句列述观灯人的情状。 ③“寒轻”三句：漏浅，寒天的漏壶。萨都剌《寒夜即事次韵呈许荣达》：“箭刻未移寒漏浅，江声渐少夜潮枯。”陨星，指燃放的烟火。辛弃疾《青玉案》（元夕）：“东风夜放花千树。更吹落，星如雨。”此谓夜色转深，灯火已流星般坠落。 ④“旧事”二句：藕丝断，谓藕丝断，情难断。李开先《朝天子》（为王渼陂口占）：“传情寄恨万千番。藕丝断。情难断。苦海无边。回头是岸。”此谓一双莲花形的灯影，引发对于旧事的思忆。 ⑤“莫恨”三句：蝶粉，唐人宫妆。即蝶粉蜂黄。李商隐《酬崔八早梅有赠兼示之作》：“何处拂胸资蝶粉，几时涂额藉蜂黄。”周邦彦《满江红》：“蝶粉蜂黄都褪了，枕痕一线红生肉。”韶光，美好的时光，或指春光。王勃《梓州郪县兜率寺浮图碑》：“每至韶光照野，爽霭晴遥。”忒贱，太过不重视。以为太过短暂，离本义较远。汤显祖《牡丹亭·游园》：“朝飞暮卷，云霞翠轩。雨丝风片，烟波画船。锦屏人忒看的这韶光贱。”三句过片。莫恨、恨，对于如花美眷的消失，表示懊恼。 ⑥“细语”三句：细语吹香，指女子细声细气谈笑及其所散发香气。程垓《摸鱼儿》：“吹香弄蕊无人见，惟有暮云千叠。”亦同此意。暗尘，尘雾。苏味道《正月十五夜》：“暗尘随马去，明月逐人来。”三句忆述旧事。 ⑦“阑干”三句：纤纤，小巧而柔美。《孔雀东南飞》：“纤纤作细步，精妙世无双。”辛弃疾《念奴娇》（书东流村壁）：“闻道绮陌东头，行人曾见，帘底纤纤月。”此处指帘下露出的女子纤足。意即希望重新见到。 ⑧“不解”二句：月华今夜满，谓月满（圆）人未满（圆）。李冶《相思怨》：“携琴上高楼，楼虚月华满。”又，陆龟蒙《赠远》：“怨坐泣西风，秋窗月华满。”亦同此意。

【品评】

上元，正月十五日，也就是元宵节。说明这是一首节序词。

上片列叙元夜灯事。谓元夜灯饰，火树与鱼龙，已渐渐稀落；闹市中的歌楼酒馆，亦显得越来越遥远。红鞣鞨、碧琉璃一般的灯火，尽管还遗留下残存的光彩，而观灯的游女，已缓缓归去。夜色转深，寒气袭人。漏壶的水快将滴完。烟雾收敛，灯火也像流星般坠落。猛然间见到一双莲花形的灯影，想起旧时两人相约的情事，可此时，在灯火阑珊处，那人却不再出现，就像藕丝断了一般，令人心惊。这是上片。展现观灯场景并为带出对于那人的思念。

下片叙说观感。谓无须怨恨流年逝水，只怨恨对于美好时光，并不是太珍惜，白白地销残蝶粉，让如花美眷，和流年一起消逝。这是过片。既承接上节的怀思，又引出下片对于旧事的追忆及当下的感触。谓那时相会，细声谈笑，话语间散发着香气，夜里的尘雾，笼罩鬓发，两人紧紧地依偎在一起。可是，这一切都随着晓风被吹得零乱。当此时，敲遍阑干，独自问，什么时候，能在帘儿底下，再次见到你的纤纤足影？只可惜，今天夜里的月亮，不解相思，仍然还那么圆满。这是下片。不说灯，只说月。以月圆人不圆，烘托其相思情绪。

上片、下片，综述、敷写，既呈现节日气氛，又见性情。可见并非一般应景之作。

台城路

洗妆台怀古[①]

六宫佳丽谁曾见，层台尚临芳渚。[②]露脚斜飞，虹腰欲断，荷叶未收残雨。[③]添妆何处。试问取雕笼，雪衣分付。[④]一镜空濛，鸳鸯拂破白萍去。　相传内家结束，有帕装孤稳，靴缝女古。[⑤]冷艳全消，苍苔玉匣，翻出十眉遗谱。[⑥]人间朝暮。看胭粉亭西，几堆尘土。[⑦]只有花铃，绾风深夜语。[⑧]

【注释】

①洗妆台：本为金章宗为李宸妃所建添妆楼，故址在今北京北海（太液池之北部）琼华岛上。当时人误以为辽萧太后梳妆台。

本篇所咏，亦为萧太后事。　②“六宫”二句：六宫，相传古代天子后宫有正宫一，燕宫五，合为六宫。白居易《长恨歌》：“回眸一笑百媚生，六宫粉黛无颜色。”层台，高大的宫殿。《楚辞·招魂》：“层台累榭，临高山些。”王逸注：“层、累，皆重也。”芳渚，长有芳草的水边。王勃《滕王阁》：“滕王高阁临江渚，佩玉鸣鸾罢歌舞。”二句布景。列述洗妆台的方位及形势。　③“露脚”二句：露脚，雨脚。指残露。李贺《李凭箜篌引》：“吴质不眠倚桂树，露脚斜飞湿寒兔。”虹腰，虹桥，拱桥。指今北海太液池之永安桥。上官仪《安德山池宴集》：“雨霁虹桥晚，花落凤台春。”吴文英《喜迁莺》：“向虹腰、时送斜阳凝伫。”二句列述洗妆台的周围物景，亦布景。④“添妆”三句：雕笼，饰有雕花的鸟笼子，代指笼中之鸟。祢衡《鹦鹉赋》：“闭以雕笼，剪其翅羽。”雪衣，白色鹦鹉。古代宫中多养之。颇聪慧，洞晓言词。唐玄宗及杨贵妃呼之为雪衣女，左右呼为雪衣娘。事见郑处诲《明皇杂录》。杨维桢《无题》：“金埒近收青海骏，锦笼初放雪衣娘。”分付，有付与、交给之意。白居易《题文集柜》：“身是邓伯道，世无王仲宣。只应分付女，留与外孙传。”吕本中《蝶恋花》：“睡起小奁香一缕。玉篆回纹，等个人分付。”三句意谓当年的恩宠已一去不复返。　⑤“相传”三句：内家，又称大内，指皇宫，亦代指宫女。王建《宫词》：“尽送春球出内家，记巡传把一枝花。”薛能《吴姬》：“身是三子第一名，内家丛里独分明。”内家结束，指汉家宫廷中的妆束。胡浩然《万年欢》（上元）：“有多少、佳人如玉。春衫袂，整整齐齐，内家新样妆束。”帕装，即帕服。周春《辽诗话》引王鼎《焚椒录》：“后小字观音，枢密使萧惠之女，以重熙九年五月五日生。姿容端丽，为萧氏首。能歌诗弹筝，琵琶尤为当时第一。清宁元年，册为皇后。方出阁升座，扇开帘卷，忽有白练一段，自空吹至后褥位前，上有‘三十六’三字。后问：‘此何也？’左右曰：‘此天书命可敦领三十六宫也。’后大喜。宫中为语曰：‘孤稳压帕女古靴，菩萨唤作耕斡么。’盖以玉饰首，以金饰足，以观音作皇后也。”孤稳，即玉。古代契丹语音译。《辽史·国语解》：“孤稳，玉也。”女古，金、黄金。亦为古代契丹语音译。二句谓，辽代宫中以玉饰首，以金饰足，不再采用汉家宫中的妆束样式。 ⑥“冷艳”三句：冷艳，冷寂而艳丽。刘克庄《念奴娇》（菊花）：“冷艳幽香，轻红淡白，占断西风里。”玉匣，玉制之匣，用以贮藏珍贵之物。李白《酬张卿夜宿南陵见赠》：“宝刀隐玉匣，锈涩空莓苔。”此指妆镜台。庾信《咏镜》：“玉匣聊开镜，轻灰暂拭尘。”十眉遗谱，十样不同的美女眉型画图，即《十眉图》。唐玄宗命画工绘制。张泌《妆楼记·十眉图》：“明皇幸蜀，令画工作十眉图，横云、斜月，皆其名。”苏轼《十二眉子砚歌》：“君不见成都画手开十眉，横云却月争新奇。”三句谓冷艳幽香消失，玉匣布满苍苔，只是十眉画谱仍在。 ⑦“人间”三句：胭粉亭，殿内的某一亭台。高士奇《金鳌退食笔记》：“胭粉亭，在荷叶殿稍西，后妃添妆之所也。”尘土，细小的灰土。吕中孚《集句》：“一种人间太平日，满衣尘土避公侯。”三句谓经历时间变换，一切皆化为尘土。 ⑧“只有”二句：花铃，塔铃，护花之铃铛。苏轼《大风留金山两日》：“塔上一铃独自语，明日颠风当断渡。”谓只有护花铃铛，还在风中独语。

【品评】

洗妆台，金章宗（完颜璟）为李妃所建之添妆楼，清人误以为辽萧太后之梳妆楼。故词章之所歌咏，乃为辽代故事。

上片布景。谓六宫佳丽，谁人曾见，眼下只是长有芳草的太液池畔，高大的宫殿，依稀呈现。意即往日的皇后、妃嫔，都已成为过去。这是起调。总说洗妆台自身的方位及目前景况。接下来，歌词对其周围物景进一步加以列述。谓雨脚斜飞，虹腰欲断。池水涨起，快将漫过拱桥。水面上的荷叶，亭亭如盖，都在烟雨笼罩当中。想当年，后宫妃嫔，究竟承受何等恩宠，何处添妆？算只有问取笼中的雪衣娘，方才知晓。然而，太液池水，仍然像一面宝镜，潋滟、空濛，水面上的鸳鸯，划破白萍，正双双飞去。这是上片。就当前物景的铺排，唤起对于当年情事的思忆。

下片说情。通过对于辽代宫廷妆束的追叙，以表达观感。谓传说当年，辽代宫廷，有帕装孤稳，靴缝女古，为其内家妆束。帕装，即帕服。女古，即黄金。孤稳，玉也。所谓“孤稳压帕女古靴，菩萨唤作耕斡么”，乃以玉饰首，以金饰足，正是萧太后（小字观音）当年的妆束。这是过片。既承接上片的添妆，又引出下片的眉谱。于是，接着就一个“妆”字，添妆的妆，生发开去。谓随着时光的流逝，尽管十眉画谱仍在，但冷艳幽香，全已消失，妆镜台上的玉匣，布满苍苔；经历了人世间的朝朝与暮暮，胭粉亭西，也已覆盖上几堆尘土。夜深时候，只有护花铃铛还在风中独语。这是下片。表示对于往事的赞叹。

总而言之，词章所歌咏，只是一种怀古之幽思，未必另有寓意，无须深究。时人高士奇和纳兰此词有句，曰：“雁柱调弦，鸾笺写怨，无限当年情绪。”可作解读参考。

台城路

塞外七夕[1]

白狼河北秋偏早，星桥又迎河鼓。[2]清漏频移，微云欲湿，正是金风玉露。[3]两眉愁聚。待归踏榆花，那时才诉。[4]只恐重逢，明明相视更无语。　　人间别离无数。向瓜果筵前，碧天凝伫。连理千花，相思一叶，毕竟随风何处。[5]羁栖良苦。算未抵空房，冷香啼曙。[6]今夜天孙，笑人愁似许。[7]

【注释】

①七夕：夏历七月初七，即七夕节，又称乞巧节。宗懔《荆楚岁时记》载："七月七日为牵牛织女聚会之夜。是夕，人家妇女结彩缕，穿七孔针，或以金银、鍮石为针，陈几筵酒脯瓜果于庭中，以乞巧。有喜子网于瓜上。则以为符应。"杜甫《牵牛织女》："牵牛出河西，织女处其东。万古永相望，七夕谁见同。"杨璞《七夕》："未会牵牛意若何，须邀织女弄金梭。年年乞与人间巧，不道人间巧已多。"　②"白狼"二句：白狼河，古称白狼水，即今辽宁省的大凌河。沈佺期《古意呈补阙乔知之》："白狼河北音书断，丹凤城南秋夜长。"此处泛指边地。星桥，传说中银河上的鹊桥。河鼓，星官名，即何鼓。俗称牵牛星。《尔雅・释天》："河鼓谓之牵牛。"

《淮南子》:“乌鹊填河以成桥而渡织女。”庾信《七夕》:“星桥通汉使,机石逐仙槎。”此谓白狼河此夕,牛女即将于鹊桥相会。③“清漏”三句:金风,秋风。玉露,白露。晶莹如玉的露珠,指秋露。李商隐《辛未七夕》:“由来碧落银河畔,可要金风玉露时。”秦观《鹊桥仙》:“金风玉露一相逢,便胜却人间无数。”此谓牛女相会时刻已到。 ④“两眉”三句:两眉愁聚,重逢之前的情态。晏殊《木兰花》:“窗间斜月两眉愁,帘外落花双泪堕。”归踏榆花,踏着榆花归来。曹唐《织女怀牵牛》:“欲将心向仙郎说,借问榆花早晚秋。”意谓待到榆花开放时节,才一抒心曲。 ⑤“连理”三句:相思一叶,用红叶题诗典故。二事一指于祐,一指顾况。刘斧《青琐高议》载:“唐僖宗时,于祐于御沟中拾一叶,上有诗。祐亦题诗于叶,置沟上流,宫人韩夫人拾之。后值帝放宫女,韩氏嫁祐成礼,各于笥中取红叶相示曰:可谢媒矣。”又,孟棨《本事诗·情感第一》载:“顾况在洛,乘间与三诗友游于苑中。坐流水上,得大梧叶。题诗上曰:‘一入深宫里,年年不见春。聊题一片叶,寄与有情人。’况明日于上游亦题叶上,放于波中。诗曰:‘花落深宫莺亦悲,上阳宫女断肠时。帝城不禁东流水,叶上题诗欲寄谁。’后十馀日,有人于苑中寻春,又于叶上得诗,以示况。诗曰:‘一叶题诗出禁城,谁人酬和独含情。自嗟不及波中叶,荡漾乘春取次行。’”此处以一六言句,托上两个四言对句。承接过片,由天上转向人间,所说皆人世间别离故事。 ⑥“羁栖”三句:羁栖,淹留他乡。杜甫《熟食日示宗文宗武》:“消渴游江汉,羁栖尚甲兵。”冷香,清香之花。后用以代指女子。侯方域《梅宣城诗序》:“‘昔年别君秦淮楼,冷香摇落桂华秋。’冷香者,余栖金陵所与狭斜游者也。”三句返回天上，专说牛女故事。 ⑦“今夜”二句：天孙，即织女星。《史记·天官书》：“河鼓大星……其北织女。织女，天孙也。”此处将天上(天孙)与人间(人)联系在一起，以引发联想。

【品评】

这首词作于康熙二十二年(1683)七月，时纳兰二十九岁。

上片叙说天上的故事，七夕故事。夏历七月七日为七夕。《荆楚岁时记》载：“天河之东，有织女，天帝之女也。年年织杼劳役牛郎。织成云锦天衣。天帝怜其独处，许嫁河西牵牛郎。嫁后，遂废织纴。天帝怒，遂令归河东，惟每年七月七日夜，渡河一会。”这就是民间传说中的牛郎织女七夕相会的故事。

起调二句入题。白狼河，即大凌河。在辽宁省，经朝阳县流入辽东湾。康熙东巡曾经此地。星桥，银河上的桥。李商隐《七夕》诗云：“鸾扇斜分凤幄开，星桥横过鹊飞回。”河鼓，星名，古谓之黄姑。《古乐府》云：“东飞伯劳西飞燕，黄姑织女时相见。”黄姑，即河鼓。又，《尔雅》谓河鼓即牵牛。二句谓：塞外秋天来得特别早，织女又在星桥上迎接牛郎。着一“又”字，乃一年一度，今又相遇，似极平常，而一个“偏”字却隐含着埋怨情绪，并对此“又”字带有几分嫉妒之意。三、四、五三句，着一“迎”字，谓相会时刻已经来到。一以铜壶滴漏表示时间的推移，一以云彩变化渲染气氛。而金风玉露合在一起，正是两人相会最美好的时刻。金风，即秋风。秋在五行中属金，故云。李商隐《辛未七夕》诗云：“由来碧落银河畔，可要金风玉露时。”秦观《鹊桥仙》云：“金风玉露一相逢，便胜却人间无数。”诗与词，均极力赞颂这一美好的时刻。三句谓:牛女相会时刻已到。以上五句所说,谓七月七日夜晚,金风玉露相逢,牛郎织女会面,这都是一般七夕诗词所经常歌咏的,均未见其特别之处。但第六句一转,整首词的意境就大不一般。“两眉愁聚”,这句话似很突然。为什么分离一年之久,偏要在此美好时刻到来之际而紧锁双眉呢?然而,正因为这一个“愁”字,却为主人公创造出另一种心境。这一个四字句,单独用韵,居中转折,以下四句即就这一个“愁”字生发开去。七、八二句谓主人公于相会之时不想倾诉衷情,而想等到归踏榆花之时,才一抒心曲。但曹唐《织女怀牛郎》诗云:“欲将心向仙郎说,借问榆花早晚秋。”似乎见到榆花之时,连一句话都讲不出来(相视无语)。此二句表明,主人公愁肠欲断,无法倾诉,将“愁”的内容具体化。上结二句仍旧说“愁”。谓:我最担心的就是,重逢之时,相对无语。这是想象中的情事。久别重逢,完全可能出现这一场景。而且,这又是作者的无端烦恼。久别重逢,原是令人欢欣鼓舞的一件痛快事,为什么偏要紧锁双眉,偏要说“愁”呢?因此,词作所写七夕故事,实际上已融入作者强烈的主观情绪。

下片叙说人间的故事,别离故事。这可能是作者自身所经历的故事。过片由天上转到人间,并说人间七夕的情景。“无数”,谓聚散离合,乃人世间之普遍现象。瓜果筵席,谓乞巧。《荆楚岁时记》载:“是夕,人家妇女结彩缕,穿七孔针,或以金银、鍮石为针,陈几筵酒脯瓜果于庭中,以乞巧。”这是想得到好彩头。凝伫,等待。谓七月七日夜,人世间也等待着牛女相会这一美好时刻。但是,人世间与天上一样,同时离散多而聚合少。四、五、六三句,进而具体描述人世间的别离故事。“连理”,即不同根而枝干连在一起的草木。《晋中兴祥征记》载:“连理,仁木也。或异枝还合,皆两树共合。”此用以比喻夫妇之互相倡随、相亲相爱。白居易《长恨歌》有“在地愿为连理枝”句,即此意。“相思一叶”,题诗红叶故事。于祐和顾况,都为留下佳话。此处的“千花”和“一叶”,一为吉祥之征兆,一为相聚之媒介,均为人世间所乐道者,但二者随风,或随流水,都不知漂泊到何处去了。以上六句所说,均为人世间别离故事,为一般的别离故事。第七句又一转,专说个人情事。“羁栖良苦”,谓七夕佳期,牛女相会,我却羁栖塞外。这一个四字句,与上片的“两眉愁聚”,同样单独用韵,同样居中转折,即由一般转个别,说到此时此刻作者自身的心事。而一个“苦”字,有意照应上片的“愁”,将天上的故事与人间的故事联系在一起。以下两句具体表现这个“苦”字。这是别离双方所共有的苦,但作者将我方省略了,因已有“羁栖良苦”可以概括,而突出对方的苦。谓:夫君在塞外未归,妻子独守空房,对着逐渐冷落之焚香,哭泣到天明,妻子所受的苦,我是比不上的。想象对方的苦,实际上更见我方的苦。因此,人世间别离之苦,则苦上加苦。何况这又是在七夕佳期,就更加苦不堪言。煞尾二句,再由人间联想到天上。谓:今天晚上的织女,看到我们这种愁苦情景,当会感到好笑。天孙,星座名,为织女星之别名。这就进一步点明:人间别离之苦,有甚于天上。全词至此,将情思活动推向高潮。

这首歌词叙说别离故事,天上人间略有不同。一者着重在合,集中表现主人公在即将相会时的内心活动;另者着重在分,男女双方分开说,突出表现“我”的心事。故事的审视角度不同,但二者紧扣“愁”、“苦”二字,即合也愁苦,分也愁苦,真叫人不知所以。两个故事分开抒写，而又互相贯穿，互相照应；看似为天上而作，实际完全为了人间，为了诉说人间七夕别离之苦。这是作者不同凡响的用意所在。

总之，这首歌词叙说别离之苦，无论是天上的故事，或者是人间的故事，都十分用心思，十分真切，一点也不矫揉造作。这就是“以自然之眼观物，以自然之舌言情”的结果。读此词，不能不为这位“未染汉人风气”（王国维语）、不失赤子之心的词人所感动，而为之“心动神摇”。这大概是纳兰词所以特别受人推崇的一个原因。

雨霖铃

种　柳

横塘如练。日迟帘幕，烟丝斜卷。① 却从何处移得，章台仿佛，乍舒娇眼。② 恰带一痕残照，锁黄昏庭院。断肠处、又惹相思，碧雾濛濛度双燕。　　回阑恰就轻阴转。背风花，不解春深浅。③ 托根幸自天上，曾试把、霓裳舞遍。④ 百尺垂垂，早是酒醒，莺语如剪。⑤ 只休隔、梦里红楼，望个人儿见。

【注释】

①“横塘”三句：横塘，泛指水塘。牛峤《玉楼春》：“春入横塘

摇浅浪。花落小园空惆怅。”范成大《横塘》：“年年送客横塘路，细雨垂杨系画船。”练，洁白的熟绢。谢朓《晚登三山还望京邑》：“馀霞散成绮，澄江静如练。”日迟，迟，缓慢。昼长日落晚之谓也，并带舒缓、和暖意思。《诗经·豳风·七月》：“春日迟迟，采蘩祁祁。”朱熹注：“迟迟，日长而暄也。”枚乘《柳赋》：“阶草漠漠，白日迟迟。”周密《谒金门》：“几点露香蜂赶趁。日迟帘幕静。”三句布景，展现柳树生长的大背景。 ②“却从”三句：章台，汉时长安城有章台街，为歌妓聚居之所。后世以章台走马指冶游之事。崔颢《渭城少年行》：“斗鸡下杜尘初合，走马章台日半斜。”此处泛指京城之宫苑。娇眼，初生柳叶之谓。苏轼《水龙吟》(次韵章质夫杨花词)：“萦损柔肠，困酣娇眼，欲开还闭。”三句谓其刚刚从章台那边移植过来。 ③“回阑”三句：风花，指起风前的大雾。陆游《自开岁略无三日晴戏作长句》：“雨脚稍收初见日，风花忽起又遮山。”自注：“风欲作，则大雾充塞，谓之风花。”另指风中的花。卢照邻《折杨柳》：“露叶疑啼脸，风花乱舞衣。”此处指大雾。不解春深浅，谓不知春的变化。陆游《春晴》：“不须苦问春深浅，陌上吹萧已卖饧。”三句为过片，由柳过渡到以下的花和人。 ④“托根”二句：托根，犹寄身。晏殊《西垣榴花》：“山木有甘实，托根清禁中。”托根天上，此用白居易《杨柳枝》故事，谓其乃二十八星宿中之柳宿。孟启《本事诗·事感第二》：“白尚书姬人樊素，善歌。妓人小蛮，善舞。尝为诗曰：‘樱桃樊素口，杨柳小蛮腰。’年既高迈，而小蛮方丰艳，因为杨柳之词以托意，曰：‘一树春风万万枝，嫩于金色软于丝。永丰坊里东南角，尽日无人属阿谁。’及宣宗朝，国乐唱是词。上问谁词，永丰在何处。左右具以对之。遂因东使，命取永丰柳两枝，植于禁中。白感上知其名，且好尚风雅，又为诗一章，其末句云：'定知此后天文里，柳宿光中添两枝。'"柳宿八星，形状弯曲，似鸟嘴，亦似垂柳。《步天歌》："柳八星，曲头重如柳。"霓裳，参见《眼儿媚》(咏梅)注①。此谓地上的柳也许托根于天上。 ⑤"百尺"三句：百尺垂垂，此处指柳丝。李白《侍从宜春苑奉诏赋龙池柳色初青听新莺百啭歌》："垂丝百尺挂雕楹，上有好鸟相和鸣。"莺语如剪，形容叫声整齐、分明。卢祖皋《清平乐》："柳边深院，燕语明如翦。"三句说酒醒时的情状。

【品评】

歌词题称"种柳"，实则乃借咏柳以怀人。可当一首咏物歌词看待。

上片歌咏物形。谓日长人静，眼下水塘，就像一匹洁白的熟绢。帘幕低下，阳光和煦。帘幕以外，柳丝如烟。起调三句，展现柳的大背景。说明就在横塘的堤岸之上。接着进一步描绘其形态。谓几许春色，弱柳依依，究竟从何处而来？困酣娇眼，婀娜多姿，应当是移植自章台。此时，柳丝带着夕阳馀晖，将黄昏的庭院，照得通明。这是柳丝形态所呈现的自然物境。结拍二句，由柳丝转向双燕，从物境过渡到心境。谓柳丝飘荡，已是令人惆怅，成双成对的燕子，在青色的云雾中飞来飞去，更加惹人相思。这是上片，列述柳的背景及形态，为布景。

下片歌咏物理。谓柳条飞动，曲折阑干亦随着轻阴转移。大风将起，烟雾充塞。风中的花，不知道春天的变化。这是过片，由柳到花的过渡。接着，由花到人，进一步展开联想。谓天上有柳宿八星，地上的柳，也许就是寄身天宫的美女。由于曾经舞遍霓裳，她们的姿态才那么优美。而今，正当酒醒之时，垂丝百尺，悬挂雕槛。柳边深院，莺语如剪。由托根天上，到百尺垂垂，这是因柳的故事所构成的柳的意象。既属于柳，其中亦有人在。因此，煞拍二句即将思绪集中在人物身上，谓不要让我于梦中与红楼的个人儿相隔相离。这是下片。因柳的意象所生发的联想，为说情。

总的看来，歌词咏柳，上片、下片，从柳的外部形态，到其内在意涵，亦即物形与物理，已得到充分呈现。可知其咏柳，乃在于怀人，在于叙说其相思相忆的恋情。至于其中是否寓有隐情，则未可知。

望海潮

宝珠洞[①]

汉陵风雨，寒烟衰草，江山满目兴亡。[②]白日空山，夜深清呗，算来别是凄凉。[③]往事最堪伤。想铜驼巷陌，金谷风光。[④]几处离宫，至今童子牧牛羊。　　荒沙一片茫茫。有桑干一线，雪冷雕翔。[⑤]一道炊烟，三分梦雨，忍看林表斜阳。[⑥]归雁两三行。见乱云低水，铁骑荒冈。僧饭黄昏，松门凉月拂衣裳。[⑦]

【注释】

①宝珠洞:未详所指。或谓在北京翠微山,今八大处平坡山之上。震钧《天咫偶闻》:"翠微山、四平台,八大刹所在也。八刹者,长安寺居西山之麓,为初地。寺左缘山而上,不一里则灵光寺也。寺最得地,且点缀亦佳,游者多宿此。再上,北为大悲寺,西为三山庵,皆不甚宏。又上,则龙泉寺,门外磴道曲折,长松蔽日。寺中水一池,泉声镗沓,龙所潜也。寺后轩阁随山为高下,可远瞩。又上半里,为香界寺,山之主刹。凡殿阁五层,石磴数百级,无平地矣。又上里馀为宝珠洞,则至顶。洞前有敞榭,一目千里,共七刹也。"(参见赵秀亭、冯统一《饮水词笺校》) ②"漠陵"三句:寒烟衰草,比喻空旷偏僻,冷落荒凉。王安石《桂枝香》:"六朝旧事随流水,但寒烟衰草凝绿。"姜夔《凄凉犯》:"更衰草寒烟淡薄。似当时、将军部曲,迤逦度沙漠。"满目兴亡,谓眼下所见,尽是破落衰败景象。辛弃疾《念奴娇》(登建康赏心亭,呈史留守致道):"虎踞龙蟠何处是,只有兴亡满目。"三句布景,展现宝珠洞的大背景。 ③"白日"三句:清呗,佛教徒清朗的念经诵偈之声。屠隆《昙花记·尼僧说法》:"掩蒿莱,静室闻清呗。"此以一六言句托上两个四言对句,列述其凄凉景象。 ④"往事"三句:铜驼、金谷,西晋都城洛阳有铜驼路和金谷园。后代指繁华之地,游宴之所。何逊《车中见新林分别甚盛》:"金谷宾游盛,青门冠盖多。"周邦彦《瑞鹤仙》:"寻芳遍赏,金谷里,铜驼陌。"此处以一"想"字提起两个四言对句,作为往事的代表。 ⑤"荒沙"三句:桑干,指古㶟水,即今永定河上游。相传每年桑椹成熟时河水干涸,故名。李白《战城南》:"去年战,桑干源。今年战,葱河道。"沈炼《寄冯敬

叔》："桑干河水近，知是忆并州。"三句过片，由布景转向说情。⑥"一道"三句：梦雨，迷蒙细雨。李商隐《重过圣女祠》："一春梦雨常飘瓦，尽日灵风不满旗。"林表，树林之外。谢朓《休沐重还丹阳道中》："云端楚山见，林表吴岫微。"李善注："表，犹外也。"周邦彦《浣溪沙》（其三）："新笋已成堂下竹，落花都上燕巢泥。忍听林表杜鹃啼。"此以一六言句托上两个四言对句，表达对于眼前所见物景的观感。　⑦"僧饭"二句：松门，以松为门。此指寺庙之门。王勃《游梵宇三觉寺》："萝幌栖禅影，松门听梵音。"陆游《书怀绝句》（其一）："老僧晓出松门去，手挈军持取涧泉。"凉月，秋月。谢朓《移病还园示亲属》："停琴伫凉月，灭烛听归鸿。"二句煞拍，以松门凉月衬托其心境。

【品评】

这是一首怀古歌词。歌咏对象宝珠洞，乃就登临之所见，生发其兴亡之感。

上片布景。谓风雨中，荒凉冷落的陵墓，到处是寒烟衰草。虎踞龙蟠的局面，已不知哪里寻找，万里江山，只是满目兴亡。起调三句，登临送目，视野高远，为展示宝珠洞的大背景。接着进一步列述周围物景。谓宝珠洞之所在，白天是空荡荡的荒山一座，至夜晚才有念经诵偈的声音从佛殿传来。这算是另外一种凄凉。过去的事，最是令人感伤。特别是铜驼路和金谷园，当时的游宴之所，而今已风光不再。几处离宫，皇上出巡在外所居住的宫室，则已成为童子放牧牛羊的场地。这是上片，列述物景，表现衰亡景象。

下片说情。就眼前景象，表达观感。谓荒沙一片，四野茫茫。只有桑干河，依然一线高悬。冰寒雪冷，雕鹰在空中盘旋。这是过片。以“荒沙”承接上结的“牛羊”，并以“雕翔”引出以下的“炊烟”。谓树林外，炊烟一道，袅袅浮起。迷蒙细雨，纷纷扬扬。树梢上仍挂着西下的太阳。归雁两三行，正从天外飞去。乱云阵阵，掠过水面，就像披挂铁甲的战马，飞越荒冈。黄昏来到，已是僧徒开饭的时刻，清凉的月光，透过松门，拂弄我的衣裳。这是下片，通过各种物景的变换，体现其怀古幽思。

大体上看，上片、下片，布景、说情，都能够着眼于具体物象，即其所列述之景，乃由具体物象所构成之景，其所叙说之情，亦由具体物象所触发之情，因此，不落俗套，不同于一般模山范水之作，须细加寻味。如果只是用情景交融，或者情景齐到等一般行话加以概括，就很难得其佳处。

疏　影

芭　蕉

湘帘卷处。甚离披翠影，绕檐遮住。① 小立吹裙，常伴春慵，掩映绣床金缕。② 芳心一束浑难展，清泪裹、隔年愁聚。更夜深、细听空阶雨滴，梦回无据。③　　正是秋来寂寞，偏声声点点，助人难绪。④ 缬被初寒，宿酒全醒，搅碎乱蛩双杵。⑤ 西风落尽庭梧叶，还剩得、绿阴如许。想玉人、和露折来，曾写断肠诗句。

【注释】

①“湘帘”三句：离披，摇荡、晃动貌。宋玉《九辩》：“白露既下降百草兮，奄离披此梧楸。”李德裕《牡丹赋》：“逮乎的皪含景，离披向风。铅华春而思荡，兰泽晚而光融。”三句咏物形，着重状写其离披身影。 ②“小立”三句：金缕，金属制成的穗状物。梁简文帝萧纲《大法颂》：“幢号摩尼，幡悬金缕。”温庭筠《定西番》：“双鬓翠霞金缕，一枝春艳浓。”此指绣床的装饰物。或以为金缕衣的省称，似未妥。三句由物及人。既说人与绣床，可能也有芭蕉的身影。 ③“更夜”二句：空阶雨滴，夜深听雨情状。何逊《临行与故游夜别》：“夜雨滴空阶，晓灯暗离室。”温庭筠《更漏子》：“一叶叶，一声声，空阶滴到明。”无据，谓无所依凭。谢懋《蓦山溪》：“飞云无据，化作冥蒙雨。”此谓一夜无眠，并由影转而向声，为下片之歌咏物理作准备。 ④“正是”三句：声声点点，雨打芭蕉声。白居易《夜雨》：“隔窗知夜雨，芭蕉先有声。”朱淑真《闷怀二首》（其二）：“芭蕉叶上梧桐里，点点声声有断肠。”此谓寂寞秋夜，芭蕉滴雨，令人情绪难于安定。 ⑤“缬被”三句：蛩，蟋蟀的别称。杵，捣衣棒槌。黄深源《秋日寄怀友人》：“背壁一灯怜瘦影，谁家双杵动新愁。”此谓蛩声、捣衣声，牵动新愁，令人心碎。

【品评】

词作歌咏芭蕉。谓卷起湘妃竹帘，正芭蕉摇动，翠影婆娑，几乎看不见屋檐。春天来到，意绪阑珊。风吹裙动，金缕绣床也被掩埋。此时、此刻，芳心一束，裹着清泪，凝聚着清愁，难于舒展。待得更深，夜雨空阶，点点滴滴，却听得特别清楚。睡也睡不着，梦也无凭据。这是上片。通过芭蕉的离披翠影，由远及近，由外及里，一步一步，将物（芭蕉）与人（玉人）联系在一起。如从咏物的角度看，上片似着重于状其影。至下片，则由影转而向声，包括雨打芭蕉声，以及蟋蟀鸣叫声和捣衣的砧杵声。谓寂寞秋日，芭蕉滴雨，点点声声，令人情绪难于安定。丝被单薄，淡酒乏力，无法抵挡风寒，凄绝的蛩鸣和交叠的捣衣声，牵动新愁，令人心碎。萧瑟秋风，梧叶落尽，只有芭蕉还留下一片绿阴。终日无聊，也像是玉女一般，和露折来，独自题诗。咏物、咏人，最后还是落实到芭蕉叶子上。这是下片。通过各种声音状写抒情主人公的内心感受。

词作咏物，目标很明确，就是芭蕉，但所咏之人，看似玉人，实际并非玉人，而乃歌词的抒情主人公自身。这一点，可于韦应物《闲居寄诸弟》得到印证。韦诗云："尽日高斋无一事，芭蕉叶上独题诗。"歌词抒情主人公之歌咏芭蕉，同样也是这么一种心境。

沁园春

丁巳重阳前三日，梦亡妇淡装素服，执手哽咽，语多不复能记。但临别有云："衔恨愿为天上月，年年犹得向郎圆。"妇素未工诗，不知何以得此也。觉后感赋。

瞬息浮生，薄命如斯，低徊怎忘。记绣榻闲时，并吹红雨，雕阑曲处，同倚斜阳。[①] 梦好难留，诗残莫续，赢得更深哭一场。遗容在，只灵飙一转，未许端详。[②] 　　重寻碧落茫茫。料短发、朝来定有霜。[③] 便人间天上，尘缘未断，春花秋叶，触绪还伤。欲结绸缪，翻惊摇落，减尽荀衣昨日香。[④] 真无奈，倩声声邻笛，谱出回肠。[⑤]

【注释】

①"记绣"四句：红雨，以喻落花。李贺《将进酒》："况是青春日将暮，桃花乱落如红雨。"晁端礼《宴桃源》："洞户悄无人，空锁一庭红雨。"并吹红雨，谓风吹花动。虞世南《奉和咏风应魏王教》："动枝生乱影，吹花送远香。"后演变为重阳节之意。杨万里《九月四日生辰》："重九吹花节，千龄梦日时。"此处以一"记"字领下一组扇面对句，用以追述重阳佳节游赏吟咏之事。 ②"遗容"三句：灵飙，灵风。《宋史·乐志十》："后只格思，灵飙肃然。"高启《赠步炼师祷雨》："阴雷填填天欲怒，灵飙吹旗紫坛暮。"夏完淳《大哀赋》："溘灵飙而大招，吊五云而长恨。"此指梦中亡妻身影。③"重寻"二句：碧落，天空，青天。杨炯《和辅先入昊天观星瞻》："碧落三千外，黄图四海中。"白居易《长恨歌》："上穷碧落下黄泉，两处茫茫皆不见。"二句过片，转入梦醒后之情事。 ④"欲结"三句：绸缪，情意殷切。李陵《与苏武诗》(其二)："独有盈觞酒，与子结绸缪。"摇落，凋残、零落之谓。曹丕《燕歌行》："秋风萧瑟天气凉，草木摇落露为霜。"荀衣，指荀令(荀彧)衣香。《太平御览》卷七〇三引习凿齿《襄阳记》："刘季和曰：'荀令君至人家，坐处三日

香。'"刘克庄《风入松》(福清道中作):"改尽潘郎鬓发,消残荀令衣香。"此处用以自喻,谓其形容憔悴,丰神不再。 ⑤"真无"三句:邻笛,悲邻笛之意。向秀《思旧赋序》:"余与嵇康、吕安居止接近。其人并有不羁之才,然嵇志远而疏,吕心旷而放。其后各以事见法。嵇博综技艺,于丝竹特妙。临当就命,顾视日影,索琴而弹之。余适将西迈,经其旧庐。于时日薄虞渊,寒冰凄然。邻人有吹笛者,发声寥亮。追思曩昔游宴之好,感音而叹,故作赋云。"袁去华《兰陵王次周美成韵》:"正难续幽梦,厌闻邻笛。"回肠,喻愁苦、悲痛之情郁结于内,如肠之来回蠕动。唐彦谦《春阴》:"一寸回肠百虑侵,旅愁危涕两争禁。"此用以表示怀旧伤逝、闻笛而悲之意。

【品评】

歌词以记梦形式悼亡。其小序称:"丁巳重阳前三日,梦亡妇淡装素服,执手哽咽,语多不复能记。但临别有云:'衔恨愿为天上月,年年犹得向郎圆。'妇素未工诗,不知何以得此也。觉后感赋。"丁巳重阳前三日,康熙十六年(1677)农历九月初六日。时性德年二十三。

因为是觉后感赋,即刻将梦中情事,记录在小序当中,用以备忘。尤其是临别赠诗,则更加须要珍而重之。即赋词一阕,以寄怀思。

首谓浮生匆匆而过,瞬息即逝。你与我竟如此命薄,相亲相爱,不能终老。回思以往,怎么能够遗忘?起调三句,叙说对于人生的观感。接着,以一"记"字,领起一组扇面对句,加以承续。谓记得当年，绣榻闲时，相与赌书泼茶，吹花嚼蕊，并于雕阑曲处，同倚斜阳。所谓“并吹红雨”，既指风吹花动，用以追述重阳佳节游赏吟咏之事，也是日常生活中的寻常事。纳兰《浣溪纱》（谁念西风独自凉）有云：“被酒莫惊春睡重，赌书消得泼茶香。当时只道是寻常。”而今，梦好难留，先时的吟咏，没有办法继续，只能更深之时，痛哭一场。梦醒之后，一阵阴风，音容俱逝，已不允许仔细端详。这是上片。叙说梦醒之时情事，因梦而引起对于往事的追忆。

下片是梦醒之后的情事。谓碧落、黄泉，上下追寻，两处茫茫皆不见踪影。经过一夜辗转，明朝起身，料想你的短发，一定给添上秋霜。过片二句，由我方的独自寻觅，转入向对方倾诉衷情。谓即便是人间天上，阴阳阻隔，但尘缘未了，未亡人的思忆也还是不能中断。在每一个曾经共同度过的美好时刻，春花与秋叶，都将触动我的愁思。只可惜，情意殷切，形容憔悴，荀令于今已无复往日的风流神采。这时候，悠扬的笛声从邻院传来，凄厉幽怨，一声声荡气回肠，让人难以忍受。这是下片。叙说对于亡妻的深切怀念之情。

全篇所写记梦和追梦，皆亲身所经历，具体而真实；其怀念之情，亦从事件的具体描述中加以呈现，自然而真切。所谓痛苦与忧愁，并非依靠形容词的堆砌，诸如“无限的怅惘”，“无穷的恨憾”，等等，加以呼唤（张秉戍《纳兰词笺注》）。那并不是纳兰词中的纳兰。

金缕曲

疏影临书卷。[1]带霜华、高高下下，粉脂都遣。别是幽情嫌妩媚，红烛啼痕休泫。趁皓月，光浮冰茧。[2]恰与花神供写照，任泼来、淡墨无深浅。[3]持素障，夜中展。[4]　残釭掩过看逾显。[5]相对处、芙蓉玉绽，鹤翎银扁。[6]但得白衣时慰藉，一任浮云苍犬。[7]尘土隔，软红偷免。[8]帘幕西风人不寐，恁清光、肯惜鹴裘典。[9]休便把，落英翦。[10]

【注释】

①“疏影”句：疏影，疏朗的影子。杜牧《长安夜月》：“古槐疏影薄，仙桂动秋声。”林逋《山园小梅》：“疏影横斜水清浅，暗香浮动月黄昏。”陆采《明珠记·酬节》：“碧梧苍竹，疏影离离。”此谓枝叶扶疏，影子不规则，但并非专指梅花。　②“趁皓”句：冰茧，蚕茧纸。刘义庆《世说新语·企羡篇》：“王羲之书《兰亭序》，用蚕茧纸，鼠须笔，遒媚劲健，绝代更无。”此处用以喻皓月之下，月光照在朵朵菊花之上，如同洁白的蚕茧纸一般。　③“恰与”二句：花神，花之精神、神韵。李廌《德隅斋画品·菡萏图》：“士大夫旧云：‘徐熙画花传花神，赵昌画花写花形。’”写照，犹映照。席豫《奉和敕赐公主镜》：“含灵万象入，写照百花开。”泼，指泼墨写意。此谓恰好这菊花之形与神，互相映照，就像是随意画出的一幅泼墨写意画。　④“持素”二句：障，即障子。用芦苇、秫秸等编成，或利

用成行树木做成的屏障。杨万里《经和宁门外卖花市见菊》："菊花障子更玲珑，生采翡翠铺屏风。"二句意即画图在夜间展开，就是一幅玲珑生采的翡翠屏障。 ⑤"残釭"句：残釭，油尽将熄的灯火。苏轼《宿馀杭山寺》："暮鼓朝钟自击撞，闭门孤枕对残釭。"掩过，犹遮蔽起来。此谓将残灯遮起，再看菊影，更加显得妩媚动人。 ⑥"相对"二句：鹤翎，本指鹤之羽毛，此处喻指白色的花瓣。王建《于主簿厅看花》："小叶稠枝粉压摧，暖风吹动鹤翎开。"欧阳修《谢观文王尚书惠西京牡丹》："姚黄魏红腰带鞓，泼墨齐头藏绿叶。鹤翎添色又其次，此外虽妍犹婢妾。"银扁，遍地银白色。扁，通"遍"。二句意谓刚刚绽开的玉芙蓉，处处是银白色的花瓣。 ⑦"但得"二句：白衣，特指送酒的吏人，此代指酒。檀道弯《续晋阳秋》载："陶潜尝九月九日无酒，宅边菊丛中，摘菊盈把，坐其侧久。望见白衣（小吏）至，乃王弘送酒也。即便就酌，醉而后归。"高适《重阳》："岂有白衣来剥啄，亦从乌帽自欹斜。"浮云苍犬，犹白云苍犬（或白云苍狗），即白衣苍狗。杜甫《可叹》："天上浮云如白衣，斯须改变如苍狗。"张元幹《瑞鹧鸪》（彭德器出示胡邦衡新句次韵）："白衣苍狗变浮云，千古浮名一聚尘。"此处用以比喻世事变化无常。 ⑧"尘土"句：尘土，犹尘世。软红，犹软红尘。此指红尘，用以比喻世俗凡界。向子諲《水龙吟》（绍兴甲子上元有怀京师）："龙如骏马，车如流水，软红成雾。"范成大《市街》："惆怅软红佳丽地，黄沙如雨扑征鞍。"亦同此意。 ⑨"帘幕"二句：清光，清亮的光辉。此指月光。谢朓《侍宴华光殿曲水》："欢饫终日，清光欲暮。"崔备《奉陪武相公西亭夜宴陆郎中》："剪烛清光发，添香暖气来。"鹴裘典，即典当鹴裘。鹴裘，鹔鹴裘。相传为司马相如所制。徐渭《次张长治韵》:“自古阴晴谁料得,莫辞连夜典鹴裘。”此谓愿将鹴裘典出换取当下美好的时光。 ⑩“休便”二句:落英,初生的花。落,始也,表示开始。屈原《离骚》:“朝饮木兰之坠露兮,夕餐秋菊之落英。”此谓莫便裁剪落英。

【品评】

歌词以“卷”字韵起,以“剪”字韵止。用的是秋水轩旧韵。秋水轩,孙承泽别墅。地在都城西南隅。康熙十年(1671)秋,周在浚借居是轩,主持风会。曹尔堪以“剪”字韵作《贺新郎》为首唱,龚鼎孳、纪映钟、徐倬等相继应和。“词非一题,成非一境”。后辑为《秋水轩倡和词》二十六卷。收录二十六家,词一百七十六首。纳兰此词,即追和之作。

歌词咏物,但究竟咏梅,还是咏菊,则有两种不同意见。张秉戌谓咏梅(《纳兰词笺注》),赵秀亭、冯统一谓咏菊(《饮水词笺校》)。我赞同赵、冯之说,主咏菊。但并非简单的推测,如谓“性德友人徐倬有同调‘剪’字韵‘灯下菊影’词,时和者甚众,疑容若此阕亦和徐氏之作”,即断定其所作为咏菊词(参赵、冯之说),而是依据歌词所出现物象和事相进行考察所得结论。

上片咏物形。谓秋菊枝叶扶疏,影子不规则地落在书卷上。菊花带着霜花,高高低低,将浓艳的粉脂洒了一地。并不是因为另有幽情而不喜欢妩媚,红烛的泪珠还是不要不停地往下滴。这时刻,趁着月光照耀,朵朵菊花正像浮现在洁白的蚕茧纸上一般。菊花的形与神,互相映照,就像是一幅随意画出的泼墨写意画。画图在夜间展开,就是一幅玲珑生采的翡翠屏障。这是上片。通过具体的物象以显示物形。谓月光下的菊花，已是妩媚万分，不需要红烛照明。

下片咏物理。谓将残釭遮掩，菊花的妩媚就显得更加清晰明朗。一朵朵像是刚刚绽放的玉芙蓉，到处是银白色的花瓣。这时候，摘菊盈把，久坐其侧，只是盼望白衣小吏为我送酒而来，任凭他天上浮云走动，世事斯须改变。隔离凡俗，不留恋软红车尘。西风吹送，帘幕舞动，久久不能入睡，这样的时光，真舍得把鹔鹴裘典当出去换取。千万不要将初生的花蕊裁剪。这是下片。通过具体的事相以揭示物理。谓其“尘土隔，软红偷免”，表示愿意以之为伴，朝夕相对。

大致说来，所谓咏物言志，即借咏菊以表达自己的人生态度，这就是追和旧韵的用意。

金缕曲

未得长无谓。[①]竟须将、银河亲挽，普天一洗。[②]麟阁才教留粉本，大笑拂衣归矣。[③]如斯者，古今能几。有限好春无限恨，没来由、短尽英雄气。[④]暂觅个，柔乡避。[⑤]　东君轻薄知何意。[⑥]尽年年、愁红惨绿，添人憔悴。[⑦]两鬓飘萧容易白，错把韶华虚费。便决计，疏狂休悔。但有玉人常照眼，向名花、美酒拚沉醉。天下事，公等在。

【注释】

①“未得”句：无谓，无所作为。李商隐《无题》：“人生岂得长无谓，怀古思乡共白头。” ②“竟须”二句：银河亲挽，即挽天河之意。李处全《水调歌头》(冒大风渡沙子)：“胡尘未扫，指挥壮士挽天河。”二句直面人生，提出质疑。 ③“麟阁”二句：麟阁，即麒麟阁。在未央宫内。汉宣帝时曾图画霍光等十一位功臣像于阁上，以表扬其功绩。杜甫《投赠哥舒开府翰》：“今代麒麟阁，何人第一功。”粉本，古代绘画施粉上样的稿本。大笑拂衣，李白《侠客行》：“事了拂衣去，深藏身与名。”表示归隐。 ④“有限”二句：英雄气，或风云气，相对于儿女情。短，或少，相对于长，或多。钟嵘《诗品》：“尤恨其儿女情多，风云气少。”蔡伸《点绛唇》：“一点情钟，销尽英雄气。”二句意谓春光有限恨无限，不能因为(短尽)英雄气而不要儿女情。 ⑤“暂觅”二句：柔乡，温柔乡。伶玄《赵飞燕外传》：“是夜进合德，帝大悦，以辅属体，无所不靡，谓为温柔乡。语嫕曰：‘吾老是乡矣，不能效武皇帝求白云乡也。’”范成大《乐先生辟新堂作诗奉赠》：“多情开此花，艳绝温柔乡。”此处意谓，觅个温柔乡避避，总比求白云乡为好。 ⑥“东君”句：东君，指司春之神。意谓司春之神，不曾把春的踪迹留下。辛弃疾《满江红》(暮春)：“可恨东君，把春去春来无迹。”亦同此意。 ⑦“尽年”二句：愁红惨绿，指经过风雨摧残的残花败叶。柳永《定风波》：“自春来，惨绿愁红，芳心是事可可。”辛弃疾《鹧鸪天》(赋牡丹)：“愁红惨绿今宵看，恰似吴宫教阵图。”此谓年来心情欠佳，什么都看不惯。

【品评】

这是一首言志词。直面世道人生，叙说观感。谓不能老是无所作为，而须将银河亲挽，普天一洗。既直接表明意愿，正面展示话题，以为当如何对待自己的一生，又提出疑问，摆出一种矛盾现象，既然愿意有所作为，为什么还要将整个天空清洗？对于这一问题，歌词以麒麟阁故事作了回答。谓即使于今代麒麟阁，榜上有名，亦将深藏身与名，拂衣而去。意即尽管有大官做，亦将大笑辞受。并且反问，古往今来，真正这么做的能有几人？以为春光有限恨无限，没有理由一直约束自己，不让真性情显露出来。能够寻觅得到一个艳绝的温柔乡，暂时避避，总比往白云乡里追求神仙幻境来得实在。这是上片，表示不做官，不追求功名。下片说意愿的实现。谓轻薄的东君，也不知有何用意。年复一年，春去春来，都不曾留下踪迹。只落得个愁红惨绿，添人憔悴。而今，两鬓飘萧，须发早白，已将美好时光错过。应当立即决断，无须悔恨疏狂。只要有玉人相伴，名花照眼，日日沉醉亦心甘。天下事，有你们在，就不必担忧。这是下片，表示光阴流逝，不能给自己留下悔恨。

总的看，歌词的意思无非是不想做官，想到温柔乡里去。但不知为何，开篇的来势，竟那么威猛。有论者称："从其所写的内容看，此词是写给仕途失意的友人的。词中一面赞美这位友人的雅量高致，淡泊功名；一面又劝慰他归隐消闲，放旷自适；一面也对他的才高不遇，世道不公发出了不平之鸣。"

谓"很有稼轩词的味道"（张秉戍《纳兰词笺注》）。我以为未必。另有论者指，"觅柔乡"、"玉人照眼"，皆非泛言，乃谓欲纳沈宛事(赵秀亭、冯统一《饮水词笺校》),倒是比较切合词意。

金缕曲

赠梁汾

德也狂生耳。偶然间、淄尘京国,乌衣门第。[1]有酒惟浇赵州土,谁会成生此意。[2]不信道,遂成知己。青眼高歌俱未老,向樽前、拭尽英雄泪。[3]君不见,月如水。　　共君此夜须沉醉。且由他、娥眉谣诼,古今同忌。[4]身世悠悠何足问,冷笑置之而已。[5]寻思起,从头翻悔。[6]一日心期千劫在,后身缘、恐结他生里。[7]然诺重,君须记。[8]

【注释】

①“偶然”二句:淄尘,黑尘,喻污垢。淄,通“缁”,黑色。京国,京城。谢朓《酬王晋安》:“谁能久京洛,缁尘染素衣。”乌衣门第,东晋王、谢大族,多居金陵乌衣巷。后世遂以指称世家大族。刘禹锡《乌衣巷》:“朱雀桥边野草花,乌衣巷口夕阳斜。旧时王谢堂前燕,飞入寻常百姓家。”意即并非生来就比寻常百姓高贵。
②“有酒”二句:赵州土,平原君墓土。浇,浇酒祭祀。李贺《浩歌》:“买丝绣作平原君,有酒惟浇赵州土。”表示愿学平原君,虚己下士,广结宾客。　③“青眼”二句:青眼,契重之眼光。表示喜爱或器重,与白眼相对。《晋书・阮籍传》:“籍又能为青白眼。见礼

俗之士，以白眼对之。及嵇喜来吊，籍作白眼，喜不怿而退。喜弟康闻之，乃赍酒挟琴造焉，籍大悦，乃见青眼。”杜甫《短歌行赠王郎司直》：“青眼高歌望吾子，眼中之人吾老矣。”向樽前，意即痛快地喝酒，尽情地歌，或者痛哭。张榘《贺新郎》：“髀肉未消仪舌在，向樽前、莫洒英雄泪。”此处表示二人交好，终老不变，并且将凭着自己的意愿，率性而为。 ④“且由”二句：娥眉，亦作蛾眉。借指女子美丽容貌，喻才能。谣诼，造谣毁谤。《离骚》：“众女嫉余之娥眉兮，谣诼谓余以善淫。”王逸注：“谣，谓毁也。诼，犹谮也。”意即有才干的人被排斥，古往今来尽皆如此。 ⑤“身世”二句：悠悠，动荡，飘忽不定。元稹《酬乐天得微之诗知通州事》（其一）：“知得共君相见否，近来魂梦转悠悠。”冯延巳《鹊踏枝》：“撩乱春愁如柳絮。悠悠梦里无寻处。”此处意谓人世及身世，变幻莫测，无须特别在意。 ⑥“寻思”句：翻悔，悔恨。辛弃疾《临江仙》：“六十三年无限事，从头悔恨难追。”此谓往事已无法追寻。 ⑦“一日”二句：心期，心中相许，情投意合。陶渊明《酬丁柴桑》：“实欣心期，方从我游。”陆淞《瑞鹤仙》：“待归来，先指花梢教看，欲把心期细问。”劫，梵语“劫簸”的省略，是计算时间的数量词。千劫在，谓经历千年万载，此情永在。即经久历险而不变心。后身缘，来世之因缘。孟启《本事诗·情感第一》：“开元中，颁赐边军纩衣，制于宫中。有兵士于短袍中得诗。曰：‘沙场征戍客，寒苦若为眠。战袍经手作，知落阿谁边。畜意多添线，含情更着绵。今生已过也，重结后身缘。’兵士以诗白于帅。帅进之。玄宗命以诗遍示六宫。曰：‘有作者勿隐，吾不罪汝。’有一宫人自言万死。玄宗深悯之，遂以嫁得诗人。仍谓之曰：‘我与汝结今生缘。边人皆感泣。'”晏几道《木兰花》:“欲将恩爱结来生,只恐来生缘又短。”此处意谓有些事,今生未能如愿,来生再续前缘。 ⑧“然诺”二句:然诺重,重然诺,尚义气。李白《侠客行》(乐府三十首之一):“三杯吐然诺,五岳倒为轻。”意即一诺千金,言而有信。

【品评】

歌词题称“赠梁汾”,是与顾贞观袒露襟抱的一首咏怀词。

开篇谓德也其人,不过一名狂生而已。只是偶然之间,蒙受尘世污垢,生长于京师的官宦人家。每当举起酒杯,最先记起的就是平原君,希望将杯中的酒浇向他的坟墓。但茫茫宇内,竟没有人能够理解成生的意愿。想不到,与君相识,马上成为知己。青眼相向,慷慨高歌。趁现在,你和我都还年轻,向樽前,快快活活地挥洒英雄的泪水。这个时候,如水月光,应当可以作为我们的见证。这是上片。就我方的处境,向对方叙说自己的人生观和处世态度。

下片从对面设想。谓今夜我和你在一起,须当开怀痛饮。不管他蛾眉遭妒,谣诼诟谇,有才干的人被排斥,古往今来究竟有什么同与不同。飘忽不定的人世及身世,无须挂怀,冷笑置之就是。这也就是说,过去的生涯,尽管每多不如意事,但也不必为之痛惜。寻思以往,无有穷尽,从头悔恨,难以追寻。而今我和你,一旦倾心相许,仿佛遭受千劫,来世的因缘,希望不要结在他生里。意即只怕与他人结缘。许下的承诺,千万不要忘记。这是下片。就对方的处境,设身处地,以相慰勉。

全篇所写,我方、对方,最后落实在然诺上。所谓“一诺许他人，千金双错刀”（李白《叙旧赠江阳宰陆调》），这既是友谊的价值，也是纳兰歌词的价值。宜珍而重之，细加品味。

金缕曲

简梁汾

洒尽无端泪。莫因他、琼楼寂寞，误来人世。①信道痴儿多厚福，谁遣偏生明慧。②莫更着，浮名相累。仕宦何妨如断梗，只那将、声影供群吠。③天欲问，且休矣。　情深我自判憔悴。④转丁宁、香怜易爇，玉怜轻碎。⑤羡杀软红尘里客，一味醉生梦死。⑥歌与哭，任猜何意。绝塞生还吴季子，算眼前、此外皆闲事。⑦知我者，梁汾耳。

【注释】

①“莫因”二句：琼楼，传说中月宫里的宫殿。此借指月亮或帝都。苏轼《水调歌头·丙辰中秋》：“我欲乘风归去，又恐琼楼玉宇，高处不胜寒。”此处特指雪后寺院。顾贞观寄吴兆骞《金缕曲》（以词代柬）词题自注：“丙辰冬，寓京师千佛寺冰雪中。”（据赵秀亭、冯统一《饮水词笺校》）此谓并非害怕寂寞才来到喧嚣浊世。

②“信道”二句：苏轼《洗儿诗》：“人皆养子望聪明，我被聪明误一生。惟愿孩儿愚且鲁，无灾无难到公卿。”二句活用其意。

③“仕宦”二句：断梗，梗，植物的枝茎。断梗飘蓬，比喻到处漂泊，

行踪无定。宗泽《上郑龙图求船书》："全家百指，如飘蓬断梗，一在天之涯，一在地之角。"石季友《清平乐》："自怜俗状尘容。几年断梗飘蓬。"亦此意。声影，指群犬吠形吠声。王符《潜夫论·贤难》："谚云：'一犬吠形，百犬吠声。'世之疾此，固久矣哉。"此处意即善恶在我，毁誉由人。 ④"情深"句：判，通"拚"，有舍弃之义。元稹《采珠行》："海波无底珠沉海，采珠之人判死采。"憔悴，精神萎靡，面色枯黄。王禹偁残句："泽畔骚人正憔悴，道旁山鬼莫揄揶。"意谓情深如我，出自对朋友的牵挂，即使已经形容憔悴，也在所不惜。 ⑤"转丁"二句：转，回还，旋转。怜，哀也。即矜怜，或怜悯。《尔雅·释训》："矜怜，抚掩之也。"郭璞注："抚掩，犹抚拍，谓慰恤也。"《后汉书·张奂传》："父母朽骨，孤魂相托。若蒙矜怜，壹惠咳唾，则泽流黄泉，施及冥寞。"爇，烧也。(《说文》)《左传·昭公二十七年》："遂令攻郄氏，且爇之。"二句意谓，香草的特性在易于燃烧，美玉易于破碎，须特别矜怜之。 ⑥"羡杀"二句：软红尘，飞扬的尘土。指繁华热闹的地方。卢祖皋《鱼游春水》："软红尘里鸣鞭镫，拾翠丛中句伴侣。"元好问《秀隐君山水》："乌鞍踏破软红尘，未信溪山下笔亲。"醉生梦死，像喝醉酒和做梦那样过日子。朱熹《小学》卷五引程灏曰："虽高才明智，胶于见闻，醉生梦死，不自觉也。"此处意即尘里客，醉生梦死，不能觉醒。 ⑦"绝塞"二句：吴季子，季札。春秋时吴王寿梦第四子，称公子札。此处借指吴汉槎。谓当珍重眼前，此外事则等闲视之。

【品评】

歌词另有副题"简梁汾"，时方为吴汉槎作归计(汪元治《纳兰词》刻本)。乃以词代简(柬),与友人叙说情谊兼与道及汉槎事。

首谓无端端地洒下热泪,但不要因为寂寞清冷,而误入喧嚣浊世。要相信,人世间往往是愚且鲁的人享有厚福,无灾无难到公卿,明且慧的人,反倒被明慧误终身。更不要为浮名所累。人生在世,仕宦为官,如同断梗飘蓬,时浮时沉,又有何妨,大不了留下个影子,或者声响,供群犬叫吠。此等事,古已有之,无须问天。这是上片。就对方的处境,设身处地,为之宽慰及开脱。结拍的"天欲问",乃"欲问天"的倒置。说明已将人世看得通透。

下片从我方角度,解说对于人情世故所持立场及态度。谓情深如我,出自对朋友的牵挂,即使已经形容憔悴,也在所不惜。因回转头来,叮嘱对方,谓香草易于点燃,美玉易于破碎,应特别矜怜之。转,回还,旋转。并非转告。以为让对方转告汉槎,善自珍重,表示营救决心,则非也。歌词的陈叙对象,仍然是梁汾。故此,当展示出香草与美玉两种物品的特性之后,即推出另一物品——软红尘里客,谓其一味醉生梦死,而所持态度则不同。对前二者谓怜,此谓羡杀,当然是反语。三种物品皆人品。此前二者指代明且慧的人,以为易受侵害的忠良之士,亦无不可;尘里客,指代愚且鲁的人,也就是多厚福的痴儿。这是对于一般人情世故所持立场及态度。列述完毕,表示自己的这一立场及态度,不会因为外界的猜度而有所动摇,歌与哭,不过尽兴而已。接着,由一般转向个别,为说汉槎事。吴季子,春秋时吴国公子季札。此处借指吴汉槎。谓其绝塞生还,指由遥远的边塞(宁古塔),放还关内。那么,归来之后,就当更加珍重眼前,眼前以外的事,都应等闲视之。我的这一意思,只有梁汾能够理解。这是下片。向对方剖露心迹,并引为知己。

总的看来,纳兰与梁汾,二人交契,既与汉槎相关,又不完全因为汉槎。二人一见,即恨相识之为晚。此生不能够,仍盼他生。二人皆极重于情,这是关键之所在。此词亦然。其中虽道及汉槎,却不能将其看作专为汉槎而作。如谓"劝说贞观不要为汉槎之事而积愤难平。汉槎之遭遇可哀,而造成这种遭遇的现实是更其可哀可厌的"(张秉戌《纳兰词笺注》),显然有所偏颇。

金缕曲

慰西溟

何事添凄咽。①但由他、天公簸弄,莫教磨涅。②失意每多如意少,终古几人称屈。须知道,福因才折。独卧藜床看北斗,背高城、玉笛吹成血。③听谯鼓,二更彻。④　丈夫未肯因人热。⑤且乘闲、五湖料理,扁舟一叶。⑥泪似秋霖挥不尽,洒向野田黄蝶。⑦须不羡,承明班列。⑧马迹车尘忙未了,任西风、吹冷长安月。⑨又萧寺,花如雪。⑩

【注释】

①"何事"句:凄咽,悲伤呜咽。《太平广记》卷二八一引唐无名氏《河东记·独孤遐叔》:"遐叔怅然悲惋,谓其妻死矣,速驾而归,前望其家,步步凄咽。"此处意谓没有必要自添凄咽。　②"但

由”二句：簸弄，玩弄、播弄。韩愈《别赵子》：“婆娑海水南，簸弄明月珠。”磨涅，磨砺浸染。《论语·阳货》：“不曰坚乎，磨而不磷。不曰白乎，涅而不缁。”意即不要因为命运的播弄而改变自己的自然秉性。 ③“独卧”二句：藜床，藜茎编制的床榻，泛指简陋的坐榻。庾信《小园赋》：“况乎管宁藜床，虽穿而可坐。嵇康煅灶，既暖而堪眠。”杜甫《寒雨朝行视园树》：“衰颜动觅藜床坐，缓步仍须竹杖行。”北斗，指北斗七星。比喻指朝廷，亦含不忘朝廷之意。此句意谓独自于藜床坐卧，静观北斗，倾听玉笛吹奏出哀怨的乐曲。 ④“听谯”二句：谯鼓，详见《昭君怨》（暮雨丝丝吹湿）注②。彻，结束，完结。杜甫《茅屋为秋风所破歌》：“自经丧乱少睡眠，长夜沾湿何由彻。”此处表示二更已过。 ⑤“丈夫”句：因人热，不趁他人热灶烧火煮饭，不依赖别人。班固《东观汉记》卷十八《梁鸿》：“梁鸿少孤……不与人同食。比舍先炊。已，呼鸿及热釜炊。鸿曰：‘童子鸿不因人热者也。’灭灶更燃火。”骆宾王《夏日游德州赠高四》：“潘岳本自闲，梁鸿不因热。”另指热中、躁急之意。《孟子·万章上》：“仕则慕君，不得于君则热中。”朱熹注云：“热中，燥急心热也。”此处谓大丈夫不因求官求仕不得而躁急。 ⑥“且乘”二句：五湖，古代吴越地区湖泊。春秋末，范蠡佐越王勾践灭吴。功成身退，乘轻舟以隐于五湖。事见《国语·越语下》。后因以五湖指隐遁之所。李绅《泛五湖》：“范子蜕冠履，扁舟逸霄汉。”二句劝说其效法范蠡，隐遁而去。 ⑦“泪似”二句：秋霖，秋日的淫雨。韩偓《秋霖夜忆家》：“不知短发能多少，一滴秋霖白一茎。”黄蝶，或指菜粉蝶。杨万里《宿新市徐公店》：“儿童急走追黄蝶，飞入菜花无处寻。”二句意谓伤情之泪，须洒向野田黄蝶，洒向真正的知己者。 ⑧"须不"句：承明，承明庐。承明殿旁屋，侍臣值宿所居之所。李颀《送綦毋三谒房给事》："徒言青琐闼，不爱承明庐。"班列，朝班的行列。此句意谓不羡慕在朝居官。 ⑨"马迹"二句：马迹车尘，或马足车尘，指代车骑。欧阳修《相州昼锦堂记》："奔走骇汗，羞愧俯伏，以自悔罪于车尘马足之间。"李白《子夜吴歌·秋歌》："长安一片月，万户捣衣声。"意谓不必于仕途奔走。 ⑩"又萧"二句：萧寺，佛寺。相传梁武帝萧衍造佛寺，命萧子云书飞白大字"萧寺"。后以泛指佛寺。西溟居京，曾寄寓佛寺。花如雪，或谓雪如花，都是一种比喻。范雪《别诗》："昔去雪如花，今来花如雪。"苏轼《满江红》(怀子由作)："便与君、池上觅残春，花如雪。"此谓清净萧寺，繁花如雪。

【品评】

歌词题称"慰西溟"，姜宸英，字西溟，号湛园，浙江慈溪人。生性疏放，屡考不第。康熙十七年(1678)，应博学鸿词试，寓萧寺。歌词大约作于是年。时性德二十四岁。

开篇谓究竟为何事如此悲伤呜咽？任凭他天道不公，命运多舛，也不能这般磨砺，让自己受浸染。人生世上，不如意事常八九，痛苦时候多而快乐时候少，到头来有几个人能说自己受委屈。常言道，福因才折。自恃才大，并不一定就是件好事。有时候，还是收敛些为好。独自于藜床坐卧，静观北斗。远离繁华都会，玉笛吹奏出哀怨的乐曲。这个时候，谯楼上传来钟鼓的声音，才知道已经过了二更时辰。这是上片。劝慰对方莫赞叹"兰摧玉折"(借用严绳孙《金缕曲》次容若韵语)，以为才杰受屈。应针对应试落第事。

下片说，不要热衷于求取功名。谓大丈夫终不肯趁他人热灶烧火煮饭，不会依赖别人。今番求官不成，暂且也像范蠡一样，泛舟五湖，不也挺逍遥自在的吗？这是过片。劝慰的话题，由身内的才性，转向身外的虚名。谓泪水就像秋日淫雨一样，挥之不尽，但这伤情之泪，必须洒向野田黄蝶，洒向真正的知己者。千万不要羡慕承明殿旁那长长的朝班的行列。马迹车尘，从来就忙个不停，万户捣衣，任凭西风吹冷长安的一片月色。这时候，清净的萧寺，更加是繁花如雪。这是下片。劝慰对方"须不羡，承明班列"。不要羡慕在朝居官。说得很恳切，很直白，可能因对方功名心至死不变的缘故。

就歌词内容看，纳兰与西溟，一个有大官做，觉得很偶然，一个没有大官做，感到很委屈。有大官做的人，其之不幸，"所欠者年"(姜宸英祭纳兰文)，没有大官做的人，给了他许多"年"，也才是个小小的编修(西溟康熙三十六年举进士，年已古稀)，真个是造化弄人。

金缕曲

姜西溟言别，赋此赠之

谁复留君住。[①]叹人生、几番离合，便成迟暮。[②]最忆西窗同翦烛，却话家山夜雨。[③]不道只，暂时相聚。滚滚长江萧萧木，送遥天、白雁哀鸣去。[4]黄叶下，秋如许。　　曰归因甚添愁绪。料强如、冷烟寒月，栖迟梵宇。一事伤心君落魄，两鬓飘萧未遇。有解忆，长安儿女。[5]裘敝入门空太息，信古来、才命真相负。[6]身世恨，共谁语。

【注释】

①“谁复”句：住，止也，立也，居也。引申为停止、停留。萧悫《春日曲水》：“舞馀香尚存，歌尽声犹住。”李白《早发白帝城》：“两岸猿声啼不住，轻舟已过万重山。”意谓谁也无法令其停歇下来。②“叹人”二句：迟暮，迟，晚也。比喻晚年。屈原《离骚》：“惟草木之零落兮，恐美人之迟暮。”陆游《夜出偏门还三山》：“稚子犹读书，一笑慰迟暮。”二句意谓人生短促，几番离合，便到了迟暮之年。　③“最忆”二句：李商隐《夜雨寄北》：“君问归期未有期，巴山夜雨涨秋池。何当共剪西窗烛，却话巴山夜雨时。”此处化用其意。　④“滚滚”二句：杜甫《登高》：“无边落木萧萧下，不尽长江滚滚来。”此处化用其意。白雁，候鸟。体色纯白，似雁而小。白雁至代表霜降。沈括《梦溪笔谈·杂志一》：“北方有白雁，似雁而小，色白，秋深则来。白雁至则霜降，河北人谓之‘霜信’，杜甫诗云‘故国霜前白雁来’，即此也。”孙光宪《渔歌子》：“杜若洲，香郁烈，一声宿雁霜时节。”元好问《药山道中》（其二）：“白雁未衔霜信过，青林闲送雨声来。”此句意即大雁哀鸣，遥天飞去，又是一个送别的季节。　⑤“有解”句：杜甫《月夜》：“遥怜小儿女，未解忆长安。”此处化用其意。　⑥“裘敝”二句：此用苏秦故事。《战国策·秦策》载：苏秦始将连横说秦王。书十上而说不行。黑貂之

裘敝，黄金百斤尽。资用乏绝，去秦而归。才命，才能和命运。杜甫《别苏徯》："故人有游子，弃掷傍天隅。他日怜才命，居然屈壮图。"李商隐《有感》："中路因循我所长，古来才命两相妨。"二句化用其意，谓古往今来，才与命总是不能相配合。

【品评】

歌词题称"姜西溟言别"，赋此赠之。大约作于康熙十八年(1679)。是年，西溟丁母忧，南归奔丧。纳兰赋此词以慰勉之，时年二十五岁。

歌词开篇道明送别之意。谓留君不住。住，停止、停留，不再到处漂泊。以为迎来送往，是一件令人感伤的事。人的一生竟然就那么短促，几番离合，便到了迟暮之年。一生中最让人津津乐道是，西窗下翦烛夜话，在一起追忆巴山夜雨时的情景。而这种相聚，却只是暂时的。滚滚长江，萧萧落木。转眼间，大雁哀鸣，遥天飞去，又是一个送别的季节。黄叶下，秋天已是这么深沉、这么厚重。这是上片。借道别叙说人间的聚散离合，为泛写。

下片为专指。从一般的故事，集中说此番相与言别的对象——姜西溟的故事。首谓已经说好就将归去，为何又添愁绪？冷烟寒月，栖迟梵宇，料想不会强过故乡家园。因其寓萧寺，故有此说。这是针对于"归"所作劝解。接着说事业。谓天涯落魄，年迈未遇。两鬓飘萧，徒自伤悲。这当是一件难堪的事。好在家中还有懂得忆念长安的小儿女。即使未能衣锦还乡，但穿着破旧的貂裘入门，又有什么好赞叹的呢？要知道，古往今来，才与命总是不能相配合。身世的恨，永远无处申诉。这是下片。就对方的遭遇，表达观感，从而加以慰勉。

大体上看，上片、下片，泛写与专指，在材料分配上，显得很分明，但其组合也相当严谨。这就是一个“归”字的贯穿。这一个“归”字，在换头位置，承上启下。既是上片所说离合的一个因素，又是下片所说愁绪的中介。由于“归”，故有聚散；由于“归”，故有烦恼。其一般和个别的关系，也就集中体现在与相言别的人物身上。所谓以文为词，当中意脉仍十分清晰。

金缕曲

生怕芳樽满。① 到更深、迷离醉影，残灯相伴。依旧回廊新月在，不定竹声撩乱。问愁与，春宵长短。人比疏花还寂寞，任红蕤、落尽应难管。② 向梦里，闻低唤。③　　此情拟倩东风浣。④ 奈吹来、馀香病酒，旋添一半。⑤ 惜别江郎浑易瘦，更着轻寒轻暖。⑥ 忆絮语，纵横茗碗。⑦ 滴滴西窗红蜡泪，那时肠、早为而今断。任角枕，欹孤馆。⑧

【注释】

①“生怕”句：芳樽，精致的酒杯，亦借指美酒。谓生怕承受不了别恨，所以不敢让芳樽斟满。骆宾王《别李峤得胜字》：“芳樽徒自满，别恨转难胜。”刘敞《独行》：“却谢芳樽酒，悠悠谁与欢。”亦同此意。　②“人比”二句：疏花，疏淡的梅花。姜夔《暗香》：“但怪得、竹外疏花，香冷入瑶席”红蕤，花萼。王筠《安石榴》：“素茎

表朱实，绿叶厕红蕤。”此谓红花落尽，没有人管。 ③“向梦”二句：谓只有在梦里，才听得到低声的叫唤。王彦泓《满江红》：“几度卸妆垂手望，无端梦觉低声唤。”同此。 ④“此情”句：浣，濯衣垢也（《说文》）。王维《山居秋暝》：“竹喧归浣女，莲动下渔舟。”此谓借助春风洗涤胸中郁闷。 ⑤“奈吹”二句：馀香病酒，酒醒过后，馀香仍在。皮日休《春夕酒醒》：“四弦才罢醉蛮奴，酃醁馀香在翠炉。”蔡松年《尉迟杯》：“觉情随、晓马东风，病酒馀香相伴。”二句意即，春风不能洗涤郁闷，反而增添郁闷。 ⑥“惜别”二句：江郎，一指江敩。《南齐书·江敩传》：“时袁粲为尹，见敩叹曰：‘风流不坠，政在江郎。’数与宴赏，留连日夜。”一指江淹。此处借以说明瘦若江郎。轻寒轻暖，谓还寒乍暖，变化无常。阮逸女《花心动》：“乍雨乍晴，轻暖轻寒，渐近赏花时节。”黄庚《宴客东园》：“酒当半醉半醒处，春在轻寒轻暖中。”二句意谓，江郎已为别离消瘦，更加经不起还寒乍暖的折磨。 ⑦“忆絮”句：絮语，连绵不断地低声说话。王錂《春芜记·邂逅》：“听花前絮语情无已。”茗碗，茶碗。唐寅《事茗图》自题：“日长何所事，茗碗自赍持。料得南窗下，清风满鬓丝。”这是对于当初情景的追忆。 ⑧“任角”二句：任，犹抱也。《诗经·大雅·生民》：“恒之糜芑，是任是负。以归肇祀。”角枕，角制或用角装饰的枕头。《诗经·唐风·葛生》：“角枕粲兮，锦衾烂兮。予美亡此，谁与独旦。”白居易《苦热中寄舒员外》：“藤床铺晚雪，角枕截寒玉。”此谓独自抱着角枕，彻夜难眠。

【品评】

纳兰的《金缕曲》，一路读下来，只是这一首较难明白。其馀都十分浅显,或者干脆将旨意写在词题上,一看便知。但这一首,生怕芳樽满,究竟说些什么,却并不那么容易把握得到。

解读此词,须依据词调的声情特点,尤其是几个关键部位的安排,认清字面本身及字面以外的意义,方才说得清楚。所谓关键部位,除了起、结,过片,金缕此曲,于上、下第四韵之两个居中单句,即须特别留意。这两个居中句,单句用韵,梁启超称之为全篇筋节,谓如此句最可学(《艺蘅馆词选》丙卷引)。

那么,纳兰此词,究竟说些什么呢?就过片看,"此情拟倩东风浣",所说可能就是一种需要东风为之洗涤的"情"以及产生这种"情"的一段故事。当然,其所谓"情",可能包括怀友之情、悼亡之情,或者其他什么情,似乎并无专指。而从故事看,这个时候,歌词的抒情主人公,究竟正在做些什么?处于何种状态?则可从歌词之煞拍,进一步加以探测。歌词煞拍有云:"任角枕,攲孤馆。"攲,通"倚"。即斜倚,斜靠。纳兰另有句称:"攲枕数秋天。蟾蜍下早弦。"(《菩萨蛮》)谓此时,主人公置身孤馆,正斜靠在角枕上。掌握这一关键,即可推知,歌词于上、下片之所叙说,包括芳樽、残灯、新月、竹声,乃至红蕤,等等,皆为虚拟之辞。亦即于角枕上之所想象。次谓就怕酒喝多了,别恨难以承受。夜半更深,迷离醉影,只剩下孤灯相伴。回廊的新月依旧高高挂起,竹影摇动,竹声撩乱。愁绪与春宵相比,不知道哪一个更加漫长。而人和疏花相比,人却比疏花还要寂寞。任凭红花落尽,花枝萧疏,都没个人来管。只有在梦里,才听得到低声的叫唤。这是上片。对于某一回别离情景的描述。

下片叙说别后。谓春风吹送,正好可借以洗涤郁闷情绪,谁知却将病酒吹醒，反而更添惆怅。已经为离别而腰肢瘦损，偏偏又碰上这乍暖还寒时节。记得当初，或者低声讲话，絮语绵绵，或者翻书赌茗，茗碗交错，情景历历在目。但是，西窗下的红蜡，泪滴点点，那时的愁肠，早已为今日而断。眼下，孤馆寒春，寂寞而冷清，独自抱着角枕，彻夜难眠。这是下片。对于往事的追忆。

通篇而言，上、下两个居中句，“问愁与，春宵长短”及“忆絮语，纵横茗碗”，之所以成为全篇的“筋节”，除了这两个句子在前后文之间有一定承上启下的作用外，还在于歌词的旨意，往往通过这两个句子加以透露。故此，这一关键部位，非特别留意不可。

摸鱼儿

午日雨眺

涨痕添、半篙柔绿，蒲梢荇叶无数。① 台榭空濛烟柳暗，白鸟衔鱼欲舞。② 红桥路。正一派、画船箫鼓中流住。③ 呕哑柔橹。④ 又早拂新荷，沿堤忽转，冲破翠钱雨。⑤　　蒹葭渚。不减潇湘深处。霏霏漠漠如雾。⑥ 滴成一片鲛人泪，也似汨罗投赋。⑦ 愁难谱。只彩线、香菰脉脉成千古。⑧ 伤心莫语。记那日旗亭，水嬉散尽，中酒阻风去。⑨

【注释】

①“涨痕”二句：涨痕，涨水的痕迹。篙，撑船的竹竿。苏轼

《书李世南所画秋景》:“野水参差落涨痕,疏林攲倒出霜根。”晁补之《临江仙》:“半篙春水滑,一段夕阳愁。”柔绿,嫩绿。沈佺期《有所思》:“园槿绽红艳,郊桑柔绿滋。”李商隐《河阳》:“百尺相风插重屋,侧近嫣红伴柔绿。”二句谓河水涨起,水面上泛起一片嫩绿。②“台榭”二句:空濛,缥缈、迷茫貌。谢朓《观朝雨》:“空濛如薄雾,散漫似轻埃。”杜甫《渼陂西南台》:“仿像识鲛人,空濛辨鱼艇。”衔鱼,(水鸟)捕鱼之谓。钱起《衔鱼翠鸟》:“有意莲叶间,瞥然下高树。擘破得全鱼,一点翠光去。”欲舞,骅骝起舞貌。辛弃疾《贺新郎》:“逸气轩眉宇。似王良、轻车熟路,骅骝欲舞。”意谓白鸟像有经验的宝马一般,轻车熟路,于水中捕食。 ③“红桥”二句:红桥,桥名。在江苏扬州。详见《浣溪沙》(无恙年年汴水流)注①。画船,装饰华美的游船。梁元帝萧绎《玄圃牛渚矶碑》:“画船向浦,锦缆牵矶。”范仲淹《献百花洲图上陈州晏相公》:“步随芳草远,歌逐画船移。”贺铸《小重山》:“歌断酒阑珊。画船箫鼓转,绿杨湾。”二句极言其豪华热闹景象。 ④呕哑柔橹:柔橹,操橹轻摇。杜甫《船下夔州郭宿雨湿不得上岸别十二判官》:“柔橹轻鸥外,含凄觉汝贤。”呕哑,船行时橹篙划水发出的声音。陆游《舟次浦口》:“三江去浩荡,一橹任呕哑。”朱彝尊《鸳鸯湖棹歌》(五十五):“夜半呕哑柔橹拨,亭前灯火落帆齐。”此句单独用韵,状写画船经过的情形。 ⑤“又早”三句:翠钱雨,新荷生出时所下的雨。翠钱,喻新发荷叶。何尚之《华林清暑殿赋》:“逞绵亘之虹梁,列雕刻之华榱。网户翠钱,青轩丹墀。”三句列述画船继续前行的情形。 ⑥“蒹葭”三句:蒹葭渚,长满芦苇的水滨。见《蝶恋花》(散花楼送客)注②。霏霏,细雨连绵不断。吴融《春雨》:“霏霏漠漠暗和春，幂翠凝红色更新。”三句过片，转说与端午相关的社会事相。 ⑦“滴成”二句：鲛人泪，人鱼的眼泪。鲛人，神话传说中的人鱼。张华《博物志》卷九：“南海外有鲛人，水居如鱼，不废织绩，其眼能泣珠。”此句形容雨滴如珠。汨罗投赋，五月初五日端阳节，屈原投汨罗江而死。后人作赋以投江中，表示凭吊。司马迁《史记·屈原贾生列传》：“贾生既辞往行，闻长沙卑湿，自以寿不得长。又以适去，意不自得。及渡湘水，为赋以吊屈原。其辞曰：‘共承嘉惠兮，俟罪长沙。侧闻屈原兮，自沉汨罗。造托湘流兮，敬吊先生。’”二句以鲛人泪比喻连绵细雨，谓其像汨罗投赋，祭奠屈子的泪水。 ⑧“愁难”二句：彩线，即百索。以五彩线编结的饰物。韩鄂《岁华纪丽》(端午)：“百索绕臂，五彩缠筒。”原注：“以五彩缕造百索系臂，一名长命缕。”香菰，谓粽。《艺文类聚》四引周处《风土记》：“仲夏端午，方伯协极。烹鹜角黍，龟鳞顺德。”注：‘端，始也。谓五月五日以菰叶裹黏米。’《续齐谐记》载：“屈原五月五日投汨罗江死，楚人哀之。每至此日，竹筒贮米，投水祭之。汉建武中，长沙欧回，白日忽见一人，自称三闾大夫。谓曰：君当见祭，甚善。但常所遗，苦蛟龙所窃。今若有惠，可以楝树叶塞其上，以五彩丝缚之。此二物，蛟龙所惮也。世以菰叶裹黏米，谓之角黍，今粽子是也。”二句记述投粽入江，以祭祀屈原的习俗。 ⑨“记那”三句：水嬉，水上游戏。此指龙舟竞渡。刘禹锡《竞渡曲》(其五)：“彩旗夹岸照蛟室，罗袜凌波呈水嬉。曲终人散空愁暮，招屈亭前水东注。”中酒阻风，谓病酒。韦庄《宿蓬船》：“却忆紫微情调逸，阻风中酒过年年。”辛弃疾《丑奴儿》：“寻常中酒扶头后，歌舞支持。歌舞支持。谁把新词唤住伊。”此处谓于龙舟竞渡结束，醉酒归去。

【品评】

歌词题称“午日雨眺”，即端午之日于雨中凭眺。是一首节序词。

首谓雨越下越大，水位慢慢涨起。蒲柳和荇菜，显得十分繁茂。水面上泛起一片嫩绿。歌台舞榭，迷茫缥缈。柳树在烟雾笼罩下，随风摇晃。水鸟捕食，一点翠光，轻轻掠过，就像骅骝起舞一般。好一派生机蓬勃的景象。这时候，箫鼓画船，经过红桥，正驶向河水中流。呕哑柔橹，从对面传来橹篙划水的声响。过了一会，画船拂动新荷，沿着堤岸来个急转弯，冲破新发荷叶，将水珠溅起。这是上片。列述雨中凭眺所见之物景。是为布景。下片说情。就端午之日所出现的社会事相，叙说观感。谓长满芦苇的水滨，霏霏漠漠，如雾如烟，犹如进入潇湘深处。雨滴如珠，像是南海外鲛人的眼泪，又像于汨罗投赋，祭奠先生的泪水。满怀忧怨，难以尽叙。只是用彩线缠裹的粽子（香菰）投入江中，以志千古哀思。伤心的话语深深地埋藏在心底。记得那个时候，彩旗夹岸，罗袜凌波，水上竞渡的人已经散离，我到旗亭，中酒扶头，也在风中归去。这是下片。叙说事相，表示敬意。

作为一首节序词，其所歌咏，午日就是午日，屈子就是屈子，皆当前景及当时情，并无别的什么意思。这是很明白的。以为“蕴含今昔之慨和身世之感”（张秉戍《纳兰词笺注》），似有点节外生枝。

名家精注精评本已出书目

书　名	主要编选者
李白集	郁贤皓（中国李白研究会原会长）
杜甫集	张忠纲（中国杜甫研究会原会长）
韩愈集	卞孝萱（中国韩愈研究会原会长）
白居易集	严　杰（南京大学教授）
王维集	董乃斌（上海大学教授、中国唐代文学学会副会长
李商隐集	周建国（中国李商隐研究会理事）
柳宗元集	尚永亮（武汉大学教授、博导）
刘禹锡集	吴在庆（厦门大学教授、中国唐代文学学会理事）
杜牧集	罗时进（中国唐代文学学会副会长）
柳永集	王星琦（南京师范大学教授）
欧阳修集	刘扬忠（中国宋代文学学会副会长）
苏轼集	陶文鹏（中国社科院文学所研究员、博导）
三曹集	张可礼（山东大学中文系教授、博导）
陶渊明集	陈庆元（福建师大教授、博导）
二李集	蒋　方（湖北大学教授）
辛弃疾集	刘乃昌（中国李清照辛弃疾学会原会长）
王安石集	王兆鹏（武汉大学教授、博导）
陆游集	蒋　凡（复旦大学教授、博导）
李清照集	王英志（苏州大学教授、博导）
黄庭坚集	蒋　方（湖北大学教授）
李贺集	吴企明（苏州大学教授）
纳兰性德集	施议对（澳门大学教授）